햄버거와 백구두

hamburgers and white shoes

하정자 소설집

문학공원 소설선 33

햄버거와 백구두
hamburgers and white shoes

하정자 소설집

문학공원

작가의 말

나는 그동안 단 한 번도 작가의 꿈을 꾸어본 적 없었다.
그런 내게 어느 날 나에게 소설이 다가온 것은 운명이었다.
나의 길을 걸어가다 보니 소설을 쓰게 된 것이다
우연히 누구의 삶을 들여다보게 되었고 그것은 하나의 소설이 되었다.
언제부터인지는 모르겠지만, 누군가를 생각하게 되면 그가 나에게 송두리째 들어온다.
믿기 어렵겠지만, 나는 그가 말하지 않았는데도 자신의 삶을 모두 말해주는 것 같다.
그래서 나는 늘 그들과 함께하고 함께 이야기를 만든다.
그들과 함께….

2024년 초여름

하정자

서문

드라마를 보는 듯 성취감을 맛보게 해

김 순 진(문학평론가 · 한국문인협회 이사)

문학은 인간 삶의 모방이다. 문학은 그 시대 사람들이 어떻게 살아가고 있는지 명확하게 보여준다. 문학은 그 시대 사람들이 무슨 생각을 하고, 무얼 먹으며, 주거환경은 어떻고, 관심사가 무엇인지를 나타낸다.

얼마 전 나는 일본의 작가 무라카미 하루키의 장편소설 『1Q84』(전 3권)를 읽었다. 이 소설은 2014년에 발표된 소설인데, 일본사람들의 사이비종교에 대한 종교관과 어린 여성의 성착취에 대한 반감을 잘 표현해내고 있는 일종의 추리소설이며, 판타지 소설로 아오마메란 여자 주인공의 사회에 대한 복수 과정을 사회적으로 착취당하는 덴고란 남자 주인공과의 사랑을 매개로 소설을 이끌어가고 있었다. 이후에는 최종규 작가의 장편소설 『굿바이 파리』를 읽었는데, 그 소설은 소위 말하는 동백림사건, 즉 동베를린 사건을 둘러싼 한국 유학생들의 수난사를 추적해 남북분단으로 인한 유학생들의 수난사를 고발하고 있다. 그리고 지금은 헤르만 헤세의 장편소설 『수레바퀴 아래서』를 다시 읽고 있다. 이 소설은 1906년에 발표한 청소년 소설인데 20세기 초 독일 사람들의 풍습과 생활환경, 학생들이 얼마나 치열하게 공부했는지가 모두 묘사되어 있어, 이 시대에도 '독일의 학생들이 그렇게 열심히 공부했구나' 하는 생각에 혀가 내둘러진다.

내가 왜 이런 소설의 이야기를 하는가 하면, 하정자 작가의 소설에 대해 살펴보기 위해서다. 이 책에는 모두 9편의 단편소설이 게재되어 있다. 하정자의 소설은 우리 시대 여성의 아픔을 대변한다. 그의 소설은 우연의 일치처럼 하나 같이 가정과 교육, 복지와 사랑으로부터 외면 받은 여성들의 아픔을 그리고 있어서 읽어갈수록 가슴이 아리다. 작품마다 펼쳐지는 여성 캐릭터와 주변에 대한 묘사는 마치 어떤 절대자가 계시로 내린 필치처럼 주인공 주변의 시대적인 배경을 효과적으로 묘사해냄과 동시에 그렇게 살아야만 했던 공간적 배경을 마치 경험한 듯 묘사해냄으로써 현장감을 더한다. 게다가 악역을 등장시키며 조연들의 심리묘사까지 고도화하고 있어서, 시련을 딛고 주인공이 성장해가는 과정은 독자로 하여금 드라마를 보는 듯 성취감을 맛보게 한다.

젠더, 즉 양성평등을 외치는 요즘에 이처럼 여성들의 생활상과 사회상을 반영하면서 그들의 아픔을 대변하고 있는 페미니즘의 소설을 만나기란 쉽지 않다. 물론 이 소설집이 여성만을 주인공으로 삼은 소설집은 아니다. 그러나 남성 주인공을 돋보이게 하는 여성 캐릭터는 하나같이 못 배우거나 어려운 가정환경에서 핍박받고 있다는 점에서 나는 하정자 작가를 페미니스트라 부르고 싶다. 이처럼 귀한 소설집을 출간하는 하정자 작가에게 우레와 같은 박수를 보내드린다.

차 례

5 ••••• 작가의 말
6 ••••• 서문 / 김순진 문학평론가

12 ••••• 불꽃을 물고 있는 여자
44 ••••• 공짜 밥은 없다
74 ••••• 누가 저 섬들을 만들어 놓았을까
104 ••••• 그 누구도 자신의 길을 알지 못한다
136 ••••• 햄버거와 백구두
154 ••••• 너를 초대한 적 없다
176 ••••• 레코드판이 돌아간다
208 ••••• 너와 나의 필름이 돌아가고 있다
242 ••••• 장미가 붉은 이유

불꽃을
물고 있는 여자

♦♦♦♦♦ 불꽃을 물고 있는 여자

    오월의 향기가 쏟아지는 마을이다. 웬 할머니가 집 주위를 빙빙 돈다. 할머니는 어느 기와집을 바라보며 눈물을 훔친다. 집안에서 아이들의 웃음소리가 들려오는 담장 너머를 기웃거리는 할머니는 누가 자신을 볼세라 몸을 숨기기도 한다. 담장 안에서는 간혹 할아버지의 목소리가 들리기도 한다. 백발이 된 할아버지가 아이들 속에서 손뼉을 치며 함께 놀고 있었다. 참으로 행복해 보였다. 그 모습을 숨어서 들여다보고 있던 할머니는 눈물을 훔치며 천천히 발걸음을 옮겨 놓았다. 무거운 발걸음으로 뒷산으로 올라간다. 진달래가 한창 피어 있는 산은 참으로 아름다웠다. 할머니는 진달래가 핀 동산에 올라간다. 햇살이 눈부시게 내리쬐는 동산에 쪼그리고 앉는다. 할머니는 혼잣말로 중얼거린다. '나에게도 이렇게 아름다운 시절이 있었나?' 지난 일을 생각하다 보니 자신도 모르게 눈가에 이슬이 흘러내린다. 할머니는 진달래 한 송이를 꺾어 입에 물었다. 그리고 지난날로 거슬러 오르며 긴 생각여행을 떠난다.

    아침부터 간난이네 집에 중매쟁이가 신이 나서 콧노래를 하며 들어선다. 간난이가 대청마루에 걸터앉아 중매쟁이를 쳐다본다. 집안으로 들어서면서 중매쟁이의 수다가 시작되었다. 간난이 혼처로 너무 좋은 자리가 생겼다고 야단이었다. 간난이는 수다를 떨고 있는 중매쟁이 앞으로 지나갔다. 중매쟁이는 간난이를 보고 너는 이 집으로 시집가면 팔자가 쫙 펴질 것이라고 했다. 간난이는 쑥스러워 얼굴이 빨갛게 달아올랐다.

　한의사에게 시집을 가게 되었다고 동네 사람들과 친구들도 모두 부러워했다. 며칠이 지나서 중매쟁이와 어머니는 간난이를 데리고 시내에 있는 어느 다방으로 들어갔다. 순진하게 생긴 남자와 남자의 어머니가 창을 바라보며 앉아있었다. 중매쟁이는 수선을 떨며 간난이와 간난이 어머니를 빨리 와서 앉으라고 손짓했다. 간난이는 그날 다방에서 선을 보았다. 간난이와 청년을 남겨두고 다들 다방을 나가 버렸다.

　"밖으로 나갑시다."

　청년은 간난이를 보고 인사를 하고 퉁명스럽게 말했다. 간난이는 쑥스러워 고개를 숙였다. 간난이는 청년의 뒤를 가만히 따라갔다. 둘은 데이트 아닌 데이트를 했다. 그날 이후로 간난이 의견도 없이 결혼 날짜를 잡아 결혼했다. 시집에서는 간난이를 마음에 들어 했다. 얌전해 보인다고 시어머니 될 사람은 흡족한 표정을 지었다.

　간난이는 신랑 얼굴 한 번 보고 시집을 갔다. 남편은 좋은 사람이라 별 탈 없이 잘 살고 있었다. 남편이 한의사였다. 가끔 보약도 지어 주었다. 남편은 간난이에게 분에 넘치는 사람이었다. 간난이는 뭐가 뭔지도 잘 몰랐다. 얼떨결에 신혼생활이 시작되었다. 아이도 하나 낳았다. 딸 아이였다. 참 예쁘게도 생겼다. 남편도 잘해주고 그냥그냥 행복하게 살고 있었다.

장날이라 장에 구경거리가 있다고 동네 사람들이 간난이에게 구경을 가자고 했다. 아이는 시부모에게 맡기고 동네 사람들과 구경거리가 있는 장에 갔다. 여러 가지 구경을 하며 돌아다니다 장이 거의 끝날 때쯤 한가한 시장 안에서 고등어자반, 쇠고기와 돼지고기 한 근씩을 사고 식구들이 좋아하는 찐빵까지 사 돌아오는 길에 우연히 젊은 청년을 만났다. 건넛마을 사는 사람이라고 했다. 어제 제대해서 집에 왔다고 말했다. 간난이는 청년하고 이런저런 이야기를 하다가 서로 시간 가는 줄을 몰랐다.

"다음에 만나면 우리 아는 척 해요."

청년이 간난이를 보고 미소를 지으면서 말했다. 이때만 해도 별 생각이 없었다. 간난이는 이것저것 장에서 산 것을 들고 집으로 돌아왔다.

햇살이 눈부신 어느 봄날이었다. 일찍 청소를 마친 간난이는 한가하게 집에서 쉬고 있었다. 몹시 심심했다. 아이는 시부모님이 돌봐주니 별로 할 일도 없고 해 바깥바람이나 쐬러 나가야겠다는 생각을 하고 집 근처에 있는 동산으로 나들이를 갔다. 봄이라 나물도 캐고 꽃도 꺾어서 병에다 꽂아야겠다는 생각에 바구니를 들고 야산인 산등성이로 올라갔다. 나무 뒤에 앉아있는 젊은 남자가 보였다.

간난이는 그 남자를 쳐다보았다. 장을 보고 오다 만난 그 청년이었다. 참으로 반가웠다. 간난이는 청년을 보고 빙그레 웃으며 말을 걸었다.

"또 만났네요?"

청년은 아무 말 없이 미소로 답했다. 간난이는 청년 옆에 나란히 앉아 청년에게 웃음을 흘렸다. 아무도 없는 무덤가에서 청년은 간난이에게 키스하고 몸을 더듬었다. 그 순간 둘은 누가 먼저랄 것도 없이 사랑을 나눴다. 간난이는 남편이 있는 여자라는 것을 순간 잊었다. 무엇에 홀린 것만 같았다. 청년의 섹스는 기가 막혔다. 간난이는 태어나서 이렇게 황홀함을 처음으로 맛보았다. 간난이는 그날 이후로 이유 없이 남편이 싫어지기 시작했다. 남편과의 잠자리는 아무런 느낌이 없어 그냥 같이 잠을 자기가 싫었다. 항상 그날 청년과의 섹스가 생각나 밤마다 참을 수가 없었다. 간난이는 남편에게 거짓말을 하고 차를 타고 다른 곳으로 가서 남자들을 만나 바람을 피웠다. 어쩌다 남편이 다가오면 뱀이 올라와 자신의 몸을 휘감는 것 같아 너무나 소름이 끼쳤다.

도저히 이렇게는 살 수 없을 것 같았다. 남편은 착한 사람이고 돈도 잘 벌어 생활도 남들이 부러워할 정도로 잘살고 있는데 밤만 되면 간난이는 남편하고 한 이불 속에 들어가는 것이 죽기보다 싫었다. 간난이는 다른 남자들 생각이 났다. 간난이는 이렇게 살 수 없다는 생각에 도망가기로 마음먹었다. 간난이는 자신이 자신의 몸을 스스로 다스릴 수 없다는 것을 알았다. 아무리 노력해도 어떻게 할 수가 없었다. 남편과 자식보다 자신의 성적 욕망이 앞섰다. 성적 욕망을 떨칠 수 없어 이 집만 떠나면 모든 것이 행복할 것 같았다. 간난이는 아무도 몰래 가방을 하나 들고 조금 모아놓은 돈을 가지고 집을 나와 서울행 기차를 탔다.

서울에 도착한 간난이는 처음 보는 화려한 불빛과 조명이 너무나 좋았다. 밤이라 잠잘 곳을 찾아 헤맸다. 간난이 눈에 처음으로 들어온 것이 여관이라는 간판이었다. 간난이는 그곳에서 발을 멈추었다. 잠시 머뭇거리다 여관 안으로 들어갔다. 주인이 나와서 자고 갈 것이냐고 간난이에게 물었다. 간난이는 대답했다. 주인은 다시 한번 물었다.

"혼자요? 누가 또 오지 않나요?"

간난이는 혼자 잘 것이라고 말했다. 주인은 고개를 갸우뚱거리며 따라오라고 말했다. 간난이는 주인의 뒤를 따라갔다.

"아가씨인지 아줌마인지 모르겠지만 이런 곳에서 잘 수 있을까? 우리 집에 잠을 자고 가는 손님은 거의 없어서…."

주인은 맨 구석진 조그마한 방으로 간난이를 데리고 갔다. 간난이가 그곳에서 잠을 자려고 막 누웠을 때 옆방에서 남녀의 신음소리가 들려오기 시작했다. 간난이는 도저히 잠을 잘 수가 없었다. 간난이는 할 수 없이 문을 열고 밖으로 나갔다. 주인이 있는 카운터로 걸어갔다. 주인은 간난이를 보며 말을 걸었다.

"왜 나왔어요?"

주인 여자는 간난이를 보고 카운터 안으로 들어오라고 했다. 그리고 간난이에게 '서울에 아는 사람이 있느냐?' '왜 서울에 온 것이냐?' '결혼은 했냐?' 호구 조사 나온 사람처럼 이것저것을 물었다. 간난이는 말없이 앉아있었다. '앞으로 서울에서 어떻게 살려고 하냐?' '갈 곳은 정했냐?'고 또 물었다. 주인 여자는 말이 많았다. 갈 곳이 없으면 이곳에서 자기 집에서 일을 거들어 주면서 다른 일 찾을 때까지 있으라고도 했다.

간난이는 달리 갈 곳이 없어 당분간 그곳에 있기로 마음을 먹었다. 간난이는 여관에서 주인을 도와 여러 가지 일을 했다. 주인 여자는 간난이를 보고 빨리 기반을 잡으려면 돈 많이 버는 길이 있다고 말했다. 간난이는 주인 여자의 말에 귀가 솔깃해 그 길을 가르쳐 달라고 했다. 뭐 밑천도 들지 않는 좋은 돈벌이라고 하더니 주인 여자는 잠시 말을 멈추고 간난이를 바라보았다. 다 마음먹기 달린 것이라고도 했다. 조금 망설이더니 다시 말을 꺼냈다.

"지금 우리 여관에 손님들이 여자들을 많이 찾는데 마땅한 여자가 없어서…."

주인 여자는 말꼬리를 흐리며 간난이 눈치를 살핀다. 그 말을 들은 간난이는 주인 여자에게 그 일이 무슨 일인가 물었다.

"어떤 일인데요?"

"손님들 방에 들어가면 돈을 많이 받을 수 있단 말이야. 사실 말이야 바른말이지, 꿩 먹고 알 먹는 거지 뭐. 남자와 재미도 보고 돈도 벌고 얼마나 좋아. 한번 생각해봐. 그렇지 않아?"
 주인 여자는 간난이를 보고 말했다.
 "내가 아가씨 처지라면 한번 해보겠네."
 주인 여자는 또 간난이에게 묘한 눈길을 건네며 말했다.
 "톡 까놓고 말이지, 아가씨가 처녀야? 내가 보기엔 무슨 사연인지는 자세히 모르지만, 여자 혼자 서울까지 올라올 때는 돈 벌러 온 것 아니야? 그냥 체면 같은 것 자존심 다 버리고 돈만 생각해. 아가씨 어때?"
 주인 여자는 간난이에게 말했다. '생각 좀 해보겠다.'는 간난이 말에, 주인 여자는 '생각하고 말고가 어디 있냐?'고 빨리 결정하라고 재촉했다.
 "길게 생각하고 말고 할 것 없이 오늘부터 일을 해봐."
 주인 여자와 한참 말을 주고받으며 수다를 떨고 있는데 여관 문을 열고 들어오는 한 남자가 있었다. 주인 여자는 남자를 반갑게 맞았다. 그리곤 간난이에게 다가와서 말했다.
 "어서 준비해. 돈 걱정은 하지 말고. 내가 알아서 받아 놓을 거야. 알았지?"
 주인 여자는 간난이 말은 들어 보지도 않고 눈짓했다. 용기가 나지 않아 우물쭈물하고 있는 모습을 본 주인 여자는 간난이를 남자가 들어간 방으로 데려가 등을 밀어 넣었다. 간난이는 얼떨결에 들어간 방에서 멍하니 서 있었다. 남자는 간난이를 보며 말했다.
 "들어왔으면 이리와 앉아요."

간난이는 남자의 옆에 앉았다. 남자는 옆에 놓여 있는 맥주를 한 잔 마시고 나더니 물었다.

"이름이 뭐요?"

남자는 간난이에게 이름을 물었지만, 간난이는 대답하지 않았다. 간난이는 속으로 '이름을 뭐라고 해야 하지? 다시 또 물어보면 뭐라고 대답하지?' 속으로 고민하고 있는데 남자가 말했다.

"말하기 싫으면 하지 말고 이리와 앉아요. 내가 나쁜 사람처럼 보여요?"

남자의 말에 간난이는 남자 곁으로 다가가 앉았다. 남자는 간난이에게 다가와 몸을 더듬기 시작했다. 간난이는 한참을 굶주린 성욕을 풀었다. 서울에 올라와서 처음으로 남자와 섹스를 했다. 간난이가 서울에 온 목적을 이룬 날이다. 남편과 딸아이까지 버리고 서울에 올라온 이유가 바로 섹스 때문이라는 것을 간난이는 잘 알고 있다. 간난이는 남자의 향기에 빠져 정신이 없었다. 남자보다 간난이가 더 섹스에 빠져 흥분했다. 남자는 간난이와의 섹스가 너무 좋았는지 자신의 성욕을 다 채우고 나서 자신의 잠바 주머니 속에서 지갑을 꺼내 간난이에게 만 원짜리 한 장을 주었다. 큰돈이었다. 간난이는 속으로 너무나 좋았다. 주인 여자 말대로 꿩 먹고 알 먹는 일이었다. 간난이가 원했던 것이었다. 간난이는 주인 여자가 있는 카운터로 다가갔다.

"어때 괜찮았지?"

주인 여자가 물었지만 간난이는 아무 대답도 하지 않았다. 주인 여자는 간난이를 보고 말했다.
"내가 자네 돈 받아 놓았어."
주인 여자는 간난이에게 일만오천 원을 주었다. 간난이는 속으로 '남자가 방에서 주었는데 왜 또 돈을 주지?' 속으로 의아했지만, 아무 말 없이 돈을 받아 넣었다. 간난이는 그날부터 손님의 방에 들어갔다.

간난이는 섹스를 좋아하는 것 빼고는 그런대로 괜찮은 여자였다. 깔끔하고 검소하고 알뜰한 여자였다. 주인 여자도 아주 나쁜 여자는 아니었다. 간난이에게 주인 여자가 말했다.
"젊음은 마냥 있는 것이 아니야."
간난이를 바라보며 남자에게 받은 돈을 주었다. 주인 여자는 간난이에게 또 한마디했다.
"돈을 벌 때 다 쓰지 말고 잘 모아놓아야 해. 은행에 가서 통장을 만들어 넣어 놓으라고."
간난이는 주인 여자의 말대로 은행에 가서 적금을 들었다. 간난이는 밖에 나가지 않고 여관 안에서만 생활했다. 달리 갈 데도 없었다. 주인 여자는 남자들이 오면 살살 구슬려 간난이를 들여보내 주었다. 간난이는 처음에는 잘 몰랐다. 알고 보니 손님이 오면 여자를 원하는 손님에게는 화대를 선불로 받는다. 손님에게 받은 화대를 간난이와 반반씩 나누어 계산하는 것을 잘 몰랐던 것이다. 시간이 조금 지나서 알게 되었다. 손님이 간난이에게 주는 것은 팁이라고 생각하면 된다. 처음에는 주인 여자가 화대의 반을 가지고 간다는 것을 잘 알지 못했다. 그것을 깨달은 간난이는 손님방에 들어가 남자를 꼬드겨 팁을 많이 받을 생각을 했다. 팁은 간난이 자신만의 것이라고 생각했다. 주인 여자에게는 팁을 받았다는 것을 말하지 않았다. 간난이는 그렇게 서울 생활을 시작했다. 그럭저럭 별다른 문제 없이 살고 있었다.

어느 날 갑자기 소낙비가 내렸다. 주인 여자는 잠깐 집에 갔다 온다고 나가고 간난이 혼자 여관에 있었다. 낮에는 거의 손님이 없었다. 어쩌다 한두 명 왔다가 갔다. 간난이는 여관 청소를 막 끝내고 카운터에서 텔레비전을 보고 있었다. 남자 한 분이 여관 문을 열고 뛰어 들어왔다. 간난이는 비를 흠뻑 맞고 들어온 남자를 보고 수건 하나를 건네주었다.

"비가 많이 와 들어왔어요. 잠시 비를 피해가려고요."

남자가 간난이를 보고 말했다.

"방 하나 드릴까요?"

간난이는 남자를 보고 물었다.

"네. 그러면 좋지요. 이왕이면 따뜻한 방을 주세요."

남자는 그렇게 하라며 간난이에게 따뜻한 방을 주문했다.

"아저씨 이 방으로 들어가세요. 따뜻할 거예요."

간난이는 남자를 데리고 깨끗한 방으로 데리고 가 문을 열며 말했다.

"웬 비가 이렇게도 많이 오는지…, 오늘 일은 다 망쳤네."

남자는 말을 하며 방으로 들어갔다. 간난이는 손님이 오면 늘 챙겨가는 물건들을 들고 손님의 방에 다가가 노크했다. 손님은 아무 말이 없었다. 간난이는 문을 열어 보았다. 손님은 많이도= 피곤했던 모양인지 벌써 코를 골며 자고 있었다. 아무도 없는 여관에 그 남자와 간난이, 단둘뿐이다. 밖에는 비가 왜 그리도 많이 오는지 길에는 지나다니는 사람도 없었다. 천둥과 번개만 요란했다. 간난이는 무서운 생각이 들어 주인 여자가 오길 기다렸다.

그날은 하루 종일 비가 많이도 쏟아졌다. 얼마나 지났을까? 안에서 남자가 부르는 소리가 들렸다. 간난이는 남자가 부르는 소리에 달려갔다. 남자는 간난이를 보면서 말했다.

"아줌마 먹을 것 없어요?"

"맥주와 안주는 있는데요."

"맥주 말고 먹을 것은 없어요? 부탁 좀 합시다."

간난이는 조금 망설이다가 물었다.

"아저씨 라면이라도 끓여다 드릴까요?"

남자는 간난이를 쳐다보면서 말했다.

"하긴 이렇게 비가 오니 중국집에서 배달도 안 되니 어떻게 하겠어. 아줌마가 알아서 아무것이나 주세요. 배가 많이 고파서요."

간난이는 라면을 끓여서 맥주와 안줏거리를 들고 남자가 있는 방으로 들어갔다. 남자는 간난이를 보고 말을 걸었다.

"여자 혼자 여관을 하다니 힘들지 않아요?"

간난이를 쳐다보며 말했다. 간난이는 남자에게 맥주를 한 잔을 따라 주면서 말했다.

"저는 주인이 아니에요. 일을 봐주는 종업원이죠. 뭐."

"아. 그래요? 주인은 어디 갔어요?"

"살림집에 갔어요. 비가 와 아이들이 걱정되어 살림집에 갔는데 지금 비가 많이 오니 못 오고 있나 봐요. 비가 조금 잦아들면 오겠지요."

간난이 말을 듣고 남자는 아무 말을 하지 않았다. 간난이가 남자에게 말을 걸었다.

"아저씨는 무슨 일을 하시기에 비를 맞고 다니세요?"

남자는 간난이를 한번 힐끗 쳐다보면서 말했다.

"나요? 남의 집만 짓고 다녀요."

간난이는 남자를 쳐다보며 대꾸했다.

"아하. 집 짓는 일을 하는구나? 좋은 일 하시네요."

간난이는 남자에게 말을 걸었다

"아저씨 집을 사려고 하면 얼마나 있어야 집을 살 수 있어요?"

"아줌마 집 사려고요?"

"아니 궁금해서요. 얼마나 있어야 서울에서 집을 살 수 있나 해서 한번 물어보았어요."

"서울에서는 집을 사려면 너무 비싸고, 내 생각에는 경기도 지방에 가면 적은 돈으로 집을 살 수 있을 거예요."

간난이는 관심을 가지고 남자에게 바짝 다가가 자세히 물었다.

"아줌마가 집에 대해 관심이 많네."

그렇게 말을 하며 남자는 명함을 한 장 주었다.

"집을 살 생각이 있으면 전화하고 한번 찾아와요. 그럼 좋은 집 살 수 있게 도와줄게요."

간난이는 명함을 받아 들었다. 남자는 간난이와 이런저런 이야기를 하면서 시간을 보냈다. 그러던 중 밖에서 주인아줌마 말소리가 들렸다. 간난이는 남자의 방에서 나와 주인 여자가 있는 카운터로 달려갔다. 주인 여자는 간난이를 보고 말했다.

"손님 있어?"

"예."

간난이는 한 분이 왔다고 말했다.

주인 여자는 손님이 가고 나서 간난이를 보고 손님이 왔으면 화대를 받았을 테니 돈을 달라고 했다. 간난이는 주인 여자에게 잠도 자지 않았는데 무슨 돈이냐고 했다. 주인 여자는 화를 내면서 말했다.

"누굴 속이려고. 남자와 단둘이 하루 종일 있었으면서, 가만히 있다가 갔다고? 말도 안 되는 소리를 지껄이고 있어."

주인여자는 화를 내며 야단이다. 간난이는 어이가 없어 주인 여자에게 화가 났다. 거짓말을 한 것이 아니라고 말을 해줘도 주인 여자는 간난이 말을 믿지도 않았다. 간난이가 주인 여자에게 남자와 있었던 일을 아무리 차근차근 설명해도 주인 여자는 도무지 믿으려고 하지 않았다. 그런 일이 있고 나서 주인 여자와 틈이 벌어지기 시작했다.

　간난이는 주인 여자가 자신의 말을 믿지 않고 의심하는 것이 화가 나서 이 여관을 떠나야겠다는 생각을 했지만, 달리 갈 곳이 없었다. 간난이는 갑자기 남자가 주고 간 명함이 생각나 주인 여자가 없는 틈을 타 남자에게 전화를 걸었다. 남자는 간난이의 말을 듣고 집을 살 생각이 있으면 한번 찾아오라며 자세히 찾아오는 길을 설명해주었다. 그리고는 전철을 타고 와서 자기에게 전화를 하라고 말했다. 간난이는 자신을 믿지 않는 주인 여자가 싫어졌다. 간난이는 주인 여자에게 거짓말을 하고 그 남자가 일러준 곳으로 찾아갔다. 간난이는 남자가 자세히 가르쳐준 대로 전철역에 내려서 남자에게 전화를 했다.

　남자는 승용차로 간난이를 데리러 나왔다. 간난이는 남자를 따라 남자의 사무실로 갔다. 알고 보니 그 남자는 집을 지어 파는 사람이었다. 간난이에게 남자는 집 구경을 시켜주었다.

　"아줌마 분양을 다 했는데 딱 한 채가 남아 있어요. 누가 취소한 물건인데 한번 볼래요?"

　남자는 간난이를 데리고 새집들이 많은 곳으로 데려갔다. 남자가 보여준 집이 간난이는 딱 마음에 들었다. 새집이라 깨끗하고 교통도 좋고 여러 가지가 간난이 마음에 들었다.

　"이 집 사려면 얼마나 주어야 해요?"

　간난이 남자에게 물었다. 남자는 간난이를 보고 말했다.

　"아줌마 얼마나 가지고 있어요?"

간난이는 말을 하지 않고 망설였다. 남자는 간난이가 우물쭈물하는 것을 보고 말했다.

"이천만 원은 있어요?"

간난이는 가만히 생각하다가 물었다.

"조금만 더 깎아주면 안 돼요?"

"그것은 좀 곤란하고 돈이 모자라면 융자를 받을 수는 있어요. 이것 싸게 주는 거예요. 딱 한 채 남아서 빨리 처분하고 철수하려고요."

간난이는 모아놓은 돈을 속으로 계산해 보았다. 그리고 이 집을 살 수 있을 것 같아 들고 간 돈으로 계약했다. 집을 계약하고 나니 빨리 이곳에 와서 살고 싶어졌다. 주인 여자와 요즘 사이도 안 좋아 마음이 불편했으므로 그곳에서 하루라도 빨리 떠나고 싶었다. 남자에게 다시 물었다.

"언제 이사 올 수 있나요?"

"내일이라도 돈만 준다면 올 수 있어요. 서류도 걱정하지 마세요. 아줌마 인감 한 통 떼어서 주민등록증도 가지고 오세요."

간난이는 알았다고 말은 했지만, 아무 말 없이 집을 나온 처지라 다시 남편과 아이가 있는 곳으로 가서 서류를 준비해야 한다는 것이 마음에 걸렸다.

간난이는 집에 한번 가봐야 하겠다고 생각을 하고 남편과 아이가 있는 고향 집으로 내려갔다. 아무도 몰래 집 주위를 둘러보았다. 아이는 벌써 커서 중학교에 다니고 있었고, 남편의 한의원은 더 큰 곳으로 이사를 한 것 같았다. 간난이는 속으로 잘 됐다고 생각하며 동사무소로 갔다. 자신을 알아보는 사람이 없는지 둘러보고 얼른 서류를 챙겨 서울로 올라왔다. 간난이는 기차 속에서 '남편과 이혼해야 하는데 어떻게 이혼을 하지?' 한참 궁리를 해보았다. '남편을 찾아가 이혼하자고 할까?' 간난이는 아무리 생각을 해도 쉽게 이혼하기는 어렵겠다고 생각했다. 남편은 지금도 혼자 살고 있다는 말을 들었다. 간난이는 고민이 많았다.

간난이는 준비해 온 서류를 들고 그 남자를 찾아갔다. 남자는 집값만 주면 모든 것이 처리가 된다고 했다. 간난이는 남자를 보고 말했다.

"사장님 저하고 은행으로 가요. 통장을 가지고 왔어요."

간난이 말을 들은 남자는 간난이를 데리고 은행으로 가서 모든 것을 다 처리 해주었다. 간난이가 속으로 걱정을 했는데 남자는 나쁜 사람은 아니었다. 간난이는 융자를 낀 채 연립을 샀다. 방도 셋이나 되어 방 하나는 세를 놓기로 했다. 융자금을 갚아야 했기에 사글세를 놓으면 좋겠다고 생각했다. 부동산에다 세 들어오는 사람이 여자면 좋겠다고 말을 하고 세를 놓았다. 간난이는 여관의 주인 여자에게 이사 간다는 것을 미리 말하지 않았었다. 간난이는 여관으로 돌아와 가방을 챙겨 주인 여자에게 집으로 간다고 말을 하고 지방 도시 수원으로 이사했다.

그 남자 덕분에 얼떨결에 집을 사게 된 간난이는 너무나 기뻤다. 생각지도 않았던 행운이었다. 필요한 살림살이를 마련하고 나니 기분이 더 좋았다. 며칠이 지나서 간난이는 이곳에 와서 무슨 일을 해서 융자도 갚고 살아가야 하나 생각해 보았다. 아무리 생각해도 뾰족한 생각이 나지 않았다. 간난이는 시장이나 한번 돌아보아야지 생각하고 돌아다니다 이곳저곳에 모텔과 여관들을 보고 생각했다. 배운 것이 도둑질이라고 간난이는 한 모텔에 들어가 주인을 불렀다. 사장이란 남자가 나왔다. 간난이는 사장이란 남자에게 손님들이 여자를 구하면 불러 달라고 전화번호를 주고 돌아왔다. 며칠이 지나자 전화가 걸려왔다. 간난이는 그때부터 전화발이가 되었다. 부르면 일을 나갔다. 그리고 평소에는 이웃 사람들하고 수다도 떨고 재미있게 지냈다. 이웃 친구들을 사귀어 친목계 모임도 하고 친구들하고 놀기도 하고 새로 사귄 친구들하고 관광도 함께 갔다. 하루하루 즐겁게 지냈다. 동네에서는 간난이가 전화발이라는 직업을 가지고 있다는 것을 아무도 몰랐다.
　간난이는 집에서는 화장기 없는 얼굴에다 보통 아줌마처럼 월남치마에 고무 슬리퍼를 끌고 다니고 외출할 때는 티셔츠에 청바지만 입고 다녔기 때문에 아무도 간난이를 이상하게 생각하지는 않았다. 동네 사람들은 이혼하고 혼자 사는 여자인 줄로만 알고 있었다. 남편이 결벽증이 심해서 간난이에게 손찌검을 많이 해 못살았다고 간난이가 친구들에게 은근히 말을 흘려 다들 그런 줄 알고 있었다. 간난이는 친정이 부자라 생활비를 대준다고 소문을 내 다들 그렇게만 생각하고 있었다. 간난이는 거의 집에만 있었다. 간난이 직업이 몸을 파는 여자라는 것을 알게 되면 간난이는 이곳에서 쫓겨날 것을 잘 알고 있었다. 간난이는 철저하게 동네 사람들을 속였다. 자신의 직업을 누구도 알지 못하게 간난이는 조심을 많이 했다. 별 탈 없이 잘살고 있었다.

어느 날인가 한번은 여학생이 찾아왔다. 간난이의 딸이었다. 간난이는 깜짝 놀라 '네가 어떻게 내가 이곳에 사는 줄 알고 찾아왔니?'라며 물었다. 딸은 아버지가 가르쳐 주었다고 했다. 딸은 '이렇게 혼자 살지 말고 집으로 돌아와 엄마.'라 말했다. 간난이가 가만히 생각해 보니 집 때문에 주소를 알았다는 생각이 들어 이제 어떤 방법이든 이혼을 해야겠다고 생각했다. 그동안 간난이는 여러 친구들을 사귀었다. 간난이는 예전에 아무것도 몰랐던 순진한 간난이가 아니었다. 간난이는 고민 끝에 가정법원에 가서 상담이나 한번 받아볼까 생각하고 법원 앞에서 서성이다가 우연히 이혼하러 온 여자를 만났다. 간난이는 그녀에게 자신도 이혼하고 싶다고 어떻게 하면 이혼할 수 있는 것인지 고민이라고 말했다. 남편은 '이혼할 생각이 전혀 없다'고도 말해주었다. 그녀는 간난이를 보더니 한참을 생각하다 방법이 있다고 했다. 간난이는 그 여자의 말에 귀가 솔깃해 그 여자에게 이혼할 방법을 가르쳐 달라고 바싹 달라붙어 말을 걸었다. 여자는 한참을 망설이다가 간난이에게 방법을 알려줄 테니 밥을 사라고 했다. 간난이는 밥은 걱정하지 말고 방법이나 가르쳐 달라고 했다. 여자는 간난이를 보고 말했다.

"간단해. 서류를 꾸밀 때 변태로 몰아. 밤마다 변태 짓을 해 못 견디어 도망 나왔다고 말하면 될 것 같아. 그것을 누가 알고 있나 물으면 내가 증인 서줄게."

간난이는 너무나 기뻤다. 그동안 간난이에게 일어났던 문제들이 모두 해결된 것 같은 기분이었다. 다음날 여자를 만나 서로 머리를 맞대며 궁리했다. 법원 주위에 있는 법무사 사무실로 들어가 서류를 만들었다. 서류접수를 해놓고 돌아와서 그녀와 나이트클럽을 가서 밤새워 놀았다. 남편은 간난이가 어이없는 행동을 했음에도 아무 반응도 하지 않고 이혼을 해주었다. 간난이는 홀가분했다.

이제 지옥 같았던 남편에게서 벗어나 자유의 몸이 되어 너무나 좋았다. 간난이는 별생각 없이 잘살고 있었다. 하루는 동네 아줌마들이 모여 놀다가 간난이를 보고 '이제 꽃다운 나이 다 지나가기 전에 좋은 곳으로 재혼을 하라.'고 했다. 그들은 간난이가 몸을 파는 직업을 가지고 있는 줄은 아무도 몰랐다. 간난이는 전혀 그런 기색을 동네 사람들에게 보이지 않았기 때문에 아무도 눈치채지 못했다. 동네 친구들은 간난이를 시집보내자고 말했다. 주위에 좋은 사람 찾아보라고 남편들에게 부탁하라고 했다.

어느 날이었다. 우연히 동네 친구가 자기네 집으로 놀러오라고 전화했다. 간난이는 아무 생각 없이 동네 친구의 집을 찾아갔다. 문 열고 집안을 들어서는데 웬 남자가 소파에 앉아있었다. 간난이는 아무 생각 없이 들어갔다. 동네 친구는 간난이를 보고 부엌으로 데리고 들어가 말했다.

"얘, 너 들어오다가 그 남자 보았지?"

간난이에게 물었다.

"누구야?"

간난이는 별 관심 없이 되물었다.

"아니. 남편 후배인데 아직까지 장가를 못 갔대. 그런데 어떠니?"

동네 친구는 간난이에게 물었다. 간난이는 그때서야 자신을 놀러 오라고 부른 목적이 선을 보라는 것임을 알았다.

"마음에 들어? 안 들어?"

간난이를 보고 동네 친구는 자꾸 재촉했다.

"난 잘 모르겠어. 글쎄 나는 다시 결혼할 생각이 없는데….'

"저 사람은 총각이야. 너는 갔다 왔잖아. 밑지는 장사는 아니잖아. 사람도 좋아 보이지 않니? 한번 만나볼 생각이 없어?"

간난이는 다시 결혼할 생각을 해본 적이 없었다. 그날은 그냥 차 한 잔을 얻어먹고 동네 친구 집을 나왔다. 며칠이 지났다. 또 동네 친구가 찾아왔다. 그 남자 이야기를 했다. 꼭 한 번만 만나보길 권했다. 간난이는 거절할 수 없어 딱 한 번만 만나기로 마음먹고 그 남자를 만나러 조용한 카페로 나갔다. 둘은 서로 인사를 하고 이런 저런 이야기를 나누었다. 사람은 점잖아 보이고 나쁜 사람 같지는 않았다. 그 남자에게 직업을 물어보았다. 남자는 인테리어를 한다고 했다. 그날은 별말 없이 헤어졌다. 며칠이 지나자 동네 친구가 간난이네 집으로 찾아와 말했다.

"애 아빠 후배는 네가 마음에 든다고 말했대."

"…."

"네 생각은 어때?"

친구는 끈질기게 간난이에게 정식으로 한번 만나보라고 자꾸 권했다. 그래도 간난이는 마음이 내키지 않았다. 자유롭게 살려고 좋은 남편 버리고 이혼까지 했는데, 결혼은 하고 싶지 않았다. 동네친구가 자꾸만 설득하는 바람에 간난이는 '아니면 그만이지'라 생각하면서 또 그 남자를 한번 만나보았다. 그 남자는 자신에 비해 더 좋은 사람 같았다. 조건도 그는 총각이고 자신은 이혼한 여자고 직업은 남자가 알리 없고. 간난이는 그날부터 그 남자를 가끔 만나 술도 먹고 이야기도 하다 보니 정이 들었다. 간난이는 그 남자에 대해서 가만히 생각해 보았다. 그리고 자신에 대해서도 생각해 보았다. '이러다 나이 먹고 나면 이런 일도 못 하게 되면 어떻게 살지?' 여러 가지 생각을 해보았다. 그 남자에게서 전화가 왔다. 간난이는 그 남자와 늦게까지 놀다가 자기 집에 데리고 왔다. 그날 그 남자는 간난이 집에서 잤다. 간난이는 그 남자와 잠을 자고 결정하기로 했다. 간난이가 중요하게 느끼는 잠자리는 너무 좋았다. 그날 이후로 간난이는 이 남자하고 결혼해 남들처럼 평범하게 잘살아보리라 생각하고 마음을 정했다. 남자와 시댁에 가서 인사도 하고 간난이는 그동안 모아놓은 돈으로 혼수도 많이 해 시집에다 가져다주었다. 시집은 넉넉한 집이 아니라 간난이가 많은 돈이 있다는 바람에 처녀가 아니라는 것을 알면서도 다들 모르는 척했다.

간난이는 살던 집을 처분해 아파트로 이사했다. 남편이 사업하는 데 자금도 대주었다. 시집에서는 며느리 잘 보았다고 칭찬이 자자했다. 얌전한 남편은 간난이에게 별 말이 없었다. 남편은 간난이보다 조금 어린 나이였다. 간난이가 누나처럼 느껴지는 것 같아 간난이를 보고 언제나 말이 없다. 처음 만났을 때는 조근조근 말을 잘했는데 막상 결혼 생활을 시작하고 보니 거의 말을 하지 않았다. 꼭 필요한 말 외에는 하지 않아 간난이는 답답하다고 생각했다. 그러는 사이에 간난이는 남자아이를 낳았다. 간난이는 아이를 키우는데 정신이 없어 남편 사업에는 관심이 없었다. 몇 년 세월이 흘러갔다. 남편은 술에 취해서 집에 오는 날이 많아졌다. 간난이에게 사업을 확장해야 한다며 돈을 달라고 야단했다. 간난이가 가지고 있던 돈은 다 떨어지고 없는데도 남편은 자꾸만 간난이에게 돈을 요구했다. 돈이 어디 하늘에서 떨어지는 것도 아닌데, 간난이는 점점 화가 났다. 간난이는 이제 돈이 없다고 말했다. 남편은 그때부터 간난이에게 폭력을 행사했다. 돈을 구해오지 않으면 밤새도록 괴롭히곤 했다. 간난이는 어쩔 수 없이 친구들에게 이자 돈을 빌려오기도 했다. 그런데 남편은 날이 갈수록 더 간난이에게 돈을 요구하는 날이 많아졌다. 간난이는 할 수 없어 자꾸 돈을 빌려다 주었다. 간난이는 이자도 감당되지 않고 남편이 생활비를 가져다주지 않아 결국 가정에 큰 문제가 생겼다. 아이만 없으면 갈라서겠지만 그렇게 할 수 없었다. 아이를 엄마 없는 아이로 만들고 싶지 않았다. 먼저 남편의 아이가 생각났다. 그 아이에게도 죄를 지었는데 이제 이 아이에게까지 엄마 없이 살아가게 하고 싶지 않았다. 간난이는 나이가 들어서인지 아이에게 상처를 주는 것이 싫었다. 참고 사는 데까지 살기로 마음먹었다.

간난이는 다시 일자리를 찾아 나섰다. 이리저리 알아보고 다니는 중에 우연히 처음 서울에 올라와서 만난 여관 주인을 만났다. 그녀는 반가워하며 간난이를 기억했다. 서로 안부를 물었다. 간난이를 보며 '요즘은 어떻게 살고 있냐?' 물었다. 간난이는 결혼한 이야기를 하고 남편의 사업이 안 돼 일자리를 찾고 있다고 말했다. 그녀는 간난이를 보고 잘되었다고 말했다. 간난이는 그녀를 보고 언니라고 불렀다.

"언니 무슨 일인데요? 저도 같이하면 안 돼요?"

간난이는 그녀에게 무슨 일인지 모르지만 돈 벌 수 있는 일이면 같이 하자고 부탁했다. 그녀는 '여관이 재개발되어 팔리는 바람에 여관을 그만두었고, 그래서 요즘은 약장사를 한다'고 했다. 간난이는 무슨 약을 파는 것인지는 알아볼 생각도 없이 무슨 일이든 돈을 많이 벌 수만 있으면 된다는 생각에 그녀를 졸랐다. 자신도 데려가 주길 부탁했다. 그녀는 한참을 생각하다가 조금 위험한 일이라고 했다. 그런데 돈은 좀 벌 수 있다고 말했다. 간난이는 돈을 많이 벌 수 있다는 말에 그녀에게 다짐까지 받았다.

"언니 꼭 끼워줘. 응?"

간난이는 남편 때문에 빚을 많이 져 한 달에 나가는 이자만 해도 많은 돈이 필요했다. 언니에게 매달렸다. 돈을 벌어야겠다는 생각밖에 없었다. 간난이는 언니와 약속하고 집으로 돌아왔다.

　남편은 사업 핑계로 집에 들어오지 않았다. 이제 간난이는 남편에게 기대하지 않았다. 간난이에게는 빚을 빨리 갚아야 한다는 생각밖에 없었다. 이 빚만 다 갚고 나면, 그와 헤어져 아이와 둘이 살아야겠다고 생각했다. 간난이는 다음날 언니를 찾아갔다. 간난이가 사정하는 바람에 그녀는 할 수 없이 간난이를 장사에 끼워주었다. 언니가 약을 판다고 해서 간난이는 가게에서 약을 파는 줄 알았다. 그런데 그것이 아니었다. 언니는 큰길 가 은행이 있는 길목에 쭈그리고 앉아있었다. 언니와 함께 나온 여자들이 여럿 있었다. 그 여자들을 보고 간난이도 오늘부터 함께 장사할 것이라고 소개했다. 다들 언니의 말에 토를 다는 사람은 없었다. 다섯 명이 한 조가 되어서 약을 팔고 있었다. 간난이에게는 첫날이니 손님처럼 약만 들여다보고 있으라고 했다. 그러다가 손님이 오면 아무 말 없이 약을 조금만 사라고 말했다. 간난이는 첫날이라 뭐가 뭔지 잘 모르지만 언니들이 시키는 대로 했다. 그런데 '누가 저걸 살까?' 싶었는데 조금 있자니 가지고 온 약초가 다 팔렸다고 했다. 어느 식당으로 들어가 밥을 시켰다. 다들 아침밥을 안 먹었는지 허겁지겁 밥을 먹고 나서 언니가 계산했다. 간난이도 첫날이지만 돈을 벌었다. 그날부터 간난이는 언니들을 따라다니며 약 장사를 하게 되었다.

　남편은 자꾸 이상한 사람이 되어갔다. 간난이가 집에 늦게 들어가는 날이면 '어디서 무엇을 하고 다니냐?' '혹시 다른 남자 만나러 다니는 것은 아니냐?'며 말도 안 되는 소리를 했다. 간난이가 말대꾸하면 그때부터 때리기 시작했다. 간난이는 이렇게는 살 수가 없다고 판단하고 남편에게 이혼을 요구했다. 그때부터 남편은 간난이에게 옷을 벗기고 혁대로 때리기 시작했다. 간난이는 '이런 것이 변태구나?' 생각했다. 간난이가 아파하는 것을 보면 남편은 더욱 쾌감을 느끼는 것 같았다. 온몸에 구렁이를 감아놓은 것처럼 혁대 자국이 남아 있었다. 간난이는 아무에게도 남편에게 혁대로 맞았다는 말을 못했다. 그래도 얼굴은 손을 대지 않아 다행이었다. 아픈 몸을 이끌고 장사를 나갔다. 집에 있는 것보다 밖으로 나가는 것이 낫다고 생각했다. 아무에게도 자신의 이야기를 할 수 없었다. 간난이는 이 남편에게서 빠져나가려고 해도 빠져나갈 수가 없었다. 늘 간난이를 감시하는 것 같았다. 남편의 사업은 다 망했다. 남편은 건달처럼 돌아다니며 술을 마셔댔다. 집에는 가끔 찾아와 돈만 뜯어갔다. 돈을 주지 않으면 옷을 찢고 혁대로 때렸다. '이 더러운 몸뚱이 좀 맞아 보라.'고 말을 하곤 했다. 누가 무슨 말을 했는지는 알 수가 없었다. 간난이는 '혹시 자신의 과거를 알았을까?' 한번 생각해 보았다. 아무리 생각해도 알리는 없는데 저 인간이 왜 저러지? 간난이는 전남편에게 죄를 지어 나에게 저런 인간을 만나게 하지 않았나 생각을 해보았다. 이제 와서 되돌아갈 수도 없다. 간난이는 나이가 들어갈수록 지나간 일들이 후회되었지만, 이제는 어떻게 할 수도 없었다. 아이가 대학만 빨리 끝나면 좋겠다고 생각했다. 간난이는 집도 없이 남의 지하 방에서 아들과 단둘이 살고 있었다. 남편은 집에 잘 들어오지 않았다. 밖에서 무엇을 하는지 알고 싶지도 않다. 그런데 집에만 들어오면 간난이를 때렸다. 간난이에게 잠자리를 하면서도 때렸다. 꼭 때리면 옷을 홀랑 벗겨놓고 때렸다. 간난이는 도망도 갈 수 없다. 간난이를 때린 날은 언제나 잠자리를 하는 이상한 취미로 변해가는 남편을 떼어 내려고 아무리 노력해도 잘되지 않았다.

간난이는 아무리 돈을 벌어도 소용이 없었다. 조금 모아놓으면 어떻게 알고 남편이 찾아와 돈을 몽땅 가지고 갔다. 간난이는 모든 것을 포기했다. 될 대로 되라는 심정으로 매일매일 살았다. 어느 날인가 장사를 나가 한참 약을 팔고 있는데 경찰이 들이닥쳤다. 판매허가 없이 수상한 약을 판다고 누군가 신고를 한 모양이었다. 피할 시간이 없어 다들 경찰서에 잡혀갔다. 간난이는 경찰서 유치장에 갇혀 하룻밤을 보냈다. 다음날 다시는 이렇게 불법으로 약초장사를 하지 않겠다는 다짐을 하고 나서야 경찰서에서 겨우 풀려날 수 있었다.

간난이는 남편을 소개시켜준 동네 친구가 원망스러웠다. '이 남자만 만나지 않았다면 얼마나 좋았을까?' 함께 장사하는 언니들에게 말했다. 언니들은 다들 나이가 많고 간난이가 제일 젊었다. 간난이는 거머리 같은 남편에게 벗어나기 위해 무던히도 애를 쓰지만 그리 쉽지 않았다. 술을 마시고 들어온 날이면 남편은 간난이를 더욱 괴롭혔다. 그때마다 간난이는 전남편과 아이를 버리고 집을 나온 것에 대해 참회의 눈물을 흘렸다. 간난이는 나이가 들어갈수록 두고 온 딸에게 엄마 노릇 한번 제대로 못 한 것이 뼈에 사무쳤다. 큰 죄를 지은 일이라는 생각을 한 후로 날마다 죄책감에 시달렸다. 간난이는 시도 때도 없이 언니들에게 자신이 이렇게 사는 것은 젊어서 죄를 많이 지어서 죗값을 받는 것이라고 말했다. 같이 장사하는 언니들을 보고 울었다. 언니들은 한숨을 쉬면서 간난이를 보고 말했다.

"용한 점쟁이가 있다는데 우리 그곳에 한번 가보자."

"대체 언제나 마음 편하게 살다 죽을지 한번 가서 물어보자."

한 언니가 간난이 넋두리를 듣고 말했다. 언니들은 장사를 하다가 말고 모두 일어나 점을 보러 가기로 했다. 모두 발걸음을 옮겼다. 여의도에 있는 점집이었다. 점을 잘 본다는 소문에 점집 앞에는 사람들이 길게 줄을 서 있었다. 간난이와 언니들은 함께 줄을 서 있다가 차례로 들어갔다 나왔다. 먼저 들어간 언니는 기다리는 우리들을 보고 점을 잘 보는 것 같다고 말했다. 간난이는 몹시도 궁금했다. 간난이 차례가 돌아오길 기다렸다. 먼저 들어간 언니가 방문을 열고 걸어 나왔다. 이번에는 간난이 차례가 되었다. 방문을 열고 간난이는 조심스럽게 점쟁이 앞에 앉았다. 점쟁이는 간난이보고 생년월일을 물어보았다. 간난이는 생일을 말했다.

"화류계에 있어야 할 팔자가 가정에 있으니 그 모양 그 꼴이지. 당신은 절대로 가정에서 평범하게 살 팔자가 아닌데."

점쟁이는 간난이를 한참을 쳐다보며 혀를 차기 시작했다. 간난이를 보고 아무 말을 하지 않고 있었다. 아무 말이 없는 점쟁이에게 간난이는 남편에 대해 말했다.

"니 팔자가 그래서 그래. 알겠어?"

"화류계에 있어야 할 팔자가 왜 시집은 가서 지랄이야."

그렇게 말을 하는 점쟁이를 보고 간난이는 물었다.

"부적이라도 쓰면 괜찮아지지 않을까요?"

"야 이년아. 부적은 무슨? 부적 써서 그 팔자 바뀔 것 같으면 내가 먼저 부적을 써서 팔자를 바꿔 영부인 되었겠다. 이년아."

그렇게 묻는 간난이를 빤히 바라보며 점쟁이가 퉁명스럽게 욕했다.

"쓸데없는 소리는 하지 말고 절에 가서 마음이나 다스려. 그것이 너에게는 제일 좋아. 다 제 팔자야. 왜 색기를 타고나 가지고. 네 팔자는 내가 어떻게 도와줄 수가 없어."

점쟁이는 간난이를 보고 혀를 차며 간난이가 상에 올려놓은 돈을 집어 간난이에게 던졌다. 간난이는 점쟁이를 보고 물었다.

"선생님 한 가지만 더 물어볼게요. 아이 아빠 언제쯤 저한테서 떨어져 나갈까요?"

"그것은 너의 숙명이야. 거머리는 너의 피를 다 빨아 먹고 살다가 죽을 거야. 마음을 비워."

그리고 점쟁이는 간난이에게 조그만 말로 속삭이며 말했다.

"힘들어도 조금만 참아. 이제 더 이상 말해줄 것이 없다."

"아들하고는 떨어져 살아."

마지막으로 이 한마디를 하고는 점쟁이는 눈을 지그시 감았다.
"복채 가지고 나가라니깐."
간난이는 더 이상 물어도 대꾸를 해줄 것 같지 않아 일어나 걸어 나오는데 등 뒤에다 점쟁이가 말했다.
그 말을 듣고도 간난이는 점쟁이가 던진 돈은 집어오지 않았다. 점쟁이 집을 나온 간난이는 자신이 지은 죄가 너무 커 아들까지 문제가 될 것 같은 생각에 점쟁이 말대로 아들과 멀리 떨어져 살아야겠다고 생각을 하고 방을 얻어 아들을 내보냈다.

그리고 간난이는 혼자 살았다. 아들에게 돈을 벌어 조금씩 부쳐 주고 혹시라도 아들이 결혼해 며느리라도 간난이 과거를 알게 된다면 아들까지 불행하게 될 것 같아 장사도 그만두고 간난이는 산속에 조그만 절로 들어가 그 절에서 궂은일을 해주며 살았다. 어느 날 다정한 모녀가 절 마당에 들어서는 모습을 본 간난이는 불현듯 딸아이가 보고 싶어졌다. 이제 어떻게 살고 있는지 마지막으로 한번 보고 싶었다. 그날로 간난이는 절을 나와 전남편과 딸아이가 행복하게 살았던 고향 집으로 발걸음을 옮겼다. 산을 내려와 기차를 타고 고향 집으로 갔다. 그동안 동네는 많이 변해 있었다. 빌딩도 들어서 있고 오랜만에 찾아간 고향 집은 어리둥절했다. 간난이 남편이 이곳에서 오래도록 한의원을 했기 때문에 그 동네 오래 살아온 사람들에게 물어보면 어디에 살고 있는지 다 알고 있을 것이었다. 간난이는 아무도 알아볼 수 없게 변해버린 자신의 모습이지만 혹시라도 누가 알아볼까 한편으로 두려웠다. 간난이는 나이가 지긋이 든 한 노인에게 물었다.

"이곳에 옛날부터 하던 한의원이 있었을 텐데요…."

"아…, 거기? 한의사 그분은 이제 나이가 많아 한의원은 안 하시고 그 집에 들어온 사위가 물려받았다고들 하던데…."

간난이는 그 노인에게 다시 한번 물었다.

"그럼 살림집은 아세요?"

"저쪽으로 가면 조금 떨어진 곳에 기와집이 나와요. 그곳에 살고 있어요."

"아직 그분은 살아 있지요?"

"아. 그 원장님. 한의원 하시던 분요? 그 노인 살아있어요. 내가 알기로는 딸하고 같이 산다는 말을 들었는데요. 사위에게 병원을 물려주었다고들 해요."

노인에게 다시 한번 더 물었다. 집을 가르쳐달라고 했다. 간난이는 그 노인과 인사를 하고 걸어갔다. 노인이 일러준 대로 딸이 산다는 그 집을 향해서 한참을 걸었다. 집 근처로 가서 집 주위를 기웃거렸다. 집안을 들여다보았다. 참으로 평온하고 행복해 보였다. 딸 얼굴을 한번 보려고 집 주위를 서성대며 돌아다녔다.

현관문이 열리고 한 노인이 걸어 나왔다. 할아버지를 부르는 소리가 들리고 노인의 뒤를 따라 한 아이가 나왔다. 노인은 아이를 보고 활짝 웃는다. 그 모습이 간난이 눈에는 너무나 행복해 보였다.

마당에서 아이들과 노는 모습을 한없이 바라보며 눈물을 흘렸다. 죄 많은 년이란 생각에 간난이는 마당에 아이들과 놀고 있는 전남편을 바라보고 자기를 용서하라고 마음속으로 말했다.

'이 죽일 년을 용서하세요. 지금 내가 이렇게 힘들게 사는 것은 당신에게 잘못해서지요. 지은 죄에 대한 벌을 받고 살고 있어요. 이것이 당신을 버린 죄의 값이라고 생각합니다. 당신이 참으로 좋은 사람이라는 것을 나는 알아요. 어느 날 사람을 보내 모든 것을 정리하고 당신에게 돌아오라고 하셨지요. 말을 전해 들었을 때는 이미 늦었답니다. 그때 아들까지 데리고 오라는 당신 말을 듣고 이 세상에서 당신처럼 마음이 넓은 사람도 없을 거라고 생각했답니다. 당신 같은 사람이 어디에 또 있을까요? 나는 죽어서도 당신 곁으로 못 간답니다. 당신에게 너무나도 씻을 수 없는 큰 죄를 지었기 때문이에요. 다시 한번 용서를 구합니다.'

간난이는 전남편과 아이들 웃음소리를 뒤로하고 걸음을 옮겼다. 꽃같이 예뻤던 시절에 시집와 심심할 때면 동산에 와서 놀았었다. 동네 아줌마들과 나물을 캐던 곳으로 눈물을 흘리며 하염없이 걸어 올라갔다. 간난이는 얼마 지나지 않아 어느 산 귀퉁이에서 피를 토하고 시체로 발견되었다. 오랫동안 약장사를 했던 간난이는 독초를 너무나 잘 알았다. 간난이는 독초를 먹고 한 많은 세상을 떠나 버렸다. 아무도 없는 곳으로, 진달래가 만발한 날에….

공짜 밥은 없다

♦♦♦♦♦ 공짜 밥은 없다

　민주가 고개를 쭉 뺀 채 호화찬란한 문화거리를 걸어가고 있다. 발아래에 무엇을 떨어뜨린 것처럼 고개를 숙이고 걸어가다 단란주점 앞에서 발을 멈추었다. 주위를 둘러본다. 아무도 없는 것을 확인한 민주는 철 계단을 천천히 올라간다. 알록달록한 불빛들이 일렁이는 문을 밀고 들어선다. 민주는 주인 여자에게 인사를 하고 그곳 테이블에 앉았다.
　"너 오늘도 안 오면 경찰서에 신고하려고 했어."
　민주는 아무 말도 못하고 고개를 숙인 채 앉아있다.
　"너 오늘 내가 하라는 대로 안 하면 가만 안 둘 거야. 네가 훔쳐 간 돈을 오늘 갚아야 해. 알았지?"
　주인 여자는 민주에게 다짐을 받으려는 듯했다. 서서히 어둠이 다가오고, 손님들이 하나둘 씩 문을 밀고 들어선다. 술에 취해 들어오는 남자도 있고 여자들과 일차를 한 후 이차로 들어오는 사람도 있었다. 주인 여자는 민주를 보고 빨리 준비하라고 다그친다.
　민주는 쭈뼛거리며 주인 여자의 눈치를 살핀다. 민주는 어떻게 해야 할지를 몰라 눈에서는 금방이라도 눈물이 쏟아질 것 같은 모습으로 서 있었다. 주인 여자는 무서운 눈빛으로 소리를 치며 민주의 등을 떠밀었다.

"빨리 옷을 벗지 못해?"

민주는 두려움에 몸을 떨었지만, 이 순간을 피해 갈 수가 없었다. 주인 여자의 협박을 피해 갈 방법이 생각나지 않았다. 민주는 주인 여자의 눈치를 보며 옷을 벗기 시작했다. 그리고 테이블 위로 올라가 몸을 비틀어 춤을 추기 시작했다. 술 취한 남자들은 환호성을 지르며 야단이다. 주인 여자는 회초리를 든 채로 제대로 춤을 추지 않으면 금방이라도 민주를 내려칠 것 같은 기세로 바라보고 서 있었다. 민주는 주인 여자의 눈치를 보면서 한동안 수치심도 잃어버린 채 춤을 추고 내려왔다.

그녀는 테이블에서 내려와 어느 손님의 무릎에 앉아 술을 마셨다. 그리고 돈은 한 푼도 받지 못하고 깜깜한 새벽이 되어서야 일이 끝나 철 계단을 내려왔다.

"내일도 늦으면 안 돼. 알았지? 너 약속대로 하지 않으면 경찰서에 신고해 감방에 가게 할 거야."

집으로 돌아가는 민주의 뒷모습에 대고 주인 여자가 말했다.

민주는 주인 여자의 목소리를 뒤로하고 하염없이 걸었다. 순간 민주는 죽고 싶었다. 민주는 울면서 죽은 엄마를 불렀다. 민주는 힘들 때마다 수십 번씩 엄마를 부르고는 했다.

'나 이제 어떻게 하지? 말 좀 해줘. 엄마.'

아무리 목을 놓아 불러보아도 깜깜한 밤하늘뿐이다.

'엄마 나 이제 돈도 없는데 어떻게 살아가지? 나 엄마 곁으로 가고 싶어. 나 좀 데리고 가.'

민주는 소리 없이 울고 또 울었다.

'엄마, 이곳을 어떻게 빠져나가지? 엄마 말 좀 해봐.'

아무도 없는 공원에서 목 놓아 울면서 돌아가신 엄마를 아이처럼 처절하게 불렀다. 민주는 한참을 울다가 발걸음을 옮겼다. 민주는 밤하늘을 올려다보며 행복했던 지난날들을 떠올렸다.

어린 시절 민주는 귀여움을 혼자 다 독차지하고 살았다. 아버지는 사업을 하셨고 어머니는 많이 배운 현대 여성이었다. 두 분 사이에서 태어난 민주는 좋은 환경에서 부러울 것 없이 자랐다. 평생 행복할 것만 같았다. 민주는 어른이 될 때까지 스스로 할 줄 아는 것이 하나도 없었다. 모든 것을 다 어머니가 해주었기 때문이었다. 집에는 일하는 아줌마가 있었고 민주가 할 일은 없었다. 걱정 하나 없이 그냥 행복하기만 했다. 그런데 어느 날부터인지 아버지가 병에 걸려서 시름시름 앓다가 결국 돌아가셨다. 그러나 남은 두 식구는 별 어려움 없이 잘 지냈다. 아버지는 돌아가셨지만 나름대로 여유가 있어 어머니와 행복하게 살았다. 민주는 내성적인 성격이었다. 어머니는 민주 일이라면 일일이 간섭하고 나섰다. 모든 일을 어머니가 결정하고 어머니가 처리해주었다. 그러다 보니 자유롭게 연애도 한 번 해본 적이 없다. 항상 어머니 허락 아래 모든 것이 이루어져야만 했다. 사소한 문제서부터 친구 문제까지도 어머니가 일일이 간섭했다. '저 아이는 저래서 친하면 안 되고 이 아이는 이래서 안 되고.' 늘 어머니는 민주를 어린아이처럼 대했다. 그런 민주는 자기 스스로 결정을 해본 일이 없었다. 언제나 어머니에게 물어보고 허락받아 행동했다. 그러다 보니 친구들 사이에 민주는 어머니가 없으면 안 되는 아이로 통했다. 친구들이 그런 민주를 놀이에 잘 끼워주지 않았다. 일일이 어머니에게 다 말하는 아이로 통하니 놀아주는 친구가 없었다.

그렇게 자라서였는지 민주는 세상을 몰라도 너무 몰랐다. 민주는 자기 스스로 제대로 할 수 있는 일이 없었다. 민주는 어머니가 좋아하는 유형의 남자와 선을 보고 결혼했다. 그리고 어머니와 함께 살았다. 그때까지만 해도 별문제가 없었다. 어머니가 민주 곁에 있었기 때문이다. 아버지가 남기고 간 재산도 아직 많이 남아 있었기에 생활하는 데 불편한 것은 전혀 없었다. 남편은 사업을 하는 남자였다. 가끔 출장을 나가면 몇 달은 집에 돌아오지 않았다. 민주는 늘 어머니가 옆에 있었기 때문에 남편이 없어도 불편하지 않았다. 남편 문제도 어머니가 다 알아서 단속하곤 했다. 그냥 어머니가 시키는 대로 하면 아무 문제가 없었다. 그런대로 행복한 결혼 생활이었다. 민주도 남편도 불만 없이 그럭저럭 행복한 나날을 보냈다. 몇 년이 지나도록 민주는 아이를 낳지 못했다. 누구의 잘못인지 몰라도 아이는 태어나지 않았다. 남편은 그 문제에 대해서도 아무 말도 하지 않았고 별 불평도 없었다. 어머니도 걱정하지 않았다. 그렇게 세월이 흘러갔다. 민주는 세상을 배우려고도 알려고도 하지 않은 채 살아가고 있었다. 남편이 다른 여자와 몰래 살림을 차리고 있다는 것도 몰랐다.

어느 날 어머니는 민주에게 남편과 이혼하라고 말했다. 민주는 무슨 영문인지 잘 알지 못했다. 네가 아이를 낳지 못해 다른 여자와 살림을 차렸다는 이야기를 들려주었다.
"이혼하고 우리 둘이 살자. 그 나쁜 놈 다시는 생각하지 마라."
민주는 어떻게 된 일인지 잘 알지도 못하고 어머니 등쌀에 남편과 이혼했다. 마음은 아팠지만, 민주에게는 남편보다 어머니가 더 소중한 사람이었기에 어머니 말을 안 들을 수가 없었다. 어머니 없는 세상은 상상할 수가 없었기 때문이다. 어머니가 법이고 어머니가 민주에게 전부였다. 경제문제도 어머니가 다 알아서 했고, 심지어 남편과의 재산분할 문제까지도 어머니가 다 알아서 마무리했다. 민주는 그냥 어머니가 하라는 대로 했을 뿐이다. 어머니는 이혼 후 민주의 마음을 알 리도 없었지만, 알려고도 하지 않았다. 민주 역시 어머니에게 자신의 마음을 말하지 않았다. 어머니가 싫어할 것 같아 자신의 생각을 말하지 않는 편이 좋겠다고 생각했다. 민주는 속으로만 괴로움을 삭였다. 그렇게 어머니와 둘이 그럭저럭 잘 살아가고 있었다. 어머니는 늘 자신의 곁에서 살면서 평생 돌봐줄 줄만 알았다.

어느 날이었다. 민주가 친구들을 따라 여행을 갔다가 집으로 돌아와 현관문을 열고 들어서는데 어머니가 거실에 쓰러져 있었다. 민주는 너무 놀라 119에 신고했다. 그리고 이성을 잃었다. 어머니는 꼼짝하지 않았다. 민주는 울고불고 야단했다. 사람들이 몰려오고 경찰도 오고 온 동네가 야단이 났다. 민주 어머니는 민주 얼굴도 보지 못하고 민주가 여행 갔다 온 사이에 죽고 말았다. 민주가 집에 없는 사이에 무슨 일이 있었는지 아무도 알지 못했다. 민주는 한동안 제 정신이 아니었다. 동네 사람의 도움으로 어머니 초상을 치렀다. 어머니가 돌아가시고 나서 민주는 어떻게 살아가야 할지를 몰랐다. 생활하는 데 큰 불편이 없을 만큼 통장에 돈은 있었다. 집도 있었다. 민주는 자기 스스로 할 줄 아는 것이 아무것도 없었다. 밥도 자신이 해본 적 없고 반찬도 해본 적이 없었다. 시장을 어떻게 보고 돈은 어떻게 규모 있게 써야 하는지 알지 못했다. 민주는 어머니 없는 빈집에 산다는 것이 지옥 불에 떨어진 것처럼 힘이 들었다. 민주는 자신에게 조금만 잘해주어도 그 사람을 믿고 믿었다. 그러다 보니 민주가 가지고 있는 통장에 들어있는 돈을 '어떻게 하면 빼앗아 갈까?' 사람들은 혈안이 되어 있었다. 민주가 세상을 잘 모르는 것을 눈치채고 사람들은 궁리했다. 살살 구슬리면 가지고 있는 돈을 빼앗아 갈 수 있겠다 싶었는지, 민주의 주위에는 늘 사람들이 끓었다.

이 사람에게도 저 사람에게도 속다 보니 가지고 있던 돈이 조금씩 없어지기 시작했다. 가끔 어머니를 찾아오던 친구분이 있었다.

그분이 민주를 보고 '앞으로 어떻게 살아갈 것인가?'에 대해 물었다. 가지고 있는 돈을 투자하여 다달이 이자로 생활하면 될 것이라고 민주에게 달콤한 말을 했다. 민주는 어머니 친구분의 말을 믿고 어머니 친구분이 시키는 대로 했다. 마지막 남은 돈이었다. 그런데 투자한 돈은 어디로 갔는지 알 수가 없었다. 어머니 친구분은 민주 앞에 나타나지도 않았다. 그 이후는 아무리 전화해도 받지 않고 연락이 뚝 끊어졌다.

 그 일이 있고 난 후 민주는 친한 친구에게 어머니와 함께 살았던 집까지 사기를 당했다. 이제는 정말 아무것도 남지 않았다. 민주는 앞으로 살아갈 길이 걱정되었다. 돈도 없고 어디에 가서 일해 돈을 벌어야 하는지 막막하기만 했다. 남의 일을 한 번도 해본 일이 없으니 어떻게 살아가야 할 것인지 방법이 도통 생각나지 않았다. 돈도 한 푼 없고 배는 고프고 하여 어느 식당에 들어가 밥을 먹고 도망을 나왔다. 주인에게 들켜 욕을 먹고 두들겨 맞기도 했다. 동네에 서서히 소문이 돌기 시작했다. 이 식당 저 식당 들랑거리며 밥을 먹고 밥값을 내지 않는다고 소문이 나서 식당주인들은 민주만 나타나면 식당에 들어오지도 못하게 했다. 그리고 사람들은 민주를 보고 혀를 찼다. '아이고 멀쩡하게 생겨서 저렇게 욕먹지 말고 일을 하면 되지.'라며 답답하다고 말했다.

 민주는 할 줄 아는 것이 없었다. 민주는 일을 한 번도 해보지 않아 어떻게 해야 할 줄을 모른다. 일 자체를 할 줄 모르는 것을 어찌

하랴. 그러다 보니 민주는 자꾸 이상하게 변해갔다. 그러던 어느 날이었다. 길에서 우연히 마주친 남자와 단란주점이란 곳에 갔다. 민주는 남자를 만나 주점에 따라가면 먹을 것이 있어 끼니를 때울 수가 있다는 것을 알게 되었다. 밤만 되면 호프집이나 단란주점을 들랑거렸다. 그렇게 생활하다가 어느 나쁜 남자를 만났다. 그 남자는 민주를 단란주점으로 데리고 가 술을 마시고 돈을 내지 않고 화장실을 간다고 하고 도망가버렸다. 꼼짝없이 민주가 술값을 내게 생겼다. 민주 가방에는 술값 낼 돈이 한 푼도 들어있지 않았다. 민주가 주위를 둘러보니 아무도 없었다. 초저녁이라 손님들이 아직 몰리기 전이었다. 민주와 같이 온 남자가 첫손님이었다. 민주는 주인 여자가 잠깐 자리를 비운 사이 계산대에 다가가 돈지갑을 들었다. 막 나오려고 하는데 주인 여자가 어디서 나타났는지 민주에게 다가왔다. 이상한 느낌이 들었는지 주인 여자는 민주에게 다가와 무서운 눈빛으로 민주를 쳐다보면서 따귀를 쳤다. 민주는 지갑을 여자에게 돌려주었다.

 민주는 아무 말도 못 하고 주인 여자에게 매달렸다. '다시는 이런 짓 안 하겠으니 용서해주길 바란다.'고. 주인 여자를 보고 민주는 '무엇이든지 시키는 대로 할 것이니 딱 한 번만 용서해달라.'고 울면서 빌었다.

 "그럼 내일 이 시간에 이곳으로 와. 안 그러면 너를 감방에 보낼 거야."

 "야, 김 군아."

누군가를 불렀다. 조금 있으니 룸 안쪽에서 젊은 남자가 나왔다. 주인 여자는 그 남자에게 말했다.

"저 여자 따라가서 집이 어딘지 알아봐."

민주는 어쩔 수 없이 남자와 집으로 돌아왔다. 남자는 같이 걸어가면서 민주에게 말했다.

"주인아줌마 비위 건드리지 마. 얼마나 무서운 사람인 줄 알아? 그냥 순순히 하라는 대로 해. 그럼 아무 일도 없을 거야."

남자는 민주에게 협박 아닌 협박을 했다. 민주는 너무 무서웠다. 주인 여자의 시퍼렇게 날을 세우고 쳐다보는 눈빛에서 민주는 주인 여자의 말을 거역할 수 없다는 것을 알았다.

"나 원망하지 마."

"…."

"네가 어디에 살고 있는지 알아야 하니까."

같이 집으로 가자는 말에 민주는 고개를 땅에 떨구며 말없이 걸어갔다. 남자는 민주를 앞장세우고 걸어가며 말을 한다.

"너는 그 돈 다 갚을 때까지 도망도 못가. 알았지?"

민주를 따라온 남자를 보고 민주는 이제 집을 알았으니 돌아가 달라고 말했다. 그다음 날 민주는 주점에 나타나지 않았다. 주인 여자는 민주의 집에 찾아왔다. 민주가 문을 열어야 하나 말아야 하나 망설이는 동안 시간이 흘렀다. 밖에서 문 두드리는 소리가 들렸다. 민주는 방에서 일어나 할 수 없이 현관문을 열었다. 단란주점 주인 여자가 집까지 찾아오리라는 생각은 못 했다. 주인 여자는 가죽혁

대로 민주를 매질했다.

"네가 도망만 가면 나는 어디까지라도 또 찾아갈 거야, 알았지?"

남자를 만나 쉽게 끼니를 때우려고 한 것이 더 큰 문제가 되었다는 것을 뒤늦게 깨달았다. 민주는 주인 여자의 협박을 벗어날 수가 없었다. '말을 듣지 않으면 자신을 경찰서로 끌고 가 감방에 보낸다.'는 말에 여자가 시키는 대로 할 수밖에 없었다. 그날부터 민주는 단란주점에서 늦은 밤에 벌거벗고 춤을 추었고 그 일로 생계를 해결했다. 민주는 도망갈 생각은 아예 하지 못했다. 벗어날 만큼 그렇게 영악하지도 않았다. 본의는 아니었으나 태어나서 처음 자신의 힘으로 살아가는 방법을 실천하고 사는 민주였다.

민주는 험난한 세상을 혼자 힘으로 살아가야만 한다. 민주는 어머니를 처음으로 원망했다. '왜 나를 이렇게 만들었냐?'고 울면서 원망했다. 세상이 이렇게 험난하다는 것을 왜 미리 일러주지 않았는지, 아무것도 할 줄 모르게 키웠는지, 어머니가 끝까지 자신을 지켜주지 못할 것 같았으면 이렇게 키우면 안 되는 일이었다. 왜 이렇게 만들었는지 원망했다. 민주는 죽고 싶다는 생각뿐이었다. 이곳을 빠져나가고는 싶지만 어떻게 해야 이곳을 빠져나갈 수 있는지 아무리 생각해도 민주의 머리로서는 생각이 나지 않았다. 민주는 날마다 주인 여자의 눈치를 보면서 그 주점에서 일하며 지냈다. 달리 갈 곳이 없었다. 그래도 그곳에서 일하면 많은 돈은 주지 않아도 무단 취식은 하지 않아도 되니 민주는 그냥 그곳으로 일을 나갈 수밖에 없었다. 처음에는 술값만 갚으면 그만두어야지 생각했는데 이제는 직업이 되었다. 민주는 그곳에서 많은 것을 배웠다. 남자하고 잠을 자면 돈을 준다는 것도 알게 되었다. 아무것도 할 줄 모르던 민주는 어느덧 그 생활에 물이 들기 시작했다. 민주는 그때부터 남자를 꼬여 잠을 자면 돈이 나온다는 것을 알고서 돈이 없으면 길을 가다가도 남자를 유혹했다. 민주는 그런대로 예쁜 얼굴이었다. 남자들이 좋아하는 순수하고 순박한 여자였다. 민주가 아무리 되바라진 행동을 해도 남자들 눈에는 순박해 보이는 것이었다. 민주는 그렇게 자신이 살아가는 법을 조금씩 배워 나갔다.

그날은 비가 부슬부슬 내렸다. 민주는 '어디 가서 먹을 것이라도 사 와야겠다.'싶어 집을 나섰다. 시장에 가서 이것저것 들여다보고 있었다. 무엇을 먹을까 한참을 기웃거리고 있는데 이혼한 전남편과 눈이 마주쳤다. 그도 민주도 깜짝 놀랐다. 민주는 눈을 돌렸다. 남편은 민주를 보고 말을 건넸다.

"너는 아직까지 어머니와 같이 사니?"

민주는 아무 말이 나오지 않았다. 남편하고 살 때와 너무 다른 세상에 살고 있는 민주는 남편의 말에 아무 대꾸를 하지 못하고 남편을 바라보고만 있었다.

"어디 가서 이야기 좀 할까?"

민주는 아무 말 없이 남편을 따라 어느 카페에 갔다.

"당신 많이도 변한 것 같아. 말도 없고 또 차분해 보이고."

민주는 남편을 보고 입을 열었다.

"어머니는 돌아가셨어요."

남편은 민주 말에 깜짝 놀라며 물었다.

"아니 정말이야? 그 노인네 천년만년 살 것처럼 하더니…, 그럼 당신은 지금 누구와 살고 있어?"

"저요? 혼자 살고 있어요."

"뭐? 당신이 혼자 산다고? 어떻게 당신이 혼자 살 수가 있어? 아무것도 할 줄 모르는 사람이. 참으로 신기하네."

남편이 민주를 보고 비꼬는 말인지라 민주에게는 좋게 들리지 않았다.

"당신이 나에게 무슨 권리로 그렇게 말을 하세요? 무슨 할 말이 그렇게 많으세요? 결혼해 놓고 바람 난 사람이."

그 말을 듣는 순간 남편은 민주를 보고 말했다.

"이 사람아. 나는 바람난 적이 없었어. 그것은 당신 어머니가 꾸민 일이야. 이 멍청한 사람아. 어머니 말만 믿고 당신은 살았잖아. 내가 하는 말은 믿지도 않고. 어머니 아니면 못살 것 같았는데 어떻게 혼자 잘 살아가고 있네. 참으로 다행한 일이야. 나는 당신 어머니가 죽으면 당신도 따라 죽을지 알았지."

'지금은 무엇을 어떻게 하고 살고 있는 거야?' 남편이 물었다. 남편에게 지금 자신이 처해 있는 사정을 차마 말할 수 없었다. 민주는 말을 할까 말까 많이 망설이다가 말하지 못하고 뒤돌아섰다. 남편은 또 말을 걸며 민주 뒤를 따라온다.

"지금 당신 어디에 살고 있어?"

아무 대꾸도 하지 않고 걸어가는 민주 뒤를 줄줄 따라온다. 민주가 자신하고 살 때와 많이 달라진 것이 헤어진 남편에게는 이상하게 느껴진 모양이다. 자신하고 살 때는 철없는 여자 약간 머저리 같은 여자라고 느꼈는데 이제는 어른 같은 여자로 변해 있는 것이 조금 이상한 생각이 들었나 보다. 남편은 민주 뒤를 계속 따라왔다. 매우 놀란 눈치다. 민주가 들어가는 지하방으로 들어가는 것을 보고 남편이 물었다.

"그 많은 돈은 다 어디 가고. 평생 고생이라는 것도 모르고 살던 사람이 이런 지하에서 혼자 사는 거지?"

"당신 어머니가 보험도 많이 들어 놓았는데 그 돈은 다 어떻게 했어?"

"보험? 나는 모르는데?"

"장모님 소지품은 다 어떻게 했어?"

민주는 남편의 말에 대답을 못 했다.

"장모님 가지고 있는 것이 얼마나 많았는데. 이래서 당신이 멍청이라고 사람들이 뒤에서 욕을 하는 거야. 이제 알겠어?"

민주는 속으로 '그래 맞아. 나도 안다. 그래서 이제 아무도 못 믿는다.'고 생각했다.

민주는 남편에게 짜증스러운 말투로 말했다.

"이제 돌아가세요. 이제 내 꼴을 보았으니 되지 않았어요? 이제 다시 만나지 말아요. 저는 저대로 살아갈 테니."

민주는 남편도 안 믿었다. 이 세상 그 누구도 믿지 못했다. '세상에는 자신을 도와줄 사람이 어디에도 없다.'는 것을 그동안의 경험에서 알았다. 사람을 믿고 '도움을 받을 수도 있을 것'이라 생각하고 사정을 이야기해도 소용이 없었다. 도리어 자신을 시궁창에 빠뜨린다는 것을 알았다. 그동안 많이도 겪지 않았나 하는 생각에 자신의 문제를 그 누구와도 상의하고 싶지 않았다. 밥 한 끼 때문에 끌려가 벌거벗고 춤도 추지 않았나. 민주는 그런 생각을 하며 남편에게 아무런 말도 어떠한 부탁도 하지 않았다.

민주는 남편이 나가고 나서 문을 걸어 잠갔다. 남편이 남기고 간 말을 다시 곰곰이 생각해 보았다. 어머니가 보험을 들었다는 말을 다시 한번 생각하고 '어머니 소지품을 어디다 두었지?'하며 이곳저곳을 뒤지기 시작했다. 어머니 물건을 담아둔 가방을 찾기 시작했다. '그동안 왜 어머니 가방을 안 열어 보았을까?' 민주는 어머니 물건을 뒤져볼 생각을 한 번도 해보지 않았다. 어머니의 소지품을 하나하나 뒤져 봐야 한다는 생각을 전혀 해보지 못했다. 어머니가 애지중지하던 가방이었지만, 장롱 깊숙이 넣어 놓은 채 가방을 꺼내 열어 볼 생각은 없었다. 민주는 가방을 꺼내 하나하나 꼼꼼하게 뒤졌다. 민주는 가방 속에 가족사진만 있을 거라고 생각했다. 남편의 말대로 보험증서가 나왔다. 그리고 주식도 있고 조그마한 주머니 속에 금도 들어있었다. 민주는 갑자기 가슴이 뛰기 시작했다. 누가 자신의 지하방을 들여다보는 것은 아닐까? 민주는 얼른 일어나 커

틈을 쳤다. 훔쳐보는 사람이 아무도 없는데도 잠은 오지 않았다. '혹시 누가 보면 어떻게 하나?' 생각하니까 통 잠을 이룰 수가 없었다. '이것을 아무에게도 말하지 말자.' 민주는 마음으로 여러 번 다짐했다. 민주는 그동안 뼈아픈 경험을 통해 많은 것을 배웠다. 특히 사람을 함부로 믿으면 안 된다는 것을 가슴에 새겼다. 어머니가 남기고 간 돈과 집도 다 사기당했다는 것을…, 별별 고생을 다한 것을 민주는 다시 생각했다. 돈이 없으면 어떻게 된다는 것을 경험했다. 몇 년 동안 많은 것을 경험하지 않았는가. 민주는 이런 생각 저런 생각을 하면서 뜬눈으로 밤을 지새웠다.

민주는 일어나 아침을 먹은 둥 마는 둥 하고 점잖은 옷으로 챙겨 입었다. 보험 증서를 가지고 보험회사로 달려가 그곳에 있는 직원과 상담했다. 어머니가 만약을 위해 여러 가지 보험을 들어 놓은 것을 확인했다. 보험사 직원은 민주를 보고 통장 계좌로 돈을 보내주겠다고 했다. 어머니의 보험은 사망 보험도 있고 저축 보험도 있었다. 모두 다 만기가 지났다. 민주는 아무것도 몰랐던 것이다. 민주는 다시 집으로 돌아와 깊이 생각해 보았다. 그리고 이곳을 떠나서 살아야겠다고 마음먹었다. 이곳은 민주가 생각하고 싶지 않은 많은 아픔과 치욕스러운 과거가 있는 곳이 아닌가. 민주는 다른 곳으로 이사를 하기로 마음먹고 어디로 가서 살면 좋을까에 대해 궁리했다. '나를 알아볼 수 없는 곳으로 가자'고 속으로 생각하고 민주는 집을 나섰다. 민주는 전철역 가까운 곳에 조그마한 아파트를 구입했다.

그리고 집으로 돌아와서 중요한 것만 챙겨서 그 지긋지긋한 곳을 빠져나왔다.

　민주는 이사 온 곳에서 새살림을 시작했다. 어머니가 남기고 간 금도 있고 주식도 있고 하니, 이제 돈 걱정은 안 해도 될 것 같다. '이제 정신을 바짝 차리고 살아야지.' 민주는 마음을 단단히 먹었다. 민주 자신이 그동안 멍청하게 살았다는 것을 너무나 잘 알기에 다시 시작하는 마음으로 무언가를 시작하고 싶었다. 세상을 새로 배워야겠다는 생각 끝에 문화센터를 한번 가보기로 했다. 사람이 제일 무서운 존재라는 사실이 아직까지 민주 자신을 괴롭히고 있었다. 그러나 이제는 예전의 민주가 아니었다. 친구 사귀는 일에도 신중을 기해 움직이게 되었다. '마음을 아무에게나 주지도 말고 아무나 믿고 자신의 이야기도 하지 말자.'고 마음속으로 다짐하고 또 다짐했다. 민주는 백화점에 가서 여러 가지 생활에 필요한 것을 샀다. 민주는 처음으로 자신이 사용할 물건도 사고 자신이 원하는 것을 선택하며 쇼핑했다. 자신의 취향대로 집을 꾸미고 하고 싶은 대로 했다. 그리고 요리하는 것도 배워야겠다고 생각하고 요리학원에 등록했다. 그곳에서 칼질하는 것부터 여러 가지 요리하는 것도 배우니 즐거웠다. 옷도 어디에 가면 싸게 살 수 있는지 문화센터에서 만난 친구들에게 물었다. 민주는 세상에 다시 태어난 기분이었다. 민주는 어머니 납골당에 찾아가서 '어머니 진작 나에게 세상 살아가는 것을 가르쳐 주시지 왜 공주로만 키우셨어요.' 물었다. 어머니는 아무 말이 없다. '그래도 내가 너를 위해 많은 것을 준비해두었다는 것은 잊지 말거라.'하는 음성이 민주 귀에 들려오는 듯했다.

　민주는 남편을 생각했다. 그에게는 미운 감정보다 고마운 감정이 더 많았다. 그때 만나서 보험 이야기를 해주지 않았다면 나는 지금도 아무것도 몰랐을 것이다. 민주는 어쨌든 고마운 생각이 들어 민주를 버리고 간 것은 잊어주기로 했다. 얼마 안 되는 시간 동안 민주는 파란만장한 경험을 했다. 민주는 돈이 얼마나 소중하다는 것도 체험했고 자신이 얼마나 멍청한 인간이었는지도 알게 되었다. 스스로 생각해봐도 그랬다. 이 세상 사람은 다들 똑똑한데 자신만 바보 같았다. 민주는 친구들하고 여행을 갔다. 어머니가 살아 있을 때도 여행은 많이 다닌 편이다. 그런데 이번 여행은 전에 다녔던 여행과는 많이 달랐다. 문화센터 친구들하고 여행을 가보니 이들은 정말 다른 세상 사람들 같았다. 버스 안에서 춤도 추고 노래도 부르는 여행은 민주에게는 신세계였다. 신기하고 믿어지지 않는 또 다른 세상이 존재하고 있었던 것이다. 정말 재미있었다. 하루 종일 떠들었다. 민주는 여러 사람과 어울려 여행해 본 일이 없었다. '이런 세상도 있다는 것을 나는 왜 몰랐을까?' 속으로 생각했다. 아줌마들이 여러 가지 식재료 사는 것을 보고 '이거 어떻게 해 먹어요?' 물어도 보고 민주 자신도 다른 사람처럼 물건을 사보기도 했다. 민주는 하나하나 배워갔다. 버스 속에서 아줌마들이 하는 행동도 민주에게는 신기하기만 했다.

처음 그런 것을 경험하는 중이라 재미있었다. 처음으로 아줌마들에게 많은 것을 배웠다. 옆에 앉은 아줌마가 말을 걸었다.

"애기 아빠는 뭐해요?"

민주는 당황해 말이 얼른 나오지 않았다. 민주는 자신도 모르게 헤어진 남편의 직업을 말했다.

"아. 그러면 돈 걱정은 없겠네요. 그런데 사업하는 남자들은 여자 사고를 잘 치니 항상 단속을 잘해야 해요."

여자는 민주를 보고 계속 수다를 늘어놓았다.

"우리 집 남자도 바람을 잘 피워 내 속을 썩인다오."

그 여자는 아무렇지도 않게 민주에게 자기 남편의 흉을 보았다. 민주는 아무 말도 하지 못하고 눈만 깜박거리고 여자만 바라보았다.

"인생이라는 것이 다 그렇고 그런 것이라오. 또 살아보면 뭐 별 사람도 없다오."

그래서 자신은 알고도 모르는 척하고 살고 있다는 말을 민주에게 하면서 푸념한다. 민주는 옛날 같으면 '이상한 아줌마야. 뭐 이런 여자가 다 있어?'하며 엄마를 부르며 달려갔을 것이다. 민주는 가만히 여자의 이야기를 들어 주었다. '얼마나 마음이 괴로우면 처음 본 사람에게 자신의 이야기를 늘어놓겠는가?'라고 생각하며 조용히 듣고만 있었다. 민주는 난생처음 해보는 경험 덕분에 많은 것을 알게 되었다. 보통 아줌마들은 이런 단체여행을 자주 한다는 것도 알게 되었다. 밤늦어서야 집에 도착할 수 있었다. 민주는 피곤한 몸으로 집에 돌아와 목욕하고 침대에 누웠다. 지나간 세월을 돌아보니 서

글퍼 자신도 모르게 눈물이 흘러 베개를 적셨다. 흐느껴 울다 생각해 보니 어머니가 너무 미웠다. 민주를 자신의 인형으로 만들어 놓고 끝까지 책임지지 않고 갑자기 가버린 어머니…. 돌아가셨으니 이제는 원망도 할 수 없다. 그래도 어머니가 남겨준 돈으로 오늘 여행을 다녀온 것 아닌가. 미움인지 보고픔 때문인지 알 수 없는 감정이 북받쳤다. 한참을 울다가 잠이 들었다.

민주는 오래간만에 동창회에 참석했다. 동창들은 민주를 보고 멍청한 공주라고 했다. 자기들끼리 통하는 별명이었다. 민주는 자신이 멍청하다고는 생각했지만 그런 별명까지 자신한테 붙어있는 줄은 몰랐다. 민주를 보고 동창생들은 많이 놀랐다. 몇 년 보지 못한 사이에 많이 변했다. 우선 민주 옷차림부터가 달랐다. 소박하고 검소하면서도 세련된 맛이 났다. 동창들은 쑥덕거리기 시작했다. '어딘지 모르게 민주 같지가 않아.' 다들 이상한 눈으로 민주를 쳐다보았다. 언제나 푼수 같고 꼭 공주처럼 화려한 옷을 입고 나타났던 민주. 이제는 전혀 다른 사람이었다. 그리고 푼수 같은 행동도 하지 않았다. 아무에게나 잘난 척도 하지 않았다. 친구들이 인사를 하면 살짝 웃기만 하고 가만히 있었다. 달라진 민주를 보고 민주를 잘 아는 친구들이 말했다.

"쟤 그동안 무슨 일이 있었던 거야?"

민주의 행동을 보고 자기들끼리 말이 많았다.

"민주 어머니 돌아가셨다며?"

"민주 혼자 잘 살아갈 수 있을까?"

다들 민주 어머니에 대해서 알고 있었기 때문에 친구들끼리 걱정이 많았다. 민주는 친구들 행동에 모른 척하며 친구들 하나하나를 관찰해보았다. '세상을 다른 눈으로 보니 참으로 재미있네. 너희들은 나를 잘 모르니? 나는 너희들을 참으로 재미있다고 생각한다. 왜 진즉에 이런 경험을 하지 못했을까? 이제야 너희들 속이 보인다.' 그날 동창회를 다녀온 후 모든 것이 새롭게만 느껴졌다. 민주는 생각이 많았다. '어머니가 살아 계실 때는 왜 자신에 대해서 한 번도 생각하지 못했지? 다른 사람이 자신을 어떻게 생각하고 있는 지에 대해 왜 한 번도 궁금하지 않았을까?' 민주는 주변 사람들을 다 좋게만 생각했다. 민주 앞에서 '민주야 너 참으로 예쁘다.'하고 칭찬하면 그 말이 사실인 줄로 알았다. 그냥 정말로 기쁘기만 하고 좋게만 받아들여져서 친구들이 비웃는 것인지도 몰랐다. 눈치 없이 마냥 기뻐했던 생각을 하니 민주는 얼굴이 빨갛게 달아올랐다. 민주는 앞으로는 남에게 웃음거리가 되지 말아야겠다고 다짐했다. 동창회를 다녀온 후에 한 친구로부터 전화가 왔다. 민주는 무슨 일인가 하고 전화를 받았다.

"민주야 요즘 너 어떻게 지내니? 궁금하기도 하고. 동창회에서 너 보았어. 한번 만날래?"

민주는 친구의 전화를 받고 가만히 생각해 보았다. '왜 나를 만나려고 하나' 궁금하기도 하고 별로 할 일도 없고 해서 친구를 만나러 나갔다.

"요즘 하는 일이 없으면…."

친구는 민주와 어머니 이야기를 나누다가 말꼬리를 흐리더니 자기가 하고 있는 일을 해 보라고 권한다.

"무슨 일인데?"

"아니 별다른 것은 아니고, 돈을 조금 투자하면 투자 이익이 많이 나오는 곳이 있어. 너에게만 알려주는 것이야."

친구는 자신도 그곳에 투자해서 한 달에 한 번씩 이자가 꼬박꼬박 통장으로 들어온다고 했다. 민주를 보고 '돈 놓고 돈 먹는 것이라'고.

"다들 그곳에 투자해서 돈을 많이 번다고 말들을 해."

민주는 아무 말을 하지 않고 듣기만 들었다. 그리고 가만히 생각해 보았다. 어머니 돌아가시고 얼마나 많은 일을 겪었나. 밥 먹을 돈도 없어 남의 식당에서 밥 먹고 도망 다닌 일이 불현듯 생각났다.

"나 투자할 돈은 없어. 그리고 나는 그런 것 하지 않는다."

"얘. 너 어머니 돈 상속 받지 않았어?"

"글쎄…."

민주는 아무 말을 하지 않았다.

"다른 친구들에게 투자하라고 해. 미안해"

더 이상 친구의 말을 듣지도 않고 일어섰다. 친구는 많이 변해버린 민주를 보고 조금은 당황해하는 것 같았다. 언제나 민주는 친구들이 물어보면 '나 어머니에게 물어보고 얘기해줄게. 내 마음대로 못 해.' 그러던 민주가 단칼에 거절하는 것을 보고 친구는 옛날 민주 같지 않아서 많이 놀랐다. 민주는 예전과는 다르게 너무 많이 변했다. 옛날의 민주 같았으면 지금은 단속하는 어머니가 없기 때문에 단번에 넘어올 텐데 전혀 다른 아이가 되어 있었다. 민주의 집에 놀러간다고 해도 민주는 '바쁜 일이 있어 안 되겠다'며 미안하다고 말하고 '횡'하니 가버린다. 예전의 민주는 어디로 갔는지 전혀 다른 민주가 되어 있었다. 그동안 무슨 일이 있었기에 저렇게 달라졌을까? 친구들은 모이면 민주 이야기를 했다. 민주는 친구들에게는 관심이 없었다. 어머니와 살던 그 좋은 집을 다 날리고 조그만 서민 아파트에 살고 있는 민주는 자신을 속였던 친구가 생각났다. 친하다고 생각했던 친구가 자신에게 사기를 쳐 어머니와 살던 집을 날려버리게 했던 일이 머리에서 떠나지 않았다. 그 친구를 민주는 잊지 못했다. 자신을 거지로 만들고 길바닥까지 끌어내린 친구를 가슴속에서 지우지 않았다.

민주는 아버지가 죽기 전에 함께 살았던 동네를 갔다. 그런데 그 집에 친구가 살고 있었다. 민주는 깜짝 놀랐다. '우리 집에 왜 정숙이가 살고 있지? 어떻게 된 일이지?' 민주는 생각에 잠겼다. 민주가 세상을 잘 몰라 정숙에게 늘 상의를 한 것이 잘못이라는 것을 뒤늦게 알게 되었다. 정숙에게 속았다는 것도 알게 되었다. 어머니가 돌아가시고 민주는 누구와도 상의할 사람이 없어 정숙에게 상의했었다. 집을 팔아서 이사하려고 정숙에게 도와 달라고 했다. 계약금을 준비해 집을 계약했다. 그런데 이상하게도 이중 계약이 되었고 돈을 받은 사람이 주인이 아니라고 해 정신이 나갔다. 그때는 그랬다. 집주인이 따로 있다고 했다. 민주는 다른 사람. 즉, 집주인도 아닌 사람과 계약을 한 셈이었다. 민주는 세상에 태어나 처음으로 집을 팔고 사는 것을 하다가, 그것도 친구에게 물어물어 산 집인데 사기를 당한 것이다.

사실 그때는 뭐가 뭔지 알지 못했다. 정숙을 한 번도 의심한 적은 없었다. 정숙이도 많이 미안해하면서 민주에게 돈까지 챙겨주었기 때문에 전혀 의심하지 않았다. 그런데 이것이 어떻게 된 일인가? 민주의 부모님과 살던 집에 그것도 사기를 당했던 그 집에 하필이면 친구인 정숙이가 살고 있다니. 도저히 믿기가 어려웠다. 민주는 분하고 억울했지만, 꾹 참았다. 그리고 다짐했다. 민주는 속으로 중얼거렸다.

'네가 나를 시궁창에 밀어 넣었지? 이제는 내가 너를 시궁창에 밀어 넣을 거야.'

민주는 집으로 돌아와 어머니가 남겨 놓은 주식을 들여다보았다. 그동안 주식이 많이 올랐다. 민주는 주식을 한꺼번에 다 팔아 버렸다. 현찰을 가지고 민주는 역 가까이에 있는 아파트를 몇 채 사버렸다. 역에서 십 분 거리에 집을 사야 팔 때도 빨리 처분할 수 있다고 예전에 어머니가 늘 하던 이야기가 생각났다. 그때는 아무 생각이 없이 들었던 어머니의 말이 불현듯 떠올라 민주는 역 가까이의 집들을 몇 채 사 두기로 한 것이다. 민주가 집을 사고 얼마 있지 않아 집값이 폭등했다. 민주는 그 집을 하나하나 모두 처분했다. 민주는 그 이후 계속해서 서민 아파트에서 살았다. 돈이 있다는 티를 내지 않기 위해서였다. 집값이 뛰어 올라가니 주식은 하락했다. 주식이 폭락한다고 소문이 났다. 민주는 가만히 생각해 보았다. 나라가 망하면 망하는 주식으로 선택해야겠다고 생각하고 전자회사 주식을 샀다. 그것도 적중했다. 얼마 지나지 않아 주식시장이 폭등해 민주는 또 돈을 벌었다. 민주는 아무에게도 말하지 않았다. 자신이 돈을 가지고 있는 것도 아무도 모르게 했다. 민주는 그 돈으로 강남으로 가 번듯한 아파트를 마련해 이사 갔다. 그리고 자신을 망가뜨린 친구를 만났다. 친구는 민주를 보고 깜짝 놀랐다. 민주는 아무런 내색을 하지 않고 정숙을 보고 말했다.

"잘 지냈니? 너를 많이 찾았어."

정숙은 당황해하며 물었다.

"너 어떻게 된 일이야? 한동안 소식도 없이."

"응 나 일본에 있었어. 우리 외가 쪽 친척이 일본에 있었어."

"그곳에서 뭐 했어?"

"뭐하긴 뭐 그냥 먹고 놀았지. 너도 알다시피 내가 할 줄 아는 게 없었잖니. 그리고 나 그곳에서 결혼도 했어. 얼마 전 한국에 들어온 후로 남편은 매우 바빠."

"그래? 남편은 무슨 일을 해?"

정숙은 민주가 멍청하다는 것을 잘 알기에 속으로 '저년은 복도 많지 또 돈 많은 사람을 만난 것 같아.' 속으로 정숙은 몹시 부러워하면서 민주를 조금도 의심하지 않았다.

"정숙아, 우리 집 강남에도 있어. 서울에 오면 잠깐씩 지내려고 사놓았지. 그곳에서 잠깐씩 지내려고…, 한번 놀러 와라."

정숙은 민주의 말에 아무 의심 없이 시간 내서 한번 가겠다고 말했다.

"그럼, 나 이제 간다."

민주는 그 말을 남기고 카페를 나왔다. 민주는 '어떻게 해야 정숙을 걸려들게 해 자신에게 사기 친 집을 다시 찾아올까?' 별궁리를 다 했다. 밤이 새도록 혼자 생각하고 또 생각했다. 며칠이 지나고 나서 정숙에게 연락이 왔다. 민주는 정숙에게 집으로 찾아오라고 했다. 정숙은 민주가 어떻게 사는지가 매우 궁금했다. 정숙은 자신이 민주에게 사기 쳐 집을 빼앗은 것을 민주는 꿈에도 모를 것이라 생각했다. '그 멍청한 것이 알 리가 없다'고 생각하고 정숙은 선물을 사서 민주가 사는 아파트에 찾아갔다. 정숙은 아파트에 들어서는 순간 깜짝 놀랐다. 새 아파트라 너무 좋았다. '이것이 펜트하우스라는 것이구나' 생각하고 민주의 집으로 들어갔다. 민주는 정숙이가 온다는 것을 알고 집 안을 깔끔하게 정리해놓았다. 정숙은 집안에 들어서면서 수다를 떨기 시작했다

"민주야. 이 집 너무 좋다. 얘. 너 남편이 돈을 잘 버나보다 얘."

민주는 정숙에게 미리 준비해둔 선물과 옷을 건네주었다. 정숙은 민주를 보고 매우 좋아했다.

"우리 예전처럼 잘 지내자. 민주야. 상의할 일이 있으면 상의해도 돼."

정숙은 민주에게 인심 쓰듯이 말했다.

"정숙아. 요즘 우리 남편이 큰 사업을 계획하고 있어."

민주의 말에 정숙은 귀가 쫑긋해 민주에게 다가왔다.

"나는 잘 모르는데 글쎄 투자를 하면 회사 이익금을 나누어준다더라. 일본 사람들이 많이들 투자해. 아무나 받아주지 않는다고 하든데 이번에 한국에 온 것도 그 문제 때문이야. 정숙아. 나는 말을 해도 잘 모르겠더라. 무슨 말인지 잘 모르지만, 개발했다고 하던데 너도 한번 끼워주라고 할까? 참 너는 돈이 없지? 나는 그것도 모르고. 미안. 사실 조금만 투자하면 되는데…, 내가 말하면 우리 남편이 들어줄 것도 같은데 뭐 돈이 없으니 어렵겠다."

민주는 천연덕스럽게 말하며 정숙이의 자존심을 조금씩 건드렸다.

"얘, 대출을 받으면 되겠다. 정숙아, 나 이 집 말고 일본 집으로 들어가 살고 싶어. 이 집 비워 두어야 하는데 네가 와서 살래? 우리가 한번 들어가면 이삼 년은 못 들어오거든. 네가 들어와서 살아라. 그리고 네가 살고 있는 집 전세를 놓아 투자를 해봐. 그래야 부자가 되지. 언제 부자가 되겠니? 기회가 있을 때 해. 빨리 결정해. 나 일본으로 들어가기 전에. 네가 이 집에 들어와 산다면 그냥 두고. 아니면 세를 놓아야 하니깐."

민주는 정숙을 보고 선심 쓰듯 말했다.

"만약 투자할 생각이 있으면 그땐 내가 남편에게 잘 말해줄게."

정숙은 민주에게 묻는다.

"이 집 누구 앞으로 되어 있어?"

"응? 이 집? 내 앞으로."

정숙은 민주 말이 맞는지 등기를 열람해보았다. 정말로 소유주가 민주 앞으로 되어 있었다. 정숙은 민주가 결혼을 잘했다고 생각하고 자신의 집을 은행에 근저당을 설정하고 융자받아 투자하기로 했다. 그리고 민주네로 이사하기로 맘을 굳혔다. 삼 년을 공짜로 살게 해준다고 하니, 못할 것도 없었다.

"가구랑 살림살이는 그냥 둘 테니 옷만 챙겨서 들어와 살아. 네가 살고 있는 집은 동생 보고 들어와 살라고 해. 그리고 동생 전세금도 투자하면 수익금 네 통장으로 들어가. 그러면 얼마나 좋으니?"

민주 말을 듣고 정숙은 곰곰이 생각해 보았다. 이 집이 민주 집인 것이 확실하고 민주는 거짓말할 위인이 못 된다. 자신이 민주네 집에 살고 있는데 잘못될 일이 있을 리 만무했다. 생각 끝에 정숙은 민주의 말을 듣기로 하고 민주 남편이라는 사람을 만나 투자 금액을 건네주었다.

그 후 정숙은 민주의 집으로 이사했다. 정숙이가 살고 있는 집에는 동생이 들어와 살았다. 동생의 집은 팔아 민주의 회사에 투자했다. 정숙은 안심했다. 자신이 민주네 집에 들어와 살고 있으니 문제될 것이 없다고 생각했다. 이 집이 얼마짜린데. 한 달이 지나자 정숙이 통장에 이익금이 들어왔다. 정숙은 너무 기뻤다. '민주 남편이 잘 나가는구나.' 생각했다. 정숙은 돈 욕심이 나서 집을 팔아야겠다고 생각하고 동생에게 조그마한 집으로 이사 가길 원했다. 그리고 그 돈으로 투자했다. 민주는 자신이 살던 집을 다시 찾았다. 부동산 사람을 시켜 정숙이 몰래 정숙의 집을 샀다. 정숙은 다달이 돈이 들어오는 것을 보고 그 맛에 푹 빠져 버렸다. 이것이 민주가 꾸민 일이라는 것을 정숙은 상상할 수 없는 일이었다. 정숙은 민주를 너무나 잘 알았기 때문이다. 민주는 정숙이가 살고 있는 펜트하우스도 외국에서 온 사람에게 팔아 버렸다. 가구들까지. 그리고 민주는 부모님들과 함께 살았던 집으로 수리해 이사 갔다. 정숙은 하루아침에 쫓겨났다. 정숙은 민주를 찾아 돌아다녔다. 민주는 거지가 된 정숙을 만났다.

"네가 나를 먼저 시궁창에 빠뜨렸으니 너도 한번 들어가 봐. 지금 기분이 어떠니? 나도 너처럼 너에게 거짓말을 한 거야."

"…."

"왜 나를 네가 찾지?"

"…."

"왜? 동냥을 나보고 하라고?"

"…."

"나는 죽어서도 너를 절대 용서할 수가 없어."

민주는 정숙이 손을 뿌리치고 돌아섰다. 민주를 부르는 정숙의 목소리가 처절하게 들렸지만, 민주는 뒤도 돌아보지 않고 돌아섰다.

'이 세상에는 공짜가 없더라. 너도 공짜가 없다는 것을 알아봐. 밥 한 그릇 때문에 내가 얼마나 시궁창에서 헤매고 다녔는지…' 울부짖는 정숙이 목소리가 희미해져 가고 있었다. 민주는 밤하늘을 올려다보았다. 밤은 이제 끝이 났다. 민주는 어두운 하늘을 바라보며 하염없이 길을 걷는다. '밤이 깊을수록 별이 빛난다.'는 것을 어두운 세상을 경험하고 나서야 알게 되었다.

누가 저 섬들을
만들어 놓았을까

♦♦♦♦♦ 누가 저 섬들을 만들어 놓았을까

숙이는 깊은 잠에서 깨어났다. 눈부신 햇살이 숙이의 방 창을 열고 들어온다. 숙이는 거실로 걸어 나왔다. 동생들은 서로 장난을 치며 놀고 있었다. 외할머니는 부엌에서 밥을 짓고 있었다. 어머니는 어디에도 보이지 않았다. 숙이는 눈을 비비며 부엌으로 들어가 어머니를 찾았다. 외할머니는 숙이에게 '오늘 어머니는 동생을 낳으러 병원에 갔다'고 말씀하셨다. 외할머니는 숙이를 보고 '빨리 세수하고 동생들과 밥을 먹으라'고 했다.

우리 집은 늘 부산스러웠다. 오늘 동생이 태어나는 날이라 어머니는 병원에 가신 것 같았다. 아버지는 출근하셨지만, 아직 집에 돌아오지 않았다. 아버지는 늘 그랬듯이 며칠째 집에 들어오지 않았다. 숙이는 동생들을 데리고 어머니가 돌아오길 기다리고 있었다. 어머니가 남동생을 낳았다고 병원으로부터 연락이 왔다.

숙이가 동생들과 놀고 있을 때 갑자기 누군가 문을 열고 들어와 큰소리로 외쳤다.

"게, 누구요?"

부엌에서 나온 외할머니가 물었다. 헐레벌떡 뛰어 들어오는 경찰이 할머니에게 '아버지가 사고가 나서 지금 병원으로 실려 갔다.'고 말했다. 외할머니는 저녁을 하다 말고 황급히 대문을 열고 경찰 아저씨를 따라나섰다. 숙이는 무슨 영문인지 잘 알 수는 없지만 안 좋은 느낌이 들었다. 숙이는 동생들과 겁이 나서 울고 있었다. 얼마나 시간이 흘러갔는지는 모르겠지만 문이 열리고 외할머니 목소리가 들려왔다. 외할머니의 한숨 소리가 집안에 이상한 기운을 몰고 오는 것 같았다. 숙이는 온몸으로 느껴지는 나쁜 기운이 두려웠다.

어머니는 병원에서 아버지 소식을 듣고 놀랐으므로 동생을 낳은 지 이틀 만에 일찍 집으로 돌아오셨다. 아버지가 걱정됐는지 어머니는 동생을 데리고 서둘러 퇴원했다. 몸조리도 못 한 채 아버지가 있는 병원으로 달려갔다.

아버지는 경찰관이었다. 도둑을 쫓다가 넘어져 사고가 났다고 했다. 아버지는 넘어지면서 두 눈을 다쳐버렸다. 앞을 보지 못하게 되었다. 숙이의 가정에 생각지도 못했던 불행이 닥쳤다. 숙이는 이번에 초등학교에 입학하려고 준비 중이었으나 학교에 갈 수가 없게 되었다. 어머니가 아버지 대신 돈벌이를 하러 나가야 하기에 동생들을 돌봐줄 사람이 없어 숙이가 동생들을 돌봐야만 했다. 친구들처럼 학교에 입학하지 못했다. 친구들은 다 학교에 가는데 숙이는 집안에서 동생들을 보살피며 놀고 있었다. 하루아침에 아버지대신 어머니가 가장이 되어 돈벌이를 나갔다. 숙이는 동생들을 돌봐야만 했다. 숙이네 집은 생활이 점점 어려워지기 시작했다. 아버지가 집에만 있다 보니 어려운 생활이 시작된 것이었다. 앞을 못 보는 아버지는 아무것도 할 수가 없었다. 돈이 없어 식구들이 고생하는 것도 속이 상한 데다 남들에게 자신이 무시당하는 것을 알아챈 아버지는 무엇인가 결심을 단단히 한 것 같았다.

어느 날 아버지는 어머니를 보고 당신은 아이들을 돌보라는 말을 했다. 아버지는 숙이의 손을 잡고 길을 나섰다. 숙이는 아버지 손을 잡고 길을 걸었다. 아버지는 숙이에게 '내가 시키는 대로 하라'는 말을 했다. 아버지는 실명했을 뿐, 건강한 사람이었다. 아버지는 숙이를 데리고 완행열차를 탔다. 그리고 숙이에게 조그만 바구니를 들고 아버지 손을 잡고 기차 안을 천천히 걸어가라고 말했다. 숙이는 아버지가 시키는 대로 했다. 숙이는 아버지가 무서워 아버지 말을 거역할 수가 없었다. 아버지가 시키는 대로 아버지 손을 꼭 잡고 천천히 걸어갔다. 숙이는 아버지 말을 들을 수밖에 없었다. 숙이는 순진하고 착한 아이였다. 숙이는 창피하기도 했지만 어쩔 수 없었다. 바구니를 들고 천천히 주위를 둘러보며 걸어갔다. 사람들은 불쌍한 눈빛으로 보다가 숙이가 들고 있는 바구니에 돈을 넣어 주었다. 처음이 부끄러웠지 며칠을 이곳저곳 돌아다니다 보니 아무렇지도 않았다. 밥은 주로 식당에서 얻어먹고 다녔다. 아버지와 숙이는 벤치나 남의 집 처마 밑에서 잠을 잤다. 아버지는 기차를 타고 서울에서 부산까지 갔다가 며칠이 지나서 집으로 돌아와 그동안 걸인 행세로 구걸하여 번 돈을 어머니에게 가져다주었다.

　식구들은 그 돈으로 생활했다. 숙이 아래로 남동생만 셋이나 있었다. 숙이와 아버지가 걸인 생활하는 동안 아버지와 숙이를 아무도 해코지하지 않았다. 아버지에게는 경찰 친구들이 많이 있었다. 문제가 생기면 아버지는 공중전화로 가서 숙이에게 전화를 걸게 했다. 아버지 손가락을 잡고 전화 다이얼을 돌리면 모든 것이 다 해결되었다. 서울에서 광주로도 가고 대전도 가고 전국적으로 돌아다녔다. 숙이는 항상 아버지를 따라다녔다. 숙이는 돈을 주고 물건을 사오는 것이 아니라 주로 얻어 왔다. 아니면 주인 몰래 가지고 오는 것이 습관이 되었다. 아버지는 눈이 보이지 않아 숙이의 나쁜 행동에 대해 잘 알지 못했다. 걸인의 생활에 숙이는 점점 물이 들어가고 있었다. 아버지는 가장인 자신이 식구들을 먹여 살려야 된다고 생각했으므로 숙이를 데리고 걸인 생활을 계속할 수밖에 없었다. 숙이의 장래는 동생들이 잘 자라나면 당연히 돌봐줄 것이라고 굳게 믿었다.

　남동생들은 다들 공부를 잘했다. 아버지의 꿈은 자식들을 잘 키우는 것이었다. 숙이 하나만 희생하면 온 식구가 편하게 살 수 있다는 생각에 숙이의 인생은 깊게 생각하지 않았다. 숙이는 늘 아버지의 손발이 되어서 움직였다. 숙이의 걸인 생활도 처음이 힘들었지 세월이 갈수록 익숙해져 자연스러웠다. 아버지를 따라다니다가 어쩌다 집으로 돌아가는 날이면 숙이는 식구들과 함께 지내지 못하고 집안의 창고에서 잠을 잤다. 아버지는 눈이 보이지 않으니 숙이의 모습도 잘 알지 못했다. 아버지는 집에 돌아오면 '어머니가 잘 알아서 해주겠지.'라 생각해서인지 숙이에게 신경을 쓰지도 않았다. 숙이의 친어머니는 일찍 돌아가시고 지금의 어머니는 숙이가 두 살 때 새로 들어온 새어머니였다. 너무 어린 시절에 어머니가 돌아가셨기 때문에 숙이는 그 사실을 잘 알지 못했다. 숙이는 어머니의 따뜻한 정이 늘 그리웠다. 아버지와 며칠에 한 번씩 집에 돌아와도 창고에서만 홀로 지내야 했고 동생들 얼굴도 잘 보지 못했다.

아버지와 함께 돈을 벌기 위해 집을 떠나서 걸인 생활을 하다 보니 식구들과 정이 없어졌다. 동생들은 누나를 누나라고 생각하지도 않았다. 아버지와 집으로 돌아와도 함께 식사하지 않았다. 동생들은 누나가 거지라고 자기들 곁에 오지도 못하게 했다. 어머니는 아버지에게 늘 거짓말을 했다.

"숙이 목욕 좀 시켜요."

"제가 다 알아서 해요."

어머니는 말만 했지, 숙이에게 옷도 갈아입히지 않았고 목욕도 시켜주지 않았다. 언제나 숙이는 식구들에게 거지 취급을 받았다. 아버지는 눈이 보이지 않으니 숙이의 모습도 잘 알지 못하고 숙이가 왜 같이 식탁에서 밥을 먹지 못하는 것인지 알지 못했다. 아버지는 동생들을 잘 키워 당신이 이루지 못한 꿈을 아들이 이루어주길 기대하며 당신 자신은 모진 고생을 감수했다. 당신의 딸을 희생시키더라도 아들을 검사로 키우고 싶었다.

예전에 없던 전철이 새로 생기는 바람에 기차에서만 동냥을 하다가, 전철에서도 동냥을 하게 되었다. 기차에서 전철로 옮겨 가면서 걸인 생활을 했다. 나이를 먹으면서 숙이는 더 이상 걸인 생활을 할 수 없었고 아버지도 나이가 많아 집에 있게 되었다. 아버지와 숙이가 걸인 생활로 번 돈으로 아들 셋은 잘 자랐다. 공부도 잘해 다들 수재라는 소리를 듣고 학업을 마쳤다. 큰아들이 좋은 회사에 취직을 해 이제는 식구들이 어려움 없이 잘 지내게 되었다. 숙이의 어린 시절은 희생되었지만, 아버지와의 걸인 생활로 번 돈 덕분에 식구들은 불편함 없이 살 수 있었던 것이다. 숙이는 배운 것이 없어 언제나 집안의 골칫거리였다.

숙이는 나이를 먹었어도 결혼을 할 수가 없었다. 가족들 중 누구도 숙이를 돌보지 않았다. 불편한 존재가 되어 식구들의 눈총을 받았을 뿐이다. 숙이는 집을 나와 혼자 살았다. 숙이는 학교를 다니지 못했기 때문에 글을 몰라 여러 가지 불이익을 당하기도 했다. 은행에 가고 싶어도 글을 쓸 줄 모르니 은행도 갈 수가 없었다. 옷을 사려고 해도 치수를 잘 몰라 우물쭈물 옆 사람에게 물어보아야 했다. 숙이는 불편한 점이 너무나 많았지만 아무도 숙이의 불편한 점을 이해하지 못했다. 남자를 만나려 해도 숙이가 자신의 이름 하나 쓸

줄 모르는 여자라는 것을 아는 순간 이해해줄 남자는 없을 것이라 생각하고 포기했다. 숙이는 공장에 갔다. 이력서를 써줄 사람조차 없었고 어찌어찌 공장에 입사했어도 돈도 제대로 받지 못하고 죽도록 일만 했다.

박스를 만드는 공장으로 일하러 간 적도 있었다. 숙이를 보고 선임자는 힘든 것은 남자가 하고 아가씨는 박스에다 영어로 엠(M)자만 쓰면 된다고 했다. 숙이는 그 말을 듣는 순간 등에서 식은땀이 흘러내렸다. 엠(M)자가 무슨 글자인지를 몰랐기 때문이다. 글자를 모르는 숙이에게 엠(M)자를 쓰라고 말을 하니 숙이는 아무말도 못했다. 화장실에 간다고 말을 하고 그날로 공장에서 도망치듯 나왔다. 자신이 글을 모른다고 말을 할 수가 없었다. 다른 사람들은 숙이가 글자를 모른다는 것을 이해하지 못했다. 식구들은 '숙이가 나타날까' 다들 두려워했다. 숙이를 돌봐주지는 않고 숙이가 스스로 먼 곳으로 가서 살길 바랐다.

아버지는 숙이가 어떻게 살고 있는지 전혀 알지 못했다. 숙이가 공장에 잘 다닌다고 어머니가 말을 해 그런 줄 알고 있었다. 숙이와 식구들은 정이 없었다. 동생들과 숙이는 함께 자라지도 않았고 아버지 따라다니며 걸인 생활하다 어쩌다 집에 돌아가면 숙이는 집안으로는 들어가지도 못하고 동생들이 다 학교에 가고 나서야 집안으로 들어갔다. 그러다 보니 동생들하고 정이라는 것을 쌓을 기회조차 없었다. 숙이는 다만 귀찮은 존재일 뿐이다. 숙이는 혼자 살았다. 배우지 못했으니 혼자 살아가기가 매우 힘이 들 수밖에 없었다. 아버지는 추운 겨울날에도 쉬지 않고 동냥하러 다녔기에 기침병이 걸렸다. 아버지는 늙고 병들어 당신의 몸도 돌보기도 힘든 상황에 숙이 일까지 생각할 여유가 없었다. 아버지는 식구들이 숙이를 잘 돌봐주고 있는 줄 알고 걱정하지 않았다. 어머니는 아버지에게 숙이가 공장 숙소에서 지내고 있다고 했다. 아버지는 숙이가 잘 지낸다고만 생각할 뿐이었다. 숙이는 마음이 있어도 집을 마음대로 들랑거릴 수가 없었다. 식구들이 반기지 않는다는 것을 알기 때문이다. 밖에서 동생들과 마주치기라도 하면 다들 피해 갔다.

그렇게 하루하루 살아가던 중에 숙이는 자신보다 나이가 많은 친구를 사귀었다. 우연히 알게 된 언니는 고아원에서 자라 그녀 역시 가족이 없었다. 숙이는 그 언니네 집 옆으로 이사를 갔다. 언니에게 숙이는 자신이 글을 모른다고 말했다. 숙이의 말을 들은 언니는 숙이에게 '내가 도울 수 있는 것은 도와주겠다.'며 '필요한 것 있으면 말을 하라'고 했다. 숙이의 문제점을 알고 있는 언니는 숙이에게 많은 도움을 주었다. 언니는 숙이에게 함께 장사를 하자고 말했다. 장사 경험이 없는 숙이는 무슨 장사를 하는 건지 물었다. 언니는 여러 가지를 파는 것이라고 대충 얼버무려 말하고 신경 쓰지 말라며 웃었다. 숙이는 언니를 믿고 장사를 따라나섰다. 장사를 하려는 장소 앞에는 백화점을 짓는 큰 건물이 있었다. 역 앞이라 너무 복잡한 곳이었다. 장사꾼의 고함 소리, '예수님 믿으면 천당 간다'고 소리치는 사람, 교통순경들의 호루라기 소리까지 정말로 매우 번잡했다. 숙이는 정신이 없었다. '이런 곳에서 무슨 장사를 할 수 있겠냐?'고 숙이는 언니를 보고 물었다.

"이런 곳에 좌판을 어떻게 깔아?"

언니는 피식 웃으며 말했다.

"이 장소가 아무나 장사할 수 있는 곳이 아니야."

숙이는 언니의 말이 전혀 이해되지 않았지만 더 이상 질문은 하지 않았다.

"이곳 좌판 사장님은 따로 있어."

"이런 곳도 사장님이 있어?"

숙이는 언니 말이 이해되지 않아 되물었다. 숙이는 이상한 일들을 어려서부터 많이 보아 왔지만 복잡한 길가에 좌판을 펴는 것이 이해되지 않았다. 더구나 이런 곳도 사장님이 따로 있다고 생각하니 이해는 더더욱 안 되었다. 어쨌든 언니 말을 믿을 수밖에 없었다. 숙이는 속으로 걱정을 하고 있었다. '이런 곳에서 장사가 안 되면 어떻게 하지?' 속으로 생각하고 있는데 갑자기 옷을 반쯤 벗은 것 같은 한 여자가 숙이 앞을 지나 백화점을 짓고 있는 곳으로 뛰어 들어갔다. 백화점을 짓는 건물을 지키는 경비를 뚫고 한 여자가 신발도 신지 못하고 맨발로 뛰어 들어간 것이다. 그 뒤를 쫓던 한 남자가 뒤따라 들어가고 조금 시간이 지나자 남자는 여자 머리채를 잡은 채로 걸어 나왔다. 주위에 사람들은 아무도 그 남자를 말리지 않았다. 남자의 손에 여자 머리채가 잡혀 끌려가는 모습을 보면서도 그 누구도 그녀를 도와주지 않았다. 숙이도 그 장면을 보면서 자신의 일인 것처럼 마음이 아팠다. 그러나 자신의 힘으로는 어떤 도움도 줄 수 없었다. 숙이도 남들처럼 안타깝게 구경만 할 뿐이었다. 이상한 것은 교통경찰이 앞에서 교통정리를 하고 있었는데 그렇게 소리를 쳐도 뒤도 돌아보지 않는다는 것이다. 숙이와 그곳에서 함께 장사를 하는 사람들도 그냥 구경만 할 뿐, 아무도 그녀를 도와주는 사람이 없었다. 예수를 믿으라고 소리치던 사람도 조용히 구경할 뿐, 아무도 도와주지 않는 것을 보고 숙이는 '내가 저런 일을 당하면 어떻게 하지?' '동생들이 나를 도와줄까?' 생각에 잠겼다. 멍하니 생각에 잠겨있는 숙이를 보고 언니는 숙이에게 말했다.

"우리 빨리 장사해야지. 그래야 일당을 받아가지."

숙이는 그때서야 퍼뜩 정신이 들었다. 언니와 숙이는 서둘러 좌판을 깔고 장사를 시작했다. 사장님이 돌아와 '하나도 못 팔았다'고 하면 혼이 날 것만 같았다. 숙이와 언니는 정신없이 좌판을 깔고 보따리를 풀어 장사를 시작했다.

"너, 많이 놀랐구나?"

"이곳은 가끔 창녀들이 도망가다가 잡혀가곤 해."

언니는 손가락으로 뒤쪽 길을 가르치면서 말했다.

"저쪽으로 가면 창녀촌이야. 밤이 되면 여자들이 예쁘게 화장하고 유리집 속에 앉아있어. 그것을 보고 남자들이 골라서 들어가."

숙이는 그런 것을 단 한 번도 본 적이 없었다.

"우리 오늘 밤에 저길 한번 가볼까?"

언니는 숙이를 보고 농담했다. 그 말을 듣는 순간 숙이는 등에서 소름이 끼쳤다. 남자의 손에 끌려가는 여인의 모습을 보았기에 무서웠다. 숙이는 속으로 생각했다. 남자의 손에 끌려가는 창녀보다 자신의 신세가 훨씬 낫다고 생각하니 마음이 편안해졌다. 그렇게 하루하루 언니와 함께 살았다. 여러 가지 일을 하며 서로 의지하고 살았다.

어느 날 언니는 남자를 만나 결혼하게 되었다고 했다. 숙이는 눈앞이 깜깜했다. 또 혼자가 되어버린 숙이는 너무나 슬펐다. 그렇다고 언니를 시집 못 가게 할 수도 없었다. 언니는 사랑에 빠져 있었다. 언니는 숙이에게 가끔 자기 집에 찾아와도 된다고 했다. 언니가 결혼하는 날 숙이는 많이 울었다. 다시 혼자가 된 숙이는 이제 또 어떻게 살아야 할지 막막했다. 숙이는 갑자기 식구들이 어떻게 살고 있는지 궁금했다. 오래도록 뵙지 못한 아버지도 보고 싶었다. 아버지가 살고 있는 집을 찾아갔다. 식구들은 다들 이사를 가버렸다. 어디로 갔는지 알 수가 없었다. 동네 사람들이 숙이를 보고 동생이 검사가 되었다고 알려주었다. 숙이는 동생이 검사가 되었다는 사실을 전혀 알지 못했다. 식구들 중에 누구도 숙이에게 알려주지 않았다. 아무도 숙이를 식구로 인정하지 않았기 때문에 숙이는 늘 남이 아닌 남으로 살았다. 이제는 아버지도 만날 수 없게 되었고 식구들이 어디에 사는 것도 모르게 되어버렸다.

숙이는 살아가기 위해 일을 찾아 돌아다니다 자신도 모르게 소매치기를 사귀게 되었다. 그들은 소매치기하는 여자들이었다. 숙이는 그들의 조직에 들어가 조직원이 되었다. 그녀들은 숙이에게 바람잡이 일을 시켰다. 숙이는 그녀들과 어울려 남의 물건을 훔치며 몰려 다녔다. 백화점에서 스카프를 슬쩍 도둑질했다. 숙이는 어린 시절부터 아버지를 따라 걸인 생활을 했기 때문에 남의 물건은 훔치는 것에 대해 크게 죄의식이 없었다. 숙이는 혼자가 되어 외로운 처지였다. 우연히 만난 언니와 살았을 때는 남의 물건을 훔치는 일은 없었다. 언니는 길바닥 장사를 해 일당을 받아서 살기는 했지만, 성품이 정직한 사람이라 숙이의 나쁜 버릇이 나오지 않았다. 만약 숙이가 나쁜 짓을 하면 언니가 숙이의 곁을 떠날까봐 숙이는 언니가 시키는 대로 하고 착하게 살았다. 그런데 언니는 숙이의 곁을 떠나 버리고 말았다.

 이제는 아무도 숙이를 도와줄 사람이 없었다. 숙이는 혼자 사는 것이 너무나 외로웠다. 누군가 함께 살아갈 사람들이 필요했다. 그러던 중에 우연히 백화점에서 스카프를 훔치다 그녀들에게 들킨 것이었다. 그녀들은 숙이를 데리고 백화점을 나와 조용한 다방으로 들어갔다. 그녀들은 숙이의 약점을 잡아 협박했다. 숙이는 아무런 말 못하고 그녀들이 시키는 대로 하기로 했다. 그때부터 숙이는 그녀들이 시키는 일을 하며 어울려 다니기 시작했던 것이다. 숙이는 자연스럽게 남의 물건 훔치며 갖고 싶은 물건이 있으면 아무 생각없이 가지고 왔다. 그녀들과 함께 도둑질하러 다니며 그럭저럭 살아가고 있었다.

어느 날 복잡한 시장 안에서 남의 지갑을 털었다. 그런데 어떻게 된 일인지 다들 미리 도망을 가고 숙이만 잡혔다. 숙이는 유치장 신세를 지게 되었다. 아침이 되어서야 숙이는 다른 곳으로 송치되었다. 숙이는 검사에게 불려갔다. 그런데 그 많은 검사 중에 하필이면 자기의 동생인 검사에게 불려갔다. 조사 중에 검사도 놀라고 숙이도 놀랐다. 숙이는 고개를 들지 못했다. 동생 얼굴을 쳐다볼 수가 없었다. 숙이는 고개만 떨구고 있었다. 동생인 검사는 아무 말을 하지 않고 앉아있었다. 동생이 손을 썼는지 초범이라는 이유로 핑계를 댔는지 모르지만 쉽게 풀려났다. 그 후 어머니가 찾아와 '아버지는 돌아가셨단다. 공동묘지에 잘 모셨다'고 말했다. 그리고 '아무에게도 네 동생이 검사라는 말을 하지 말라.'고 했다. '만약 말을 듣지 않으면 가만두지 않겠다.'는 말도 남겼다. 숙이는 아버지가 있는 공동묘지를 찾아갔다. 아버지가 참으로 원망스러웠다. 자신을 이렇게 만들어 놓은 아버지가 죽도록 미웠다. 그러나 이제 이 세상에 없으니 만나서 원망을 할 사람도 없어졌다.

숙이는 '앞으로 어떻게 살아야 할까?' 아무리 생각해봐도 별 좋은 생각이 나지 않았다. 숙이가 풀려났다는 말을 듣고 그녀들은 숙이를 다시 불러냈다. '어떻게 그렇게 빨리 나왔니? 이해가 안 된다'고 그녀를 다그쳤다. 숙이는 아무런 말을 하지 못했다. 숙이는 어머니의 경고에도 불구하고 또다시 그녀들과 어울려 다녔다. 그러다 또 걸리고 말았는데, 이번에는 조직이 다 잡히고 말았다. 숙이는 또 경찰서로 가게 되었다. 어떻게 알았는지 동생을 비롯한 식구들은 난리를 쳤다. 주위 사람들이 누나가 소매치기라는 것을 알게 될까 봐 동생들이 모여서 대책을 세우기 위해 회의했다. 누나를 그냥 저렇게 두면 자신의 주위 사람들이 알게 될 터인데 어떻게 할 것인가. 동생들은 다만 그것이 걱정이다. 검사 동생은 누나를 멀리 보내기로 결심했다. 조직 모두를 풀어주는 조건으로 누나는 자신이 가라는 데로 아무 말썽 없이 가야만 한다고 다그쳤다. 숙이는 선택의 여지가 없었으므로 동생에게 그렇게 하겠다고 했다.

검사 동생이 마련해준 배표를 받아 떠나면서도 숙이는 배를 타고 가는 곳이 어디인지를 알지 못했다. 어느 조그만 섬에 도착했을 때 마중 나온 험상궂은 남자가 숙이에게 서류를 내밀었다. 숙이를 보고 사인하라고 했다. 숙이는 글을 모르기 때문에 그 속에 무슨 내용이 들어있는지 모른 채 시키는 대로 사인했다. 섬으로 들어온 날부터 숙이는 섬에서 나가지 못했다. 십 년 동안 노동계약을 했기에 그 섬에 있어야 했다. 동생은 누나가 글을 모른다는 것을 알고 누나 스스로 노동계약을 하게끔 만들었다. 십 년 동안은 섬에서 나갈 수 없게 했다. 다 합법적으로 만들어 놓은 올무였다. 숙이는 그 누구도 원망할 수 없었다. 억울하다고 말을 할 수도 없었다. 그때부터 그녀의 섬 생활이 시작되었다.

  아침에 일어나 어부들이 고기를 잡아 오면 고기 손질하는 일을 했다. 하루 종일 일해도 인건비는 겨우 혼자 생활할 정도였다. 그 섬에서 계약이 끝날 때까지는 나갈 수 없다. 검사인 동생이 이곳에 있는 경찰들에게 누나를 잘 감시하도록 얘기해두었다. 누나가 몰래 섬을 빠져나가지 못하게 늘 감시했다. 숙이는 별수 없이 이곳 섬에서 살아야만 했다. 그때부터 숙이는 많은 고생을 했다. 숙이는 자신을 이렇게 만든 아버지가 원망스러웠다. 아버지가 한없이 원망스러워 목 놓아 울기도 했다. 숙이는 마음대로 죽을 수도 없었다. 자신을 감시하는 눈들이 있기 때문에 쉽게 죽지도 못했다. 아침이면 늘 물고기를 고르고 배를 갈라서 바람이 부는 곳에 말리는 일을 했다. 늘 생선을 만지니 숙이의 몸에서는 비린내가 진동했다. 이곳은 섬이라 물이 귀했다. 비가 오는 날이면 빗물을 받아서 식수로 썼다. 그러다 보니 물을 아껴 써야만 하는 실정이라 제대로 씻을 수도 없다. 어쩌다 가끔은 낚시꾼들이 들어오기도 한다. 이곳에 사는 섬사람들은 며칠마다 들어오는 배를 타고 나갔다가 필요한 물건을 사 들어올 뿐이었다. 섬사람들은 다들 서로 잘 아는 사람들이다. 이 섬에 사는 사람들은 숙이가 섬에 들어올 때 처음 만났던 이 씨의 말이 곧 법이라고 생각하며 살고 있었다. 이곳에서 도망간다는 생각은 불가능한 일이었다. 숙이는 가만히 생각해 보았다. 아무래도 이곳에서 일만 하다가 죽을 것 같다는 생각이 전신을 휘감았다.

 누구도 숙이의 말을 들어주는 사람은 없었다. 숙이를 도와줄 수도 없는 곳이라는 것을 숙이는 섬에 들어온 지 얼마 지나지 않아 깨달았다. 이 씨의 비위를 거스르는 사람도 없었다. 고깃배가 들어오지 않는 날에는 바닷가에 멀뚱히 앉아 저 멀리 있는 고향을 생각했다. 자신도 모르게 핑그르르 눈물이 고였다. 숙이는 이때까지만 해도 동생이 이곳으로 보냈다고는 생각하지 않았다. 글을 모르는 자신이 사람들에게 속아서 섬에 오게 된 것으로 알고 있었다.

섬에 바람이 많이 불고 비가 많이 내리던 날. 다들 일은 못 하고 집안에서 고스톱을 치며 모여 놀고 있었다. 숙이는 혼자 살고 있는 집에서 오래간만에 빗물을 받아 목욕을 하고 있었다. 그런데 섬에 사는 한 남자가 숙이 살고 있는 집을 기웃거리다가 숙이가 옷을 벗고 있는 모습을 보게 되었다. 그 남자는 숙이의 벗은 모습에 성욕이 발동되어 숙이에게 달려들었다. 숙이는 꼼짝없이 당하고 말았다. 남자 경험이 없는 숙이는 너무나 무섭고 억울해서 울고 또 울었다. 숙이의 울고 있는 모습을 보고 동네 사람이 이 씨에게 말했다. 한참 고스톱을 치고 있는데 한 남자가 들어와 숙이를 겁탈한 이야기를 했다. 이 씨는 이야기를 듣고 그 남자에게 주먹질했다.
"이놈이 미쳤나. 그 여자는 건드리면 안 돼."
"…."
"나라고 건드릴 줄 몰라 가만히 있는 줄 알아?"
"…."
"다 생각이 있기 때문에 가만히 우리 섬에서 살게 하는 거여. 이 멍청한 놈아."
그때 이 씨는 그 이유를 털어놓았다.
"저 여자 뒤에는 검사가 있다는 말이 있어."

"그런데 왜 우리 섬으로 보냈는데?"

옆에서 있던 한 남자가 말을 받아서 물어보았다.

이 씨는 섬사람들에게 우물쭈물하면서 이것을 말을 해야 하나 망설이다가 말을 꺼냈다. 통상 이 섬에서 어떤 문제가 생기면 섬에 가까이 있는 경찰이 오곤 했다.

"그곳 김 순경하고 친하게 지내는 경찰에게서 들은 이야기인데, 저 여자를 섬에 보내면서 나에게 저 여자 늘 감시하고 보고하라고 말을 했어. 그리고 절대 함부로 하지 말라고. 혹시 건드려 임신이라도 하게 되면 나보고 책임져야 한다고 말을 했단 말이야. 그리고 가만히 있지 않을 거라고 했어. 무슨 사연이 있는지 모르지만, 이 섬에서 다시는 저 여자로 인한 문제 만들지 마. 그랬다간 나를 가만히 안 둔다고 협박을 했어."

이 씨는 섬 남자들에게 단단히 주의를 주었다.

그 후 숙이는 별 탈 없이 섬에서 살았다. 그동안 오만가지 고생을 다했지만, 숙이는 이 섬에서 탈출할 생각은 애초부터 하지 못했다. 섬사람들이 숙이에 대해 하는 이야기를 지나다 우연히 듣게 되었다. 자신을 이 섬에 가두어 놓은 사람이 바로 동생들이라는 것을 알게 되었다. 동생이 이곳에 숙이를 가두어 놓았다는 것을 안 순간, 이곳을 살아서 나갈 수만 있다면 동생들에게 반드시 복수할 것이라고 이를 악물었다.

'어떻게 너희들이 나에게 이럴 수가 있어. 내가 거지 생활을 해서

번 돈으로 너희들이 잘 먹고 살았는데 어떻게 나에게 이럴 수가 있어?'

숙이는 또 한 번 아버지를 원망하고 통곡했다. 동생들은 누나의 존재가 드러나면 사돈들이 알게 돼 자신들을 무시할 것 같았다. 자신들의 부인이 알게 되면 어떡하나 걱정이 많았다. 그들은 어떻게 하면 다들 아무 탈 없이 원만하게 살 수 있을까 궁리 끝에 누나를 섬에다 가둬놓기로 한 것이다. 숙이는 섬에서 자신도 모르게 모습이 변해버렸다. 예전의 숙이의 모습은 찾아볼 수가 없었다. 식구들이 숙이를 본다고 해도 잘 알 수 없을 만큼 변해버렸다. 숙이는 늘 가슴 속에 비수를 감추고 살아가고 있었다.

숙이는 그렇게 섬에서 살아갔다. 세월이 흘러 이제 나이를 많이 먹어 다리에 힘도 없었다. 이제 섬사람들은 숙이의 존재를 잊어버렸다. 감시하던 이 씨도 고기를 잡다가 태풍이 심하게 불어대던 날 죽어버렸다. 이제는 숙이를 감시하는 사람은 아무도 없었다. 섬사람들은 숙이가 타지역에서 왔다는 것도 모두 잊어버렸다. 함께 늙어버린 섬사람에 불과했다. 젊은 날들의 기억은 가물거리며 저 파도 속에 묻히고 말았다. 이제 아무도 숙이가 뭍에서 왔다는 것을 기억하지 못했다. 그저 이웃 할머니로 살아가고 있었다. 섬사람들은 숙이가 감시당하던 사람이라는 자체를 잊어버렸지만 숙이는 가슴 깊숙이 감추어 놓은 분노와 자신의 한을 잊을 수 없었다. 자신이 거지생활로 번 돈으로 공부해 잘살아가는 동생들을 용서할 수가 없었다.

자신이 지옥에 떨어져 기름 솥에 들어간다고 해도 동생들을 용서하고 싶지 않았다. '어떻게든 이곳에서 나갈 수만 있다면….'하며 마음속으로 늘 생각했다. 숙이가 그런 생각을 하고 있다는 것을 아무도 알지 못했다. 숙이가 늘 기회만 보고 살아온 세월이 삼십 년이 넘었다.

이 섬도 많은 변화가 생겼다. 외부 사람들은 허락 없이 함부로 들어오지 못하던 곳이었는데 이제는 가끔 낚시꾼 배가 들어오곤 했다. 동네 사람들은 농사를 조금 지어서 낚시꾼들의 밥을 해 팔기도 하고 집을 고쳐 낚시하러 오는 사람들에게 집을 빌려주기도 했다. 그리고 육지에서 들어오는 사람들에게 육지 소식도 들었다. 육지는 많이 변해버린 것 같았다. 전화를 손에 들고 들어와 통화를 하기도 했다. 숙이는 손님들이 들어오면 심부름을 해주었다. 그럴 때면 육지에서 가져온 식품들을 하나씩 주기도 한다. 어느 젊은이는 다 늙어버린 숙이를 보고 불쌍해 보였는지 할머니 용돈 하시라며 지갑에서 돈을 꺼내 주기도 했다. 숙이는 그럴 때마다 그 돈을 고맙다고 말하고 받았다. 섬사람들 몰래 돈을 숨겨 놓았다. 언젠가 이곳을 떠날 때 쓰려고 꼭꼭 숨겨 놓았다. 세월이 흘러 이제는 섬사람 누구도 숙이에게 관심을 두지 않았다. 다 늙어버린 숙이에게 신경 쓰는 사람은 이제 아무도 없었다. 늙어 버린 숙이는 이제 힘도 없었다. 아무짝에도 쓸모없는 사람일 뿐이었다. 파도가 치는 섬에서 육지로 나가려 아무리 노력해 보아도 숙이의 힘으로는 나갈 수 없었다. '이곳에서 소리소문없이 죽고 말겠구나'란 생각이 들 때마다 숙이는 속에서 천불이 났다. 죽어서도 잊을 수 없는 형제들의 기막힌 행동이 한이 되어 자신을 지금처럼 병들게 했다. 아무에게도 속마음을 말하지 못했지만 숙이는 가슴속에 불을 키우며 살고 있었다. 그렇게 살 수밖에 없는 숙이에게 드디어 기회가 왔다.

그날은 유난히도 파도가 심하게 치던 날이었다. 배 한 척이 섬에 들어왔다. 대학생들이 졸업 여행으로 이 섬에 들어오던 중 풍랑을 만난 것이다. 이 섬에서 낚시도 하고 놀다 가려고 들어오는 길이었다. 갑자기 바람이 불어 젊은이들이 뱃멀미가 심해 쓰러졌다고 했다. 그날 우연히 숙이가 바닷가에 있었다. 섬사람들은 젊은 청년들을 숙이가 있는 집으로 데리고 가 숙이네 집에서 돌봐주길 원했다. 할 수 없이 숙이는 청년들을 집으로 데리고 와 돌봐주었다. 일기예보를 들어보니 폭풍이 금방 끝날 것 같지 않았다. 배를 타고 육지로 나갈 수도 없었다. 폭풍이 다시 몰려온다는 말에 꼼짝없이 청년들은 섬에 갇히고 말았다. 청년들은 섬에서 나갈 때까지 숙이네 집에서 지내기로 했다. 숙이는 청년들과 함께 시간을 보냈다. 청년들은 섬에서의 여러 가지 궁금한 것을 숙이에게 물어보았다. 섬에서는 바람이 심하게 불어오는 날 바다에 나가지 못하므로 할 일도 없이 무료하게 지낼 수밖에 없다고 말해주었다. 숙이는 섬에 들어온 청년들과 이런저런 이야기를 하면서 오래간만에 즐거운 시간을 보냈다. 숙이는 자신이 얼마나 늙어버렸는지도 잘 알지 못했다. 섬에서 지나온 세월이 얼마나 흘렀는지를 알고 싶었던 숙이는 젊은 청년들에게 자꾸 말을 걸었다. 한 청년을 보고 숙이가 물었다.

"어디서 왔어요?"

"…."

"왜, 이 섬에 들어오게 되었어요?"

청년들은 말이 없다가 숙이가 다시 묻는 말에 그중 한 청년이 대답했다. 학교에서 졸업하고 친구끼리 여행을 함께 온 것이라고 말했다. 날을 잘못 잡아서 이렇게 되었다고도 했다. 한 청년이 숙이를 보고 물었다.

"할머니는 이곳에서 얼마나 살았어요?"

"아…."

숙이는 한숨을 길게 쉬면서 아무 말도 하지 않고 젊은 청년들을 쳐다보았다. 숙이는 청년들을 쳐다보면서 참 세월이 많이도 흘렀다는 것을 실감하게 되었다.

'내가 이곳에 올 때에는 그래도 꽃같이 젊은 시절이었는데 어느덧 많은 시간들이 지나갔구나.' 갑자기 잊고 있었던 억울한 일이 떠올랐다. 숙이의 가슴속에서 불이 치밀어 올랐다. 순간 갑자기 눈물이 쏟아졌다. 참을 수 없는 분노도 치밀어 올랐다. 숙이는 눈물을 훔치며 청년들을 보고 그냥 쉬라는 말을 하고 방을 나와 버렸다. 청년들은 할머니가 나가고 나서 서로 우리가 할머니에게 뭐 잘못한 것이 있나 서로 얼굴을 쳐다보았다. 한 친구가 말했다.

"아마도 할머니에게 말 못할 사연이 많은가 봐."

"우리가 할머니 마음 아픈 곳을 건드린 것 아니야?"

"힘든 사연이 할머니에게 있나 봐."

"할머니 마음씨도 착하게 생겼는데."

젊은이들은 숙이가 방을 나가고 난 뒤에 할머니 걱정을 했다. 한 청년이 말했다.

"우리가 이곳에 와서 할머니를 만나지 못했다면, 얼마나 고생했겠어?"

"돈도 다 떨어지고 없는데 할머니에게 신세를 많이 졌으니 집으로 돌아가면 꼭 보답해야 해."

"우리 다음에 시간을 내서 이곳에 다시 한번 와야겠다."

"다음에는 일기예보 잘 알아보고 오자."

"지금처럼 섬에서 낚시도 못 하고 집안에서 이렇게 시간을 보내니 얼마나 아까워."

"혹시 내일이라도 햇살이 쏟아질지 아무도 모르는 일이야."

청년들은 여러 가지를 이야기하면서 시간을 보냈다. 조금 전에 눈물을 훔치며 나갔던 숙이가 다시 들어 왔다. 숙이를 보고 청년들은 반가이 맞았다. '우리가 괜한 것을 물어서 죄송했다.'며 한 청년이 숙이에게 사과했다.

"내가 밖에 나가 봤는데, 아마도 내일이면 맑은 날씨가 될 것 같아."

숙이는 청년들에게 말했다.

"그것을 할머니가 어떻게 아세요?"
"이곳에 오래 살다 보면 자신도 모르게 알게 된다오."
숙이는 다시 청년들을 쳐다보면서 말했다.
"이곳에서 오래 사셨어요?"
청년들이 궁금해 물어보았지만 숙이는 아무 말을 못 하고 가만히 청년들을 쳐다보았다.
"나도 젊을 때 서울에서 살았다오."
잠시 침묵하던 할머니가 입을 열었다. 청년들은 할머니가 왜 이 섬에 들어왔는지 참으로 궁금했다. 숙이는 청년들에게 자신도 모르게 자신의 이야기를 털어놓았다. 한 청년이 또 숙이에게 물었다.
"할머니, 왜 육지로 못 나갔어요?"
할머니는 이성을 잃어버리고 하지 말아야 되는 말을 시작했다. 할머니는 갑자기 흥분했다.
"그놈이 사람들을 시켜 나를 이 섬에 강제로 끌어다 놓고 나가지 못하게 감시까지 했다오. 이제는 나가라고 해도 내 나이가 많아 나갈 수도 없지. 이제 이 몸으로 어딜 가겠나. 젊었을 때 나도 이곳에서 나가려고 별의별 생각을 다 했지만, 그때는 아무리 궁리해도 나갈 방법이 없었지."
숙이는 자신도 모르게 흥분하고 있었다. 한 청년이 또 숙이에게 물어보았다
"할머니를 이곳에 보낸 분 알고 계세요? 혹 이름이 무엇인지 기억하고 계세요?"

"알고 있지. 왜? 나 대신 복수라도 해주려고?"

숙이는 청년들을 쳐다보면서 말했다.

"그놈은 하루에도 열두 번씩 내가 마음속으로 죽였지. 내가 하도 억울해서…. 이곳 섬에서 어떻게 고생하며 살았는데 그놈들을 잊을 수가 있겠어?"

그 말을 들은 청년들은 할머니의 말에 더욱 궁금증이 생겼다.

"할머니 억울한 이야기 자세히 말해보세요. 또 알아요? 우리가 할머니 억울한 이야기를 듣고 할머니의 억울함을 풀어줄지도 모르잖아요."

"아이구. 젊은이들이 무슨 수로 내 억울한 한을 풀어줄 수가 있겠나? 말만 들어도 고맙네."

한 청년이 옆에 있는 친구를 보며 다시 말했다.

"얘 아버지 좋은 사람이에요."

"우리 아버지에게 부탁하면 들어줄지도 몰라요. 우리가 할머니께 은혜를 입었잖아요."

"은혜는 무슨 은혜?"

눈물을 훔치며 천장을 올려다보고 있는 할머니에게 한 청년이 또 말을 걸었다.

"할머니 말해주세요. 우리가 도와줄게요. 할머니 가슴이라도 후련하게 우리에게 말해주세요."

숙이는 가슴 속으로 한을 품고 살아온 세월이 이제는 다 지나갔다고 생각해 별 기대 없이 그냥 이 청년들에게 가슴속에 있던 응어리를 풀어놓았다. 어려서부터 살아온 이야기를 했다. 청년들은 이야기를 다 듣고 나서 말했다.

"어떻게 그런 사람들이 다 있어요?"

"그런 사람들은 가만히 있으면 안 돼요."

"혼을 내주어야지 어쩜 그렇게 나쁜 사람들이 다 있어요?"

숙이는 흥분하는 청년들을 보고 말했다.

"그것이 다 내 운명이고 내 팔자 인 것 같아. 이제는 내가 이 섬을 나간다고 해도 그들을 벌을 줄 수도 없어. 이것이 나의 운명이고 숙명이라고 생각해야지 뭐."

숙이는 청년들에게 자신의 이야기를 쏟아 놓은 것으로 가슴이 조금 후련했다. 숙이의 이야기를 다 듣고 나서 한 청년이 다시 말을 걸었다.

"그 사람들 이름은 알고 있어요? 할머니를 이 섬으로 보낸 사람?"

"그럼 알고 있지."

숙이는 자신도 모르게 청년들에게 자신의 동생 이름을 말해버렸다. 이름을 듣는 순간 한 청년이 갑자기 심각해졌다. 할머니에게 다시 한번 물었다. 숙이는 청년을 보고 자신도 모르게

"아이구. 내가 내 동생 이름도 모르겠어?"

"그 검사가 할머니 동생이란 말이에요?"

"맞아. 내 동생들이 나를 이 섬에 보냈지. 자신들의 체면 때문에 누나를 이 섬에 가둬 두었다고. 그러니 내가 얼마나 한이 되겠어. 나를 이곳에 가두어 놓고 늘 감시하고 이곳에서 나를 나오지 못하

게 한 인간들이 남이 아니고 바로 내 동생들이라고."

그 말을 들은 한 청년이 큰 충격을 받고 한참을 정신이 나간 것 같은 표정을 지었다. 그리고 다른 청년들도 다들 깜짝 놀라서 아무 말을 하지 못했다. 숙이는 자신의 이야기를 듣고 청년들이 충격을 받았나 생각했다. 잠시 아무 말을 못 하고 가만히 있던 한 청년이 말까지 더듬거리며 다시 할머니에게 물었다.

"할머니. 할머니의 아버지 이름은 기억하세요?"

"그럼, 이 사람이 나를 바보로 아나?"

숙이는 오래간만에 아버지 이름과 어머니 이름을 입에 올렸다. 숙이의 말이 떨어지기가 무섭게 다시 숙이에게 물어왔다.

"할머니. 그럼 다른 형제들 이름은 아세요?"

"그럼. 다 기억하지. 동생들 이름은. 내가 노망이 난 것도 아닌데 동생들 이름을 모를까?"

숙이는 동생들 이름을 하나하나 말해주었다. 숙이를 보고 세 청년들은 아무런 말을 못 했다. 그중 한 청년이 할머니를 붙잡고 펑펑 울었다.

"할머니, 제가 할머니께 잘할게요."

이런 사실을 알 턱이 없는 숙이는 이유를 몰라 어리둥절했다. 청년이 바로 숙이의 조카라고 했다. 이것이 무슨 운명의 장난인가. 이런 곳에서 조카를 이렇게 만나다니. 조카의 이름은 민석이었다.

"할머니 배가 들어오면 우리와 함께 집으로 나가요."

청년이 숙이를 붙잡고 울었다.

"저도 아버지가 용서가 안 돼요. 어떻게 자신의 누나를 이렇게 살게 할 수 있어요? 자신을 먹여 살린 누나에게 어떻게 이럴 수가 있어요? 저도 아버지를 용서할 수 없는데 고모가 용서할 수 있겠어요?"

숙이가 보기엔 조카는 너무나 훌륭한 청년으로 자라난 것 같았다. 숙이는 조카의 말에 자신이 이곳에서 한을 품고 산 세월을 단번에 보상 받은 것처럼 마음이 편안해졌다. 다음날 섬에서 배를 띄웠다. 청년들은 배를 타고 육지로 떠나갔다.

숙이는 '이것이 무슨 운명의 장난인가 이곳에서 조카를 만나다니.'라 생각하면서 혼자 바닷가에 앉아 멀어져가는 배를 바라보며 눈물을 흘렸다.

청년들은 각자 자신들의 집에 돌아와 자신의 부모들에게 섬에서 있었던 이야기를 했다. 숙이의 조카는 집으로 돌아와 아버지에게 섬에서 있었던 이야기를 했다. 그 말을 듣고 있던 숙이의 동생은 몹시 큰 충격을 받았다. 영원히 잊어버리고 싶었던 자신들의 비열한 행동이 아들 입에서 다시 부활했다고 생각하니 몹시 부끄럽고 놀라웠다. 자신도 모르게 바쁘게 살다 보니 누나의 일은 까맣게 잊어버리고 말았다. 그런데 생각지도 않게 자신이 가장 사랑하는 아들을 통해 누나의 소식을 듣게 되었으니 할 말을 잃어버렸다. 아들은 아버지를 보고 '내가 가장 자랑스럽게 생각하는 아버지가 자신의 누나를 자신들의 체면 때문에 섬에다 가두었다고 생각하면 실망스러워

견딜 수가 없다.'고 했다.

"어떻게 아버지가 그렇게 할 수 있어요?"

숙이의 조카인 민석이 아버지에게 난리를 쳤다.

"당장 아버지가 섬으로 찾아가 용서를 빌고 고모님을 모시고 나오세요. 만약에 아버지가 섬으로 들어가서 고모님께 잘못을 빌고 고모님을 집으로 모시고 오지 않으면 아버지를 다시는 보지 않을 거예요. 그리고 큰아버지 작은아버지들도 함께 섬으로 들어가세요."

숙이의 검사 동생은 아들의 말을 듣지 않을 수가 없었다. 숙이의 조카 민석이는 공부를 잘해 법대를 졸업하고 판사가 되었다고 섬에 함께 온 친구들이 말했다. 다들 법조계 일을 하게 된 친구들이었다. 숙이의 동생들도 이제는 다들 늙어버렸기에 민석이의 말을 듣지 않을 수 없었다. 민석은 늘 아버지가 훌륭한 사람이라고 생각했는데 아버지가 은혜도 모르고 자기 자신만 아는 이기적인 사람인 줄은 정말 몰랐다고 말을 하고 이제 죽을 때까지 고모에게 잘못한 것을 큰아버지와 삼촌하고 아버지는 사죄하며 살아야 한다고 말했다.

그 말을 들은 숙이의 검사 동생은 아무 말도 할 수 없었다.

숙이의 동생들도 많이 늙어버렸다. 아들의 말을 듣고 자신들의 행동을 돌이켜 생각하게 되었다. 동생들은 조카 민석이 말을 따르지 않을 수 없었다. 민석이는 착하고 부모 말이라면 한 번도 거역하는 일이 없던 아들이었다. 다시없는 효자라고 주위 사람들이 늘 칭찬했다. 그런 아들에게 무슨 말로도 변명할 수 없었기 때문이다. 숙이의 동생들은 숙이가 살고 있는 섬으로 갔다. 숙이의 변해버린 모습을 보고 아무도 숙이를 알아보지 못했다. 숙이도 동생들의 모습을 알아보지 못했다. 숙이는 낚시꾼들이 섬으로 낚시하러 온 줄만 알았다. 동생들은 숙이에게 다가와 자신들이 동생이라고 했다. 숙이는 말이 나오지 않았다. 그렇게 증오했던 동생들을 보니 갑자기 온몸이 굳어서 몸이 움직이지 않았다. 숙이는 너무나 큰 충격을 받아서 자신도 모르게 할 말을 잃어버렸다. 잠시 멍하니 서 있다가 쓰러지고 말았다. 동생들은 놀라 숙이를 육지로 데리고 와 병원으로 모시고 갔다. 의사 선생님께서는 숙이가 충격이 심해 말을 못 하는 것이라며 오래 살 수 없다는 사실을 민석에게 들려주었다.

민석이는 고모에게 매일 찾아와 말벗이 되어주고 숙이의 한을 조금씩 풀어주었다. 휠체어를 태워서 여러 곳을 구경시켜 주었다. 숙이는 민석이에게 '마지막으로 할아버지 산소에 가보고 싶다.'고 말했다. 민석이는 고모의 소원을 들어주었다. 민석이와 단둘이 아버지 산소에 갔다. 숙이는 아버지의 산소에서 자신을 이렇게 만든 아버지에게 말했다. 모든 것은 아버지가 만들어 놓은 비극이라고 원망했다. 그리고 목 놓아 울었다. 그 후 얼마 되지 않아 햇살이 눈이 부시도록 맑은 날 숙이는 아버지 곁으로 떠나갔다.

그 누구도 자신의
길을 알지 못한다

♦♦♦♦♦ 그 누구도 자신의 길을 알지 못한다

　석화는 늘 어둑어둑해야 집으로 돌아온다. 늘 직장 생활에 찌들어 있었다. 남편은 가끔 집으로 돌아왔다. IMF 때 다니던 직장을 그만두고 지방으로 내려가 직장을 다시 잡았다. 서울에는 가끔 올라온다. 남편은 직장에서 잘려 한동안 집에만 있었다. 여기저기 다시 일할 곳을 알아보았지만 그렇게 쉽게 직장을 잡을 수가 없었다. 할 수 없이 지방으로 내려가기로 마음먹은 남편이 취업이 되어 지방으로 내려간 후 석화도 생활 전선에 뛰어들었다. 아이들 학비가 만만치 않았다. 맞벌이하지 않으면 살아가기가 힘이 들었다. 석화는 늦게까지 일을 하고 집으로 돌아오는 날이 많았다.

　석화는 친척으로부터 좋은 사람이라고 소개받아 선을 보고 남편을 만나 결혼했었다. 별걱정 없이 둘은 잘 살았다. 아이들을 유학보내고부터 많은 교육비가 들어가 석화는 늘 고민이 많았다. 남편에게 신경 쓸 마음의 여유가 없었다. 언제부터인지 모르지만, 남편이 자주 집으로 오지 않았다. 회사 일이 바쁘다는 핑계가 늘기 시작했다. 석화는 오늘도 늦게 집으로 돌아오다가 갑자기 묘한 생각이 들어 급히 짐을 챙겨 남편이 근무하는 충주로 내려갔다. 그런데 숙소에 들어서니 아무도 없었다. 회사를 지키는 수위는 다들 집으로 올라갔다고 한다. 석화는 어이가 없었다. 다시 기차를 타고 서울로 올라와 가만히 생각해 보았다. 남편에게 전화하기는 싫었다. 남편이 집으로 들어오면 '이번에는 무슨 핑계를 댈까' 생각하며 아무 일도 없었던 것처럼 가만히 있었다. 이번 주에도 역시 집에는 오지 않았다. 석화는 남편에게 문자를 보냈다.

'이혼하고 자유롭게 남은 인생 열심히 사세요. 이 집은 내가 가질게요. 그리고 아이들은 이제 다 자란 것 같으니 저들이 알아서 잘 살아가겠지요. 이제는 나 역시 자유를 찾고 싶어요.'라고 문자를 보냈다. 남편은 석화의 문자를 보았는지 부리나케 집으로 돌아왔다. 아내인 석화를 보고 남편은 이런저런 핑계가 많았다.

"이혼하고 자유롭게 살라고 하는데, 왜 이러세요?"

"이제까지의 일을 훌훌 털고 우리 한번 마지막 인생을 잘살아봅시다."

석화는 화도 내지 않고 차분한 말씨로 남편에게 자신의 생각을 말하고 집을 나와 버렸다.

직장에는 휴가를 내고 여행을 떠나기로 마음먹었다. 외국으로 혼자 여행을 떠나려고 하니 처음에는 용기가 나지 않았다. 친구들에게서 패키지 여행을 떠나면 너무 재미있다고 들었던 것이 생각났다. '걱정하지 마. 여행사에서 다 해결해 줘. 혼자 가도 혼자 온 사람들끼리 짝을 지어 주니 아무 걱정을 하지 마.'라고 했다. 석화는 용기를 내어 여행사 상품을 골라 유럽 여행을 가기로 했다. 석화는 남편과 말을 섞기 싫었다. 남편이 탈선한 사실을 가지고 이러쿵저러쿵 말하기는 더더욱 싫었다. 석화는 남편에게도 자세한 이야기를 하지 않고 무작정 여행을 떠나기로 마음먹고 공항으로 달려갔다. 공항은 매우 복잡했다. 이렇게 여행 가는 사람들이 많을 줄은 정말 몰랐다. 공항에 와 보고서야 석화는 알게 되었다. 다들 일은 안 하고 여행만 다니는 것 같았다. 석화는 예약한 여행사 앞으로 다가갔다. 많은 사람들이 모여들었다. 석화는 여행사 직원이 시키는 대로 여권과 비행기표를 들고 개찰구로 갔다. 비행기 타러 가는 길에 면세매장 앞을 지나가는데 아는 사람을 만났다. 그도 여행을 간다고 했다.

"어디로요? 어느 여행사로 가세요?"

그와 석화는 비행기를 타러 가는 길에 우연히 만난 것이었다.

"어머나 이런 일이. 나도 그 여행사로 가는데."

"그래요? 이런 반가운 일이…, 그럼 함께 갑시다."

석화는 그와 함께 비행기에 올라 다른 사람과 자리를 바꾸어가면서 그의 옆자리에 앉아 함께 유럽으로 떠났다.

여행 중 덴마크에 도착한 석화는 노르웨이로 가는 배를 탔다. 배 안이 너무 커서 어디가 어디인 줄 몰라 잘못 나오면 방을 찾아 들어갈 수가 없었다. 배 안에 방은 왜 그렇게 많은지. 어디가 어디인 줄 몰라 헤매고 다닐 것만 같았다. 여행사 직원이 혼자 온 사람들에게 함께 여행하는 동안 짝을 지어 주었다. 그는 남자라 함께 짝을 할 수는 없었다. 석화처럼 혼자 온 한 여자와 짝이 되었다. 방 열쇠를 받아 자신이 머물게 된 방으로 들어왔다. 같은 방을 함께 쓰게 된 그녀는 조금 별난 여자였다. 무슨 옷을 그렇게 많이 가져왔는지 짐가방이 두 개나 되었다. 추울 때 쓴다고 조그만 찜질팩도 가져왔다.
"내일 무슨 옷을 입고 나가야 하나?"
"아무거나 입고 가면 되지 않아요?"
"무슨 소리에요? 외국까지 와 가지고 사진발이 잘 받는 옷으로 입어야지요. 남는 것은 사진밖에 없는데."
그녀는 가져온 옷을 방안 가득히 펼쳐 놓았다. 석화는 피곤해서 일찍 자야겠다고 말을 하고는 샤워한 후 잠옷으로 갈아입었다. 잠을 자려고 하다가 석화는 그녀를 보고 말했다.
"우리 함께 자지 않겠어요? 누가 코를 골지도 모르니, 둘이 똑같이 수면제를 반쪽씩 나누어 먹고 피곤하니까 일찍 자는 건 어때요?"
그녀는 석화를 보고 그렇게 하는 것이 좋을 것 같다고 말을 하며 샤워실로 들어갔다. 석화는 피곤해 침대의 이불 속으로 들어가 수면제 반 알을 먼저 먹고 잠이 들었다.

아침에 일찍 일어나 아침 식사를 하러 그녀와 승강기를 타고 올라갔다. 그런데 두 여자는 눈이 휘둥그레졌다. 아니 이것이 웬일일까? 애초에 식당이 좀 이상한 것 같다는 생각은 들었다. 통로에는 빨간 융단으로 만들어진 카펫이 깔려 있었다. 식당 안에는 냅킨을 들고 있는 웨이터가 서 있었다. 그리고 걸어가는 사람들은 하나같이 멋진 드레스를 입고 있었다. 신은 높은 하이힐을 신고 걸어 다녔다. 석화는 짝이 된 그녀와 함께 별생각 없이 통로 옆에 있는 의자에 다리를 꼬고 여유롭게 앉아있었다. 옆에서는 가수인 듯 보이는 남자 하나가 멕시코 모자를 쓰고 앉아 '베싸메 무초'라는 노래를 부르고 있었다. '배 안에도 이렇게 멋진 곳이 있구나.'라 생각하며 함께 온 일행들을 기다렸다. 그런데 아무리 기다려도 함께 여행 온 일행 중 그 누구도 나타나지 않았다. 이해가 되지 않았다. 짝이 된 그녀와 석화는 '무엇인가 잘못되었다.'는 생각이 들었다. 그곳을 서둘러 빠져나와 두리번거리며 일행을 찾아 돌아다녔다.

그 시간 가이드도 우리를 애타게 찾고 있었다. 알고 보니 우리가 승강기를 잘못 타서 브이아이피 전용 공간으로 잘못 들어갔던 것이다. 석화는 그때 알았다. 이곳을 여행하는 데도 빈부 차이가 많이 난다는 것을. 같은 곳을 여행하지만 먹는 것과 잠을 자는 것이 많이 다르다는 것도 처음 알았다. 석화와 그녀는 사람들에게 눈총을 받으며 식당으로 들어갔다. 그곳 또한 아무 자리에 앉는 것이 아니었다. 좌석은 미리 다 앉을 사람이 정해져 있었다. '중국 사람과 한국 사람은 제일 나쁜 자리에 앉게 되어 있다.'는 것도 알았다. 우리나라 사람들은 식사를 빨리 마치기 때문에 식당 측에서 매우 좋아한다고 가이드가 설명했다. 다른 나라 사람들 틈 사이에 식사하므로 밥값을 조금 내는 것이라고 생색을 냈다. 예를 들어 '다른 나라 사람들은 카드로 결제하면 우리나라 사람들은 현금으로 결제한다.'고 한다. 석화는 가만히 생각했다. '이곳도 자기들의 이익을 챙기기 위한 부정이 존재하는구나. 하기야 어느 나라든지 다 부정이라는 것이 있겠지. 사람 사는 세상에는 어느 정도인가가 문제겠지 편법과 부정은 없을 수가 없겠구나.' 석화 자신은 지금 여행 중이니 이런 일에는 신경 쓰지 말자고 머리를 흔들었다. 밥을 먹고 돌아와서 이곳저곳을 가이드를 따라다니며 구경했다.

면세점에서 만났던 오빠를 다시 만났다. 그는 처녀 때 만나던 친구의 오빠였다. 그 시절 우리는 늘 함께 어울려 다녔다. 잠은 따로 자고 여행할 때는 그와 함께 어울리고 자연스럽게 동생인 양 시간을 같이했다. 스위스 여행의 기억은 생각할 때마다 미소를 머금게 했다. 빨간 기차를 타고 산으로 올라가 그곳에서 라면을 먹는 것. 그것이 여행 최고의 목적인 것처럼 여행객들 중에는 필수품 챙기듯 라면을 미리 준비해 온 사람들이 있었다. 안 가지고 온 사람들은 그곳에서 사서 먹어야 했는데 라면값이 너무 비쌌다. 끓인 물만 부어주는데 일만 원이나 받았다. 그가 라면을 가져와 물을 부어 막 먹으려고 할 그때, 얄궂게도 기차가 떠난다고 가이드가 재촉했다. 라면 그릇을 들고 뛰어가면서 먹는 사람, 옆 사람에게 한입씩 나눠주는 사람, 그것을 먹겠다고 입을 가져다 대는 사람. 갑자기 벌어진 진풍경이었다. 그까짓 라면이 대체 뭐라고. 우리나라에서는 먹으라고 해도 살찐다고 잘 먹지 않던 라면인데. 여행 중인 사람들은 산꼭대기라 확실히 맛이 다르다고 했다. 석화 생각에는 '맛이 다른 것이 아니라, 라면이 귀해서 그런 것이 아닌가?' 싶었다. 사람들은 귀하고 비싸다면 먹고 싶은 충동이 더 일어나는 것 같았다. 그 시절 우리들은 여러 곳을 함께 여행하며 친하게 지냈다.

차를 타고 한참을 가다가 휴게소에서 다들 내렸다. 더러는 화장실도 가고 또 기념품들도 사 친구들과 식구들에게 선물을 할 것이다. 사람들은 우르르 휴게소를 향해 몰려갔다. 석화 역시 화장실을 갔다가 밖으로 막 나오려는 찰나 화가 잔뜩 난 어떤 여자 하나가 석화에게 말을 걸어왔다.

"아줌마, 내 말 좀 들어봐요."

석화는 당황스러웠지만, 그녀가 갑자기 눈물을 흘리며 말을 해 그녀의 청을 뿌리칠 수 없었다. 잠깐 그녀의 말을 들어주기로 했다. 그녀는 남편하고 환갑을 기념으로 여행을 온 것이라 했다. 아이들이 부모에게 효도 여행을 보내준 것이다. '부부가 함께 여행을 와서 남편은 남편대로 돌아다니고 자신은 자신대로 혼자 다니니 너무나 속이 상한다.'고 말했다. 이 먼 나라까지 와서도 남처럼 행동하는 것이 너무나 화가 난단다. 다른 남편들은 다정하게 아내에게 화장실도 가르쳐주고 커피도 사다주고 하는데 자신의 남편은 자상한 것과는 거리가 멀었다. '평생 처음인 외국여행이라 말을 알아들을 수도 없고 영어를 할 수도 없고 누구에게 물어볼 사람도 없는데 이곳까지 와서 사람을 무시한다'며 그녀는 결국 울음을 터트렸다. 집으로 돌아가면 가만 안 두겠다며 벼르고 있는 그녀. 힐끗 그 모습을 보고 지나가는 한 남자가 있었다. 그 남자는 키 크고 잘생긴 남자였다. 그녀와 나를 잠깐 쳐다보면서 지나갔다. 그녀는 그 남자에게 눈을 흘기며 저 인간이 자신의 남편이라고 소개했다.

　석화는 계속 그곳에 서 있기가 민망했다. 마침 차가 떠나려고 했기 때문에 서둘러 자리를 벗어났다. 그녀는 다른 여행사 차를 타고 왔었다. 화가 난 그녀를 남겨두고 석화는 차에 올라탔다. 오빠는 석화를 보더니 그곳에서 왜 오래도록 있다 왔냐고 물었다. 석화는 아는 사람은 아니고 남편하고 여행을 와서 남편이 남처럼 행동하는 것이 화가 나서 그녀가 하소연했다고 말을 해줬다. 그녀의 말을 들어보니 남편이 좀 심한 것 같다고 했다. 그는 그 말을 듣고 한숨을 길게 쉬었다. 석화는 그의 반응에 이상한 생각이 들어 말을 걸었다.

　"오빠 무슨 일 있어요?"

　"응. 나도 우리 집사람과 문제가 있지."

　"무슨 일인데요?"

　오빠는 석화를 한번 힐끗 쳐다보았다.

　"우리 집사람도 어지간히 나를 못살게 굴어. 숨이 막혀 나 혼자 여행을 온 것이야."

　"응….."

　"오래도록 참고 사는 것이 얼마나 힘이 드는 일인지 너는 모를 거야."

　석화는 다른 남자의 마음도 알고 싶었다. 자신도 남편하고 문제가 있어 여행을 떠나온 것이기 때문이다. 이 오빠에게는 무슨 문제가 있나 한번 들어봐야겠다고 생각하고 그를 쳐다보고 물었다.

"오빠 무슨 일 있지요?"

"…."

"나에게 털어놓으면 속이라도 후련하지 않을까요?"

석화를 쳐다보던 오빠는 한참을 망설이다가 얘기를 시작했다. 오빠의 부인은 지금 병중에 있다고 한다. 벌써 오래되었다고, 거의 누워서 생활한다고 했다.

"다른 것은 참고 산다고 하지만 성적 욕구를 다스리기가 너무 힘들어."

"얼마나 오랫동안 언니가 누워 있었는데요?"

"한 이십 년이 다 되어가지."

오빠는 창가를 내다보면 또 한숨을 내쉰다. 아내가 불쌍하긴 하지만 자신의 인생을 생각하면 이제는 지치더라고 말했다.

"내 삶은 어디로 갔는지. 평생 부인의 병시중만 하다 죽는다고 생각하니 미칠 것 같아."

아이들에게 이야기해 '혼자 여행하며 바람을 쐬면 좀 낫지 않을까 싶어 이곳에 왔다.'고 말했다.

"너는 아무 일 없지?"

"저도 그냥 그래요."

석화는 망연히 창 쪽을 바라보았다. 다들 사는 것이 똑같구나. 자신만 불행하다고 생각했는데 다른 사람들도 별다른 것이 없다고 생각하니, 한결 마음이 가벼웠다. 석화는 오빠가 매우 측은한 생각이 들었다.

"오빠 우리 서울에 올라가면 한번 만나요."

"나는 지방에서 살잖아."

석화는 오빠가 지방에서 사는 것을 몰랐다.

"왜 지방으로 내려갔어요?"

"아내가 아픈 바람에 공기가 좋은 지방으로 근무지를 옮겨서 그곳에서 지내."

"오빠는 공무원이셨잖아요? 지금은요?"

"지금도 하고 있지. 이제 몇 년 안 있으면 퇴직이야. 퇴직하면 농사나 지어야지 뭐."

"아. 그럼 오빠 만나기가 어렵겠다."

"너는 서울에 살고 나는 전주에 사니 중간쯤에서 한번 만나자."

"오빠 그러면 영화 속에 나오는 연인들처럼 눈 오는 날 비 오는 날만 만날까?"

석화는 농담처럼 오빠를 보고 말했다. 오빠는 석화를 보고 빙그레 웃었다.

"우리 영화 속 주인공이 한번 되어 볼까?"

"네. 좋아요."

"그럼, 네 전화번호 나에게 입력해줘."

석화는 별생각 없이 전화번호를 오빠에게 입력해주었다.

여행을 마치고 각자의 집으로 돌아왔다. 집으로 돌아오니 남편은 지방으로 내려가고 없었다. 집안엔 서늘한 기운이 가득했다. 석화는 하루를 쉬고 직장으로 돌아갔다. 남편과는 여전히 냉랭한 사이로 지내고 있었다. 집에 오면 오든지 말든지 전혀 석화는 관심을 두지 않았다. 석화가 일을 마치고 집으로 돌아오는 길에 모르는 전화 한 통이 걸려 왔다. '누굴까' 생각하며 전화를 받았다. 여행에서 만난 오빠가 서울로 출장을 왔다고 했다. 석화는 빈집으로 들어가기 싫었는데 마침 잘 되었다 싶어, 약속을 정했다. 그와 조용한 카페에서 만났다. 그 오빠는 석화를 보고 매우 반가워했다. 석화도 미소를 지으며 반갑게 대해주었다. 그날 둘은 시간 가는 줄도 모르게 지난 이야기를 했다. 참으로 오래간만에 즐거운 시간을 보냈다.

"언제쯤 출장이 끝나는데요?"

"내일까지는 시간이 있어. 마침 일이 잘되어 일찍 끝났거든. 걱정 안 해도 돼."

"응."

"내일도 일하니?"

"아니요. 우리 내일 또 만나요."

"그래. 그럼 서울 구경도 할 겸 우리 내일 만나자. 하루 더 쉬다가 내려가도록 해야겠다."

둘은 약속하고 헤어졌다. 석화는 집에 돌아와서 괜스레 마음이 설레기 시작했다. '내일 어디로 가서 놀까?' '무슨 옷을 입고 갈까?' 여러 가지를 생각하다 보니 잠이 잘 오지 않았다. 결혼 전에 아이 아빠를 만나러 나갈 때처럼 마음이 설레기도 했다.

석화는 거의 뜬눈으로 밤을 지새웠다. 아침 일찍 오빠는 차를 가지고 석화의 집 근처로 왔다. 석화가 여러 가지 준비를 하는 바람에 오빠는 차 안에서 한참을 기다렸다. 오빠에게 '왜 이리 안 오느냐?'며 전화가 왔다. 석화는 준비한 도시락을 들고 오빠가 기다리는 장소로 갔다. 오빠는 차를 세워 놓고 석화 오기만 기다렸다. 오빠는 석화가 들고 온 도시락을 들어주었다.

"뭐가 왜 이렇게 많은 거야?"

"우리도 젊을 때처럼 피크닉 가자고요."

석화는 오빠를 쳐다보며 활짝 웃었다. 둘은 한강공원으로 갔다. 자리를 잡고 가져간 도시락과 과일을 펼쳐 놓았다. 둘은 참으로 오랜만에 젊은 시절로 돌아가 젊음을 맛보고 있었다. '아무 걱정도 없는 이 순간을 즐겨야지.' 석화는 오래간만에 살맛이 났다. 오빠도 한강을 바라보며 속에 있는 말을 했다.

"이제 숨통이 조금 트이는 것 같다."

"…."

"집사람을 생각하면 불쌍하다가도 늘 누워서 있는 모습을 보면 나도 모르게 집에 들어가고 싶지 않아."

"…."

"무슨 팔자가 이렇게 기구한지. 그런 생각이 들면 늘 술을 마시고 집으로 간다."

"그 병은 낫지 않는 거예요?"

"풍 병은 낫지 않아. 빨리 죽지도 않고. 반을 풍 맞아서 잘 걷지도 못하고 얼굴은 반이 돌아가 흉하지. 그런데 나를 들들 볶는데 더 미치겠어. 출장이 생각보다 빨리 끝났지만, 집으로 가기 싫어서 너에게 전화했어. 네가 이해해줘."

"…."

"오늘 함께 시간 보내줘서 고맙다."

"저도 좋아요. 오빠와 오늘 이렇게 이야기하고 한강에도 오고. 서울에 살지만, 한강에 온 지 꽤 오래되었어요. 서울에 산다고 이런데 자주 오는 것은 아니에요. 저도 오래간만에 흘러가는 물을 보니 너무 좋았어요."

"한번 전주에 내려오지 않겠니? 석화가 내려온다면 내가 전주에서 가장 맛있는 집 음식으로 대접하지. 오늘 이렇게 맛있는 도시락 얻어먹었으니."

석화와 그는 오래도록 한강공원에서 저녁 늦게까지 시간을 함께했다.

"이제 일어나자. 오늘 밤에 내려가야 내일 출근을 하지."

석화도 그도 내일이 문제였다. 다들 출근해야 하기 때문에 둘은 일어나 차를 타고 석화가 사는 동네에 석화를 내려주고 오빠는 떠나갔다. 석화는 아쉬웠지만 어떻게 할 수가 없었다. 석화는 그날 저녁에 잠을 자면서 많은 것을 생각했다. '남편하고 이혼해야 하나, 아니면 아이들을 위해서 그럭저럭 살아야 하나.' 생각해 보아도 답은 나오지 않았다. 시간이 조금 지나면 남편이 다시 가정으로 돌아올까 생각하고 있는데 전화벨이 울렸다. 오빠의 목소리가 들렸다. 오늘 너무 좋았고, 다시 연락하겠다는 전화였다.

석화는 평소처럼 직장에 잘 다니고 있었다. 몇 달이 지나 여름이 돌아왔다. 비가 많이도 오는 날이었다. 일을 마치고 집으로 돌아오는 길에 전화가 왔다. 오빠의 전화였다.

"석화야 오늘 비가 많이 오네? 오늘 우리 만나는 날 아니니?"

가만히 생각해 보니 석화는 여행에서 농담으로 오빠에게 말한 것이 생각나 웃음이 났다.

"오빠. 그래서 전화했어요?"

"그것이 농담이었어? 나는 진담으로 들었는데…, 너 내일 놀지? 나도 노는데 우리 만나자."

"오빠, 전주까지는 너무 멀어요."

"응. 나도 서울은 멀어. 우리 대전에서 만나면 어떻겠니? 너도나도 중간 지점에서. 대전까지는 기차표도 많이 있고."

석화는 무슨 생각인지 좋다고 말을 하고 집으로 들어와서 내일 여행할 준비를 했다. 아침 일찍 일어나 열차를 타고 대전으로 내려갔다. 대전역에 도착하니 저쪽에서 오빠가 손을 흔들고 석화를 기다리고 있었다.

"일찍도 오셨네요."

"통 잠이 오지 않아 일찍 기차표를 끊었지."

오빠와 석화는 대전시에서 볼만한 곳을 이곳저곳 구경하고 돌아다녔다. 조용한 어느 카페에 들어가 많은 이야기를 나눴다. 오빠는 결혼 생활에 많이 지쳐 있었다. 자신은 석화를 만나고 자신이 살아 있다는 것이 느껴진다고 했다. 석화는 오빠가 안 되었다는 생각이 들었다. 많이도 힘들게 살아가는 오빠에게 모성애가 발동했다. 석화는 오빠와 자주 만나다 보니 옛날 젊은 시절 친구 집에 찾아가 오빠하고 한방에서 이불을 덮고 발로 장난을 치던 것들이 생각났다. 오빠를 안아주고 싶다는 생각이 석화 마음속에서 일어났다. 오빠는 우산을 쓰고 석화를 꼭 안고 길을 건너 모텔로 향했다. 누가 먼저 가자고 한 사람은 없었다. 그냥 사람의 발걸음이 그곳으로 향했던 것이다.

석화와 오빠는 아무런 말도 없이 모텔 안으로 자연스럽게 들어갔다. 석화는 그날 오빠와 그곳에서 오래도록 굶주린 욕정을 불태웠다. 오빠는 석화를 너무 좋아했다. 석화도 오빠가 싫지 않았다. 그날 이후로 석화와 오빠는 사랑에 빠지고 말았다. 석화와 오빠가 늘 만나는 장소는 대전역 근처 카페였다. 오빠와는 눈 오는 날이나 비가 오는 날 만나기로 약속했다. 오빠는 영화 속 주인공이 되고 싶었나 보다. 아주 낭만적인 것을 좋아한다. 석화는 농담으로 한 이야기인데 오빠는 그런 날이 너무나 쓸쓸해 밖으로 뛰쳐나오고 싶다고 했다. 오빠는 다시 학창 시절로 돌아가고 싶은 모양이었다.

오빠는 결혼 생활을 하며 한 번도 행복했던 기억이 없었다고 말했다. 결혼하고 아이를 낳고 얼마 되지 않아 아내는 쓰러지고 말았다. 처음에는 '젊은데 회복되겠지' 생각하고 별로 걱정하지 않았다고 했다. 그런데 날이 갈수록 병중은 더 심해졌다. 이 병원 저 병원 다녀도 별로 달라지지 않아 장모님이 아이를 키워주다시피 하고 아내는 늘 누워서 생활했다. 처음에는 불쌍하기도 해서 자신의 행동도 조심하고 늘 아내의 신경을 거슬리는 행동은 하지 않으려고 노력도 많이 했다. 오빠의 아내는 자신의 몸이 그렇게 되고부터는 의부증이 심해 퇴근해 조금만 늦게 와도 난리를 부렸다고 한다. 서울에 살면 공기도 안 좋아 자신이 시골로 발령을 받아 지방으로 내려와 시골집을 구해서 살고 있다고 말했다. 아들은 이제 다 커 서울에서 혼자 생활하며 대학에 다닌다고 한다.

　석화는 오빠의 이야기를 들으면서 많은 생각을 했다. 모든 것이 자신의 입장에서 생각하면 상대방을 이해하기가 어렵지만, 상대방 입장이 되어서 생각하면 이해하지 못할 것도 없다는 생각이 들었다. 오빠를 통해 남편을 이해해보려고 생각했다. 그 사람도 집에서 아무 재미 없이 사는 것이 지겨워 바람이 난 것일까? 집에 돌아오면 돈 이야기밖에 하는 말이 없으니 아마도 지겨웠을 것이다. 아이들이 유학을 떠나고 나서부터 집에 들어올 때마다 마누라는 자신을 보고 돈 걱정만 해대니 살맛이 나지 않았겠지. 돌이켜 생각해 보니 남편의 행동에도 이해가 가는 부분이 있다. '이렇게 살다가 어느 날 몸이라도 아프면 자신의 인생이 너무 불쌍하지 않나 생각하겠지. 밖으로만 돌고 집에 들어오지 않으면서 이혼할 생각은 전혀 없다고 하는 것이 정상일까?' 석화는 곰곰이 생각해 보았다.

오빠와 가까이 지내다 보니 남편의 심정을 조금이나마 이해하게 되었다. 남자들은 다 늙어가면서 '자신이 돈 때문에 헐레벌떡 살아온 세월이 허무하게 느껴질 때가 있나 보다'란 생각했다. 석화가 오빠를 만나고 오는 길에 비가 억수같이 쏟아졌다. 웬 가을비가 이렇게 많이 오는지 석화가 타고 있는 기차 창에 비가 쏟아져 흘렀다. 석화의 마음을 씻어주듯이 내리는 비를 보고 석화는 창가를 바라보며 '언제까지 이 오빠를 만나러 이곳에 오게 될까?' 생각했다. '밖으로 떠도는 남편은 언제나 집으로 돌아올 것인가?'에 대해서도 생각해 보았다. 석화는 오빠와 만나기는 하지만 그도 나도 이혼해 같이 살 마음은 없다는 것에 대해 서로 잘 알고 있었다. 석화가 이런저런 생각에 잠겨있는 동안 기차는 서울역에 도착했다.

석화는 우산을 쓰고서 서울역 구내를 걸어 나왔다. 아무도 없는 집으로 돌아와서 집안을 들어가려고 하다 뒤가 이상해서 돌아다보았다. 그런데 뒤에서 천천히 따라오는 남자가 있었다. 가까이 다가오는 모습이 남편이었다. 석화는 남편을 보고도 아무 말도 못 했다. 그냥 물끄러미 쳐다보고만 있었다. 남편 모습이 꽤 초라한 모습이었다. 석화는 아무 말도 하지 않고 집으로 들어왔다. 남편도 집으로 따라 들어와 아들이 쓰던 방으로 들어간다. 석화는 말을 걸지 않았다. 그냥 늘 그랬듯이 서로 다른 방에서 잠을 자고 일어나 부엌으로 들어가 아침 출근을 준비했다.

남편은 일어나지도 않았다. 석화는 아무 말도 없이 집을 나와 직장으로 갔다. 일을 끝마치고 집으로 돌아와 보니 남편은 가고 없었다. 석화는 '전화할까, 말까?' 생각하다가 그냥 있기로 했다. '무슨 말을 할 것이 있어야 전화를 걸지. 이제는 서로의 마음을 다 알고 있는데.' 석화는 남편의 행동을 그냥 두기로 했다. 아무런 상관도 하지 않기로 마음먹었다. 오면 오고, 말면 말고. 아무런 상관도 하지 않았다.

그러는 동안 오빠에게도 한동안 소식이 없었다. 비도 눈도 오지 않았다. 석화는 오빠가 궁금해 전화해볼까 생각하다가 그곳 사정도 잘 모르는데, 전화해서 뭣하나 생각하고 오빠 쪽에서 전화 오기만을 기다렸다. 그렇게 시간은 흘러가고 있었다. 단풍이 물든 가을은 지나가고 추운 겨울이 왔다. 석화 남편은 가끔 집에 들러 잠만 자고 간다. 여전히 석화와는 남처럼 지내고 살고 있었다. 석화는 아이들 결혼할 때까지만 이대로 살 것이라고 생각하고 남편에게 불평도 하지 않고 남편이 하는 대로 가만두었다. 그러던 어느 날. 그날은 일요일도 아니었다. 첫눈이 내렸다. 석화는 오빠에게 전화가 올 텐데 오지 않아 매우 섭섭한 생각을 하고 있었다. 석화는 회사에 들어가 조퇴했다. '몸이 많이 아파 병원에 좀 가 봐야 한다'고 핑계를 대고 회사에서 나와 무작정 서울역으로 갔다. 대전 가는 기차를 타고 오빠와 늘 만났던 곳으로 갔다. 카페 문을 열고 들어서는데 깜짝 놀랐다. 언제나 우리가 앉아있던 그곳에 오빠가 창 너머 눈 내리는 모습을 바라보고 있었다. 그는 석화가 올 것을 알고 있었다는 듯 석화를 쳐다보며 말했다.

"춥지 않았어? 참으로 눈이 많이 오네. 올해는 농사가 잘되겠어. 첫눈이 많이 오면 시골 사람들은 농사가 잘될 거라고 말을 하지."

석화를 보고 오빠는 미소를 지었다.

"어떻게 왔어? 오늘은 일하는 날이지 않나?"

오빠는 석화를 보고 웃었다. 석화도 웃으며 말을 받았다.

"오빠는 오늘 근무시간 아니세요?"

"그렇지. 오늘 근무시간이지. 그런데 눈이 왔잖아. 눈 오는 날 만나기로 해서 그냥 달려왔지."

"그러다가 오빠 잘리는 것 아니야?"

석화는 싱거운 소리를 했다. 석화는 오빠 옆으로 다가가 오빠의 어깨에 기대 창밖의 눈을 바라보았다.

"오빠. 저 눈이 오빠와 나를 이곳으로 불렀네."

석화는 오빠를 보고 웃었다.

"나도 똑같은 생각을 했는데. 눈이 우리를 불렀다고."

석화와 오빠는 서로 쳐다보며 웃었다. 그날은 행복했다. 현실을 잊어버리고 젊은 시절로 돌아가 마음껏 웃었다. 둘은 다정한 연인이 되어 우산을 쓰고 늘 걷던 가로수 길을 걸으며 눈을 밟았다. 너무나 행복한 순간이었다. '이 순간이 계속되면 얼마나 좋을까?' 생각하면서 두 사람은 눈 속을 걸었다. 설경이 아름답다고 느끼는 순간 두 사람이 헤어질 시간이 되었다. 석화는 서울행 기차를 타고 오빠는 전주로 가는 기차를 타고 서로 아쉬움을 남겨 놓고 헤어졌다.

며칠이 지난 후 남편은 석화를 보고 헤어지자고 말했다. 한번 떠난 마음은 다시 돌아오지 못했다. 석화는 아무 소리 없이 남편이 원하는 대로 해주었다. 집은 팔아 반반씩 가지고 딸아이는 유학을 마치고 일본으로 건너가 직장을 잡기로 했다. 아들은 저 혼자 생활한다고 했다. 아이들은 일찍부터 외국에서 생활해서 그런지 부모의 일에 전혀 간섭하지 않았다. 부모가 이혼하는 문제에 대해서도 심각하게 생각하지 않았다. 아들이 직장을 구했는지 아닌지 석화는 잘 알지 못했다. 아들은 부모에게 말을 잘하지 않는 편이었다. 석화가 어쩌다 아들에게 무언가를 물으면 말했다.

"내가 다 알아서 해. 엄마나 잘 살아. 다 컸는데 뭐. 내 걱정은 말라고."

"…."

"나는 나대로 잘 살아갈 거야."

아들은 석화에게 퉁명스럽게 말했다.

석화는 남편과 이혼 후 조그만 아파트를 사서 이사했다. 어쩌다 비 오는 날이면 전주 오빠를 만나기 위해 기차를 타고 대전으로 가 언제나처럼 그 카페를 찾아갔다. 그렇게 세월은 흘러갔다.

봄비가 내리는 어느 날이었다. 석화는 일찍 집으로 들어와 외출 준비하고 봄비 속을 걸어 역으로 갔다. 기차를 타고 대전으로 달려갔다. 늘 오빠와 만났던 그 카페로 가서 창밖의 빗소리를 들으며 앉아있었다. 오빠에게서 못 온다는 연락도 없었는데 오빠가 나오지 않았다. 석화는 몹시 궁금하기도 했지만 오래도록 창밖을 보며 마냥 기다리고 있었다. 아무리 기다려도 오빠는 끝내 나타나지 않았다. 석화는 기다리다 지쳐 자리에서 일어나 비를 맞으며 기차역 쪽으로 걸어 나왔다. 기차를 타고 창밖을 내다보았다. 오빠가 우산을 쓰고 두리번거리고 있는 모습이 보였다. 석화가 일어나 밖으로 나오려고 하는 순간 기차는 출발했다. 아무 말도 못 하고 석화는 서울로 올라와서 오빠에게 전화를 할까 생각하다가 하지 않았다. 집에 무슨 일이 있는 것 같았다. 오빠와 석화는 될 수 있으면 서로 전화는 하지 말자고 약속을 했었다. 예민한 아내가 알게 되면 무슨 일을 저지를지 모르기 때문이었다. 석화는 그 심정을 누구보다도 잘 알기 때문에 아무리 궁금해도 전화는 먼저 하지 않았다.

　오빠는 마음이 매우 여린 사람이었다. 아내가 가끔은 밉기도 하지만 병든 아내에게 상처는 주지 않으려고 무던히도 노력하는 것을 석화는 알고 있었다. 오빠의 그런 모습이 석화는 너무 좋게 느껴졌다. 석화는 궁금증이 일어났지만, 다음 비 오는 날을 기다리며 그냥 참고 기다리기로 했다. 오빠는 낭만적인 만남을 좋아했다. 어쩌면 자신의 생활에서 벗어나지 못한다는 것을 누구보다도 잘 알고 있었을 오빠. 오빠의 꿈같은 생활을 위해 석화를 자신의 꿈속으로 끌어들인 것인지도 모른다. 다시 현실로 돌아올 때마다 매우 힘이 들었겠다고 석화는 생각해 보았다. 병들어있는 아내를 두고 바람이 나서 부인을 버렸다는 비난을 받기 싫어서라도 이혼은 꿈도 꾸지 않을 사람이다. 석화를 통해 자신의 잃어버린 젊은 날을 보상받고 싶었을 것이다. 석화는 이제 아무것도 거칠 것이 없는데 오빠에게는 아직까지 많은 장애물들이 있었다. 석화에게 다가올 수가 없다. 석화는 그런 오빠가 안쓰럽게 느껴졌다.

그렇게 또 시간은 흘러갔다. 아들에게서 남편의 소식을 들었다. '아빠가 몸이 많이 아프다'고 했다. 그리고 서산 땅을 팔아 건물을 샀는데 사기를 당했다고 한다. 석화는 속으로 '그렇게 똑똑한 척은 혼자 다 하더니 친구에게 사기를 당해? 미친 인간아. 아니 이제 내가 알게 뭐야. 나하고 아무런 상관이 없는데.' 석화는 속으로 그렇게 생각하고 아들에게 눈치를 살피며 물었다.
"네, 아빠는 왜 아프다니?"
"엄마, 아빠가 폐암에 걸려 얼마 못 산다고 하네요."
"네 아빠는 혼자 살고 있니?"
"…."
"네 아빠 좋아하던 여자들은 다 어디로 갔다고 하디?"
"…."
"아이고. 그 꼬락서니 되려고 이혼을 하고 집을 나가?"
석화는 아들에게 자신의 푸념을 하고 있었다. 아들은 엄마 말을 가만히 듣고 있다가 물었다.
"엄마. 내가 엄마하고 이혼했어? 왜 나한테 화를 내고 그래?"
아들은 화난 목소리로 석화에게 대꾸했다.

"나도 몰라. 네 아빠 보호자는 너니까 네가 알아서 해야지. 난 모른다."

아들은 제 아버지가 병원에 누워있어서 마음의 부담이 큰 것 같았다.

"네가 다 알아서 해야 해. 이젠."

석화는 큰 소리로 말했다.

아들은 '아버지가 죽으면 어떻게 해야 하나?' 막막했을 것이다. 저는 아직 어린 나이라 아버지 걱정이 되어서 엄마를 찾아왔는데 엄마가 '난 모른다.'며 펄쩍 뛰니 화가 많이 났다. 아들은 크게 화를 내며 가버렸다. 석화는 딸에게 전화했다. 일본에 있는 딸은 그렇게 쉽게 서울에 올 수 있는 형편이 아니었다. 그곳에서 직장생활을 하고 있는 딸이 이곳에서 일어나는 일을 처리하기가 그리 쉬운 일은 아니다. 자신도 휴가를 내어 조만간 서울을 오겠다고 했다. 석화는 속이 상했다. 이제 자신이 나서서 해결할 수 없는 문제이다. 남편의 보호자는 아들과 딸이지 자신이 아니다. 석화가 나서서 해결할 수 있는 것은 없었다.

얼마 지나지 않아 남편은 죽어버렸다. 그렇게 사이가 나빠 이혼까지 했지만, 한때는 죽고 못 살아 결혼하고 아들과 딸을 낳고 행복하게 산 때도 있었다. 석화는 '문상을 가야 하나, 어떻게 해야 하나?' 생각해 보다가 고개를 저었다. 아들과 딸은 '아버지를 화장해 절에 다 모셨다.'며 아이들 작은아버지가 다 처리해주었다고 했다. 그리고 상속 문제도 잘 해결되었다고 한다. 아버지 집은 아들이 가지고 통장에 있는 돈은 딸이 가지기로 했다고 석화에게 얘기했다. 석화는 아무 말도 하지 않았다. 자신이 이래라저래라할 권리가 없기 때문이었다. 딸아이는 다시 일본으로 돌아갔다. 아들은 제 아빠가 살던 집을 팔아서 다른 곳으로 이사 갔다.

석화도 이제 직장을 그만두었다. '더 늙기 전에 자신이 하고 싶은 일을 하리라.' 도자기 공예를 한번 해보고 싶었다. 늘 한번 배워봐야겠다고 생각했던 도자기 공예였다. 서울의 집값은 비싸고 지방은 싸니 퇴직하고 나면 지방으로 내려가는 편이 좋겠다는 생각이 들었다. 어디로 가서 자리를 잡는 것이 좋을까 알아보다가 대전에서 조금 떨어진 곳에 텃밭이 딸린 조그마한 집을 샀다. 그곳에서 편안히 노후를 보내야겠다고 생각하니 잘한 것 같았다. 아파트도 팔았고 퇴직금도 있으니 생활하는 데는 아무 어려움이 없었다. 석화는 모든 것을 정리하고 대전으로 내려갔다. 전주 오빠에게는 말하지 않았다. 자신이 대전으로 이사한다는 것을 오빠는 전혀 알지 못했다.

석화는 대전에서 자리를 잡고 도자기를 빚으며 살았다. 여름도 지나가고 산은 아름다운 옷을 갈아입고 있었다. 점점 더 화려한 옷으로 갈아입는 것 같았다. 석화는 아침 일찍 일어나 텃밭에 나가려고 했는데 생각지도 않았던 가을비가 내렸다. 점점 더 많이 쏟아졌다. 석화는 전주 오빠가 생각나서 참으로 오랜만이라는 생각을 하며 외출을 준비했다. 석화는 택시를 타고 대전 시내에 도착했다. 카페 문을 열고 들어섰다. 언제나처럼 전주 오빠가 창가에 앉아있었다. 반가웠다.

"이제 비가 필요한 시기는 아닌데…. 가을비는 아무짝에도 쓸모가 없는데 비가 잘도 오시네."

"왜 쓸모가 없어요? 비가 와서 우리가 만났잖아요."

"참으로 오래간만이지? 그동안 어떻게 지냈어?"

"뭐. 전 그냥 잘 지냈어요. 오빠는 어때요?"

"나는 늘 그렇지 뭐."

"부인은 좀 어때요?"

"늘 똑같아. 나이가 자꾸 먹어가니까. 막상 요양원에 보내려고 하면 마음이 안 좋아서 그냥 내가 돌보고 있는 거지. 아들아이가 제 어머니 때문에 장가를 못 가게 생겼어. 요즘에 어떤 며느리가 시어머니 병수발 들려고 하겠어? 시키지도 않겠지만. 지난번에 아들이 여자 친구를 데리고 왔는데 제 어머니를 보고 난 후 헤어졌다더라. 술 먹고 힘들어하는 모습을 보니 내 속이 많이 상했어. 아들은 별생각을 안 했나 봐. 여자 친구가 어머니가 아픈 모습을 와서 보고는 헤어지자고 말을 했다고 그랬다나 봐. 요즘은 조금도 희생하지 않으려고 하니 그 아이에게 나쁘다고 말할 수 없지 뭐. 아무래도 시어머니 될 사람이 풍으로 오랫동안 누워있는 모습을 보면 다 싫겠지. 이 집에 시집오면 자신이 감당해야 할 짐이라 생각하지 않겠어? 그렇지?"

오빠는 긴 한숨을 쉬었다. 오빠의 심사가 좋아 보이지 않아 석화는 자신의 이야기는 하지 않았다. 대전으로 이사 온 이야기도 하지 않았다. 그날은 오빠의 여러 가지 이야기를 많이 들어주었다. 석화는 오빠를 진심으로 위로해주었다. 오빠는 어깨가 축 처져있었다. 다른 때 같으면 우스갯소리도 많이 하고 석화에게 응석도 부리며 대전 시내를 다니자고 말을 했을 텐데 오늘은 창밖에 내리는 비만 쳐다보고 있었다. 오빠가 석화를 보고 우리 밥이나 먹으러 가자고 해서 식당으로 가 점심을 먹었다. 마음이 편안하지 않았는지 오빠는 '빨리 집에 가봐야겠다.'며 기차를 타고 가버렸다.

석화도 집으로 돌아왔다. 그날 이후 전주 오빠에게서는 소식이 없었다. 겨울이 왔다. 석화는 오빠와 함께 걸었던 길을 혼자 걷고 있었다. 언제나 카페에 눈이 오면 달려오던 오빠는 보이지 않았다. 아무리 기다려도 오빠는 카페에 나타나지 않았다. 눈이 오고 바람이 불어도 봄이 오고 비가 와도 오빠는 그 카페에 나타나지 않았다. 석화는 오지 않는 오빠를 만나기 위해 약속한 날은 어김없이 대전 시내를 나갔다. '언젠가는 불쑥 나타나 카페에 앉아서 석화를 기다리고 있겠지' 생각하면서 비가 오면 그 카페를 찾아가 혼자 차를 마시고 돌아왔다. 그렇게 몇 년의 세월이 흘러갔다. 석화에게는 이제 전주 오빠와의 만남은 옛 추억이 되어버렸다. 가슴속에 남아 있을 뿐이었다. 석화도 이제 늙어가고 있었다. 대전에 내려오던 해 텃밭에 심어놓았던 딸기가 올해도 여전히 탐스럽게 열렸다. 딸기를 따려고 하는데 갑자기 비가 내렸다.

빗소리에 오빠와 만났던 카페가 생각나 석화는 옷을 갈아입고 대전 시내로 가는 버스를 타고 그 카페를 찾아갔다. 그런데 언제나 둘이 앉아있던 그 자리에 머리가 하얀 노신사가 앉아있는 것이었다. 석화는 자리를 비워 달라고도 할 수 없어 그 옆자리로 다가가 앉으려고 하는데 노신사가 석화 쪽으로 고개를 돌렸다. 석화는 깜짝 놀랐다. 가만히 얼굴을 살피니 전주 오빠였다. 그동안 많이도 변했다. 젊고 건강했던 오빠가 초라한 할아버지로 변해 있었다. 석화는 오빠의 모습에 큰 충격을 받았다. 석화는 오빠가 측은해 보였다.
"왜 그동안 소식이 없었어요? 약속한 날에는 왜 나오지 않았는지…."
"나, 지금 비가 와서 약속대로 이곳 카페에 나왔는데?"
오빠는 피식 웃으며 말했다.

오빠는 그동안 자신이 힘들었던 일들을 석화에게 들려주었다. 전주 오빠는 '얼마 전에 부인이 죽었다'고 했다. 석화는 병이 악화되어 죽은 것이라 생각했다. 하지만 창밖을 가만히 바라보던 오빠가 말하길 자신의 아내는 약을 먹고 죽은 것이라고 했다. 석화는 이해가 잘 가지 않아 오빠에게 자세히 물어보았다. 오빠는 한참 뜸을 들이다 입을 열었다.
"아들의 결혼이 엄마 때문에 깨지고 그 후 방황하는 것을 집사람이 알았지 뭐야. 그래서 집사람의 충격이 컸지. 자신 때문에 아들이 사랑하던 여자와 헤어져 괴로워하는 모습을 보고는 참기 어려웠든지 농약을 먹고 죽었어."

자신이 출근하고 나서 사람이 없을 때 홀로 아내가 죽었다는 사실보다, 사망 후에 아들하고 자신이 경찰서에 불려가 여러 번 조사를 받은 것이 더 힘들었다고 말했다. 주위 사람들은 남 말하기 좋아 별별 말들을 다 하고. 이래저래 정신적으로 시달리다 보니 자신도 죽고 싶었다고 말했다.

"이제 나도 퇴직했어."

"그럼 오빠는 요즘 무엇을 하고 지내세요?"

"그냥 집 근처에서 낚시나 하고 지냈다가 마음이 안정되어서 석화를 만나러 나왔어."

"…."

"참으로 허무한 세상 많이도 살았지. 이제는 모든 것을 잊고 싶어. 그렇게 힘들게 살다 간 마누라도 불쌍하고 아들도 행복한 가정에서 자라지 못한 것을 생각하면 늘 마음이 아프네. 그 아이를 생각하면 내 마음이 무너지는 것 같아. 제 어미가 자기 때문에 약을 먹고 죽었으니 그 아이 심정이 어떻겠어?"

석화를 보고 전주 오빠는 푸념하듯 말을 한다. 석화는 오빠의 마음을 충분히 이해했다. 지금 얼마나 마음이 아플까? 스스로 감당하기 힘이 들어 자신을 찾아와 본인의 속마음을 털어놓는다고 생각하고 석화는 오빠의 이야기를 가만히 들어 주었다. 지금 오빠는 자신의 마음을 추스르기 매우 힘든 상태라는 것을 석화는 그 누구보다 잘 이해하고 있었다. 오빠는 차를 마시며 석화를 쳐다보았다.

"석화야 고마워. 그래도 네가 있었으니. 나는 행복한 순간들이 많아서 너무 좋았어."

"…."

"늘 나는 너에게 고맙게 생각하고 있었어."

"…."

"이렇게 나의 푸념도 아무 말 없이 들어주고 정말 고맙다."

오빠는 마음고생을 참으로 많이 한 것 같았다. 부인이 떠난 것이 오빠를 너무 힘들게 하는 것 같다. 오빠는 석화와 오래도록 카페에 앉아있었다. 석화는 오빠에게 대전으로 이사 왔다는 말을 끝내 하지 못했다. 저녁이 되어서 오빠와 석화는 대전역으로 나왔다. 오빠는 전주로 가는 기차를 타고 떠났고 석화는 대전역에서 오빠를 태우고 떠나가는 기차를 한없이 바라보고 있었다. 오빠는 석화를 쳐다보며 무슨 생각을 했을까? 오빠는 힘없이 기차 창밖만 바라보고 있었다.

그것이 전주 오빠의 마지막 모습이 될 줄을 그때는 알지 못했다. 석화는 집으로 가는 버스를 타기 위해 천천히 노을을 밟으며 걸어가고 있었다. 오늘따라 저녁노을은 유난히도 아름다웠다. 오빠는 부인이 돌아가시고 너무 괴로웠던 것 같았다. '저러다 병이라도 나면 어떻게 하지?' 걱정하며 집으로 돌아갔다. 그날 이후 아무리 비가 많이 와도 눈이 많이 내려도 전주 오빠는 대전에 오지 않았다. 석화는 늘 그 카페에서 오빠가 오길 기다렸다. 전화벨 소리는 가끔 울려도 전주 오빠의 목소리를 다시는 들을 수 없었다. 비가 오고 눈 내리는 날이면 그 카페 그 자리에 앉아 석화는 차를 마신다. 언제까지나….

햄버거와 백구두

♦♦♦♦♦ 햄버거와 백구두

 참 따뜻한 봄날이다. 진아는 발걸음 가볍게 아침부터 신선한 공기 속으로 걸어 들어갔다. 언제나처럼 진아는 리어카를 끌고 거리로 나섰다. 늘 그랬듯 오늘도 대학교 앞에서 햄버거 장사를 했다. 남편이 있어도 경제 활동은 늘 진아가 감당했다. 남편이 무엇을 하든지 무얼 먹든지 진아는 생각하지 않는다. 관심도 두지 않고 자신이 해야 할 일만 열심히 한다. 남편이란 사람은 집에서 빈둥거리다가 진아가 벌어다 주는 돈으로 자신이 하고 싶은 취미 생활을 하러 다니기 바빴다. 항상 하얀 바지에다 백구두를 신고 다니는 사람이었다. 제법 값나가는 오토바이를 타고 다니는 그런 사람이다. 그럼에도 진아는 별반 불만을 가져본 적이 없기에 결혼 생활이 불행하다고는 생각해 본 적이 없다. 그들 사이에는 아들이 하나 있었다. 그런대로 행복한 생활을 해나가고 있었.

 지겨운 겨울이 가고 봄이 찾아왔다. 비가 많이 내리는 바람에 장사를 망쳐 일찍 집으로 돌아오려고 남편에게 전화를 걸었다. 아무리 전화해도 남편은 무엇을 하는지 받지 않았다. '무슨 일이 있나

보다' 생각한 진아는 리어카를 끌고 올 수가 없어 장사하던 그 자리에 놓아두고 왔다. 집으로 돌아와 남편을 아무리 기다려도 들어오지 않는다. 두고 온 리어카가 내내 맘에 걸렸다. '리어카를 그냥 놓아두고 왔으니 혹시 내일 문제가 되지는 않을까?' 이런저런 생각을 하다가 너무 피곤해 자신도 모르게 잠이 들고 말았다. 한참 자다가 눈을 뜨고 주위를 둘러보아도 남편이 보이지 않았다. 리어카 걱정은 되었지만 어쩔 수 없어 내일 일은 내일 생각하기로 했다.

아침이 밝았어도 남편은 보이지 않았다. 진아는 피곤한 몸으로 일어나 아이를 학교에 보내놓고 장사를 준비해서 학교 앞으로 달려갔다. 리어카는 비를 흠뻑 맞은 채로 어제 그 자리에 그대로 서 있었다. '구청에서 가져가지 않아 천만다행이네.'라고 생각하며 속으로 한숨을 쉬었다. 이것저것을 살피다가 뒤를 돌아다보고 진아는 깜짝 놀랐다. 저 멀리 남편 모습이 보였다. 가죽 잠바에 하얀 바지를 입고 진아가 있는 곳으로 오는 모습이 그날따라 왜 그렇게 꼴 보기 싫었는지. 늘 하던 행동이었는데도 그날은 쳐다보기도 싫었다. 그리고 화가 머리끝까지 차오르고 가슴에서는 불이 활활 타는 것을 느꼈다. 진아는 남편이 가까이 다가오는 것을 바라보면서 소리를 질렀다. 평소와 다른 진아를 보고 남편은 깜짝 놀란 모습으로 쳐다보았다. 그날은 화를 참을 수 없었다.

남편의 이런 행동은 하루 이틀 일이 아니었다. 늘 그랬다. 진아의 눈에는 '늘 남편이 멋있게만 느껴졌는데, 왜 그날은 죽이고 싶도록 미웠는지.' 세월이 많이 지난 후 생각해 보니 이해가 안 되는 일이었다. 그때 일을 자주 돌아보게 되었다. 그날 진아는 남편하고 헤어지기로 마음먹고 남편에게 이혼을 요구했다. 남편은 어이없다는 표정으로 진아를 바라보더니 두 번 생각도 없이 '그렇게 하라.'며 그 자리에서 승낙했다. 둘은 이혼을 결정했다. 아이는 남편이 키우겠다고 했다. 살던 집도 남편이 가지겠다고 하고 통장에 있는 돈도 남편이 가지고 간다고 해서 진아는 그렇게 하라고 말했다. 그 둘은 장사하러 나온 그 자리에서 헤어지고 말았다. 진아는 남편하고 헤어지기만 하면 빈 몸이라도 상관없다고 생각했기 때문에 남편이 다 가져간다고 해도 좋다고 생각했다. 진아는 '이 인간아 나는 너만 내 눈앞에서 없어지면 돼.' 그 생각만 머리에 가득 차 있었다. 진아에게 남은 것은 리어카 하나였다. 진아는 리어카를 팔았다. 대학교 앞이라 장사도 제법 잘되었던 곳이라서 권리금을 받은 돈으로 임시로 갈 집을 구할 수 있었고 당분간 생활할 돈도 조금 남았다. 남편은 한 번도 진아를 붙잡을 생각을 하지 않는다. 진아는 '한 번도 경제 활동을 하지 않았는데 앞으로 어떻게 살 것인가?' 이런 생각을 하다가 '왜 내가 그 인간 걱정을 하지?' '앞으로 고생을 실컷 해야 정신을 차리지.'라 생각하며 아이는 어떻게 키우려고 자신이 맡겠다고 했는지 도대체 이해되지 않는다. 결혼하고 매일 번들번들 놀기만 했던 인간이…. 그런 생각을 하다가 '아이구, 남 생각할 필요가 있나? 이제 내 생각만 해야지.'란 생각이 들었다. 모든 것을 잊어버리기로 마음먹었다. 진아는 간단한 옷 보따리만 챙겨 집을 나왔다. 그리고 한동안 아무 일도 하지 않았다.

　진아는 오래간만에 늦게 일어나 친구들도 만나고 영어 학원에도 다니며 참으로 한가한 나날을 보내고 있었다. '살다 보니 이렇게 한가로운 날도 주어지는구나.' 생각하며 진아는 남편과 이별한 아픔을 잊었다. 아이가 고등학생이라 별걱정이 없었다. 남자아이에겐 제 아빠가 있는 편이 나을 것 같았다. 남편이 주로 아이를 돌보았기 때문에 아이의 혼란은 그리 크지 않을 것이라 생각되었다. 가끔 찾아가 용돈을 주고 오는 정도였다. 아이에게는 이혼했다고 말하지 않았다. 어머니가 다른 직장을 잡아서 가끔 온다고 이야기해 아이는 그런 줄 알고 있었다. 주위 사람들에게는 찜질방에서 일했기 때문에 시간이 없다고 말했다. 주위 사람들도 이혼한 것을 모른다. 진아는 아무에게도 말하지 않았다. 남편도 말하지 않았던 모양이다. 진아는 여행도 가고 친구들하고 나이트도 가고 한동안 신나게 놀기만 했다.

　그러다 이발소를 하는 친구를 만났다. 학교 동창이었다. 이런저런 이야기를 하다가 진아가 아무 하는 일 없이 놀고 있다는 것을 안 친구는 자신의 일을 도와 달라고 말했다. 자신은 아이들 때문에 밤 근무를 할 수 없으니 진아에게 부탁했다. 진아는 별생각 없이 허락했다. 남자들 마사지 받는 곳에서 일하는 아가씨들을 관리하는 것이었다. 처음에는 아가씨들 밥을 해주는 일인 줄 알고 그 세계로 들어갔다. 진아는 아무 생각 없이 그날그날 시간을 보내며 살아갔다. 생각 외로 돈은 많이 벌리는 것을 알게 되었다. 진아는 이것을 배워 자신이 직접 가게 운영을 해봐야겠다는 욕심에 열심히 배웠다. 돈을 버는 대로 저축했다. 그러다 명동에 가게를 차렸다. 가게만 차리면 되는 줄 알았는데 그것이 아니었다. 여러 가지 생각지도 않았던 문제들이 생기기 시작했다. 진아 혼자 감당하기가 힘이 들었다. 돈은 그런대로 잘 벌리지만, 돈을 갈취하러 오는 사람들이 많았다. 진아는 할 수 없어 깡패 출신의 남자를 옆에 두고 용돈을 주었다. '이 팔자는 남자를 먹여 살리는 팔자야. 남편하고 헤어지면서 절대로 남자를 먹여 살리는 일은 죽어도 없을 것이라고 다짐했는데 어쩔 수 없이 또 이렇게 됐네.' 진아는 말은 못 해도 속이 상했다. '가게만 안정되면 이 남자하고 손을 끊어야지'라고 마음먹었지만, 그것도 잘되지 않았다. 돈을 갈취당하기 싫어 깡패를 옆에 두었더니 이것은 한술 더하니 어떻게 할 수 없어 가게를 접어버렸다.

그동안 번 돈으로 집에서 빈둥거리며 놀았다. 그러다 여행 카페에서 남자를 만났다. 그곳에서 여행이란 여행은 다 다녔다. 그 남자 따라 중국 여행을 비롯해 안 가본데 없이 다 가보았다. 한동안 놀기만 하다 보니 용돈이 바닥났다. 다시 가게를 인수해 마사지 가게를 시작했다. 가게를 운영하다 보니 들랑거리는 손님들이 많았다. 진아가 가게를 차리면 손님들은 많이 와 돈을 잘 벌었다. 그런 진아는 늘 돈을 잘 썼다. 그래서 그런지 남자들이 잘 달라붙었다. 단골로 들랑거리던 한 남자가 진아에게 자주 선물 공세를 해왔다. 진아는 그 남자의 호의를 받아들였다. 진아에게는 친한 친구가 있었다. 그녀에게 진아는 남자들 이야기, 자기 사생활 이야기를 많이 하는 편이었다. 하루는 그 친구가 진아를 찾아왔다. 그때 마침 단골 남자가 찾아왔다. 진아는 그 남자를 친구에게 소개시켰다. 그 남자가 가고 난 후 친구는 진아에게 말했다.

"저 남자와 사귀니?"

"응."

친구는 어이없다는 표정이다.

"얘. 진아야 너 정신이 없는 거니? 있는 거니? 저 남자 내가 보기엔 너 등쳐먹을 남자야."

친구는 진아에게 정신 차리라고 충고하며 야단했다.

"너는 그렇게 사람 볼 줄을 모르니? 척 보면 몰라서 꼭 이상한 남자만 좋다고 야단이야. 빨리 손 끊어 늦기 전에. 살림 차리지 말고. 한번 당했으면 됐지. 사람 사귀는 것을 신중히 생각하고 만나야지. 만남은 쉬워도 헤어지는 것이 얼마나 어려운지 너도 경험하지 않았니? 전남편한테도 네가 아직 생활비도 대준다며?"

진아는 친구가 '자신의 속을 다 들여다보고 있었구나'라 생각하고 아무 대답을 못 했다.

친구가 말한 대로 진아는 사실 헤어진 남편의 생활비를 대주고 있었다. 진아와 헤어진 전남편은 진아가 모아둔 돈으로 생활을 하다가 돈이 떨어지자 택배 일을 다녔다. 생전 돈벌이라곤 해보지 않았던 남편은 진아와 헤어지고 고생을 많이 했던 모양이다. 집도 팔아먹고 아이와 조그마한 집으로 이사를 하고 어렵게 살고 있는 것을 알고 진아는 생활비를 보내주었다. 아이가 대학을 졸업할 때까지 진아가 생활비를 주기로 마음먹었다고 친구에게 말했다. 진아는 마음이 약했다. 독하지 못하니 어쩔 수가 없었다. 진아는 정신없이 세월을 보내고 있었다. 그러던 중에 아들에게 연락이 왔다. 남편이 아프다고 했다. 병원에 달려 가보니 암이라는 진단을 받았다고 했다. 할 수 없이 헤어진 남편 병수발을 해야 했다. 돈을 벌어 헤어진 남편 병원비에 남자친구 용돈까지 줘야 하니 돈은 벌어도 수중에 남아나질 않았다.

"너 이렇게 살다가 늙으면 어떻게 살 거니? 이 일도 늙으면 할 수 있는 일이 아니잖아?"

친구는 진아에게 늘 걱정스럽다고 말했다.

"얘. 걱정하지 마. 다 생각이 있어."

"무슨 생각?"

"글쎄 다 생각이 있다고."

"노후 대책은?"

"걱정하지 마."

친구와의 대화는 늘 이런 식이었다. 그나마 속을 털어 놓을 수 있는 유일한 친구가 있어서 다행이라면 다행이었다. 남편은 일 년을 병원에서 살았다. 병원비 부담이 커 빚까지 졌다. 진아는 이미 헤어진 부인이었지만 남편이 죽고 난 후 초상도 진아가 다 치렀다. 아무에게도 남편과 진아가 헤어진 사이라고 말을 하지 않아 시집 식구 누구도 진아와 남편이 이혼한 것을 몰랐다. 초상 치를 때 알게 되었다. 그제야 아들도 엄마 아빠가 이혼한 것을 알게 되었다. 아들도 너무나 깜짝 놀라는 표정이었다. 아들은 대학을 졸업해서 직장을 다니게 됨으로써 독립했다. 진아는 빚을 갚으려고 노력했지만 허사였다. 나이 먹고 늙은 모습이라 그래서 그런지 손님이 없어 가게 운영은 점점 어려워졌다.

이제 노후에는 어떻게 살 것인가? 노후를 걱정하다가 다시 시집을 가기로 마음먹었다. 오직 노후 대책을 위해서 필사적으로 남자를 만나기로 하고 이 남자 저 남자 많은 남자들을 만나고 다녔다. 진아는 돈 있는 남자를 만나려고 노력했다. 하지만 만나는 남자마다 진아가 부자인 줄 알고 달라붙은 남자가 더 많았다.
"진아야. 너 돈이 없다고 말해. 왜 네가 부자인 척을 해?"
친구는 진아에게 말했다.
"나? 돈 있는 척? 그런 적 없어."
진아를 보면 화류계 여자처럼 보이지도 않고 후덕해 보이는 부잣집 미망인처럼 보이는 것이 문제였다. 진아를 좋아하는 남자들은 한결같이 진아를 부자로 보고 좋아하는 것 같았다. 진아는 빚 때문에 가게를 넘기고 변두리에 조그만 가게를 차렸다. 노후 대책으로 여러 남자를 만났지만, 노후 대책은 그만두고 진아 등골만 빼 갈 남자들을 만나게 될 것 같아 진아는 이제 모든 것을 포기해버렸다.

그 후 한동안 진아에게 연락이 없어 친구들은 진아 소식이 매우 궁금했다. 왜 연락이 오지 않는 것인지 궁금한 친구들은 수소문해 진아를 찾아 나섰다. 진아가 가게도 팔고 어디론가 가버렸다는 것을 알았다. '이제는 늙어 마땅한 일도 없을 텐데 어디로 갔지?' 친구는 진아를 걱정했다. 세상이 사람을 변하게 하는 것인지 자신의 처지가 사람을 변하게 하는 것인지는 잘 모르겠지만 진아를 처음 만날 때는 참으로 순수하고 착한 여자였다. 남의 남자 만나는 여자를 보고 제일 먼저 비난하고 경멸했던 진아였다. 어쩌다 이렇게까지 되었는지 모르지만, 한번은 이런 일이 있었다.

"진아야 네가 제일 싫어하던 일을 지금 너는 아무렇지도 않게 하니? 남의 남자를 만나러 다니는 것이 어찌 된 일이야?"

친구들이 진아 얼굴을 쳐다보며 물었다. 진아는 아무렇지도 않게 대답했다.

"그때는 세상을 잘 몰랐던 거야. 이런 세상이 있다는 것을. 그때는 참으로 철이 없었던 거지.

자신이 살고 싶은 대로 살아지지 않는다는 것을 모르고 남을 비난 한 거야. 내가 참으로 어리석은 인간이고 모자라서 그때는 영이를 비난했지. 지금 생각하면 영이에게 너무나 미안해. 그때는 영이가 이 남자 저 남자 등쳐먹고 사는 것이 이해가 안 되었지만, 이제는 영이가 이해가 돼. 영이도 어떻게 할 수 없어서 그렇게 산 것이 아니었을까 생각하곤 해. 이렇게 나이를 먹고 나서야 세상 사람들이 이해 못하는 것들을 이해하게 되네."

"…."

"아. 그때는 그래서 그랬구나? 하는 그런 일들이 내 처지에 여러 가지를 경험하다 보니 이해가 되는 거지. 그들도 그러지 않았을까? 그런 생각이 들곤 해. 세상살이가 자신이 생각한 대로 된다면 다들 비난받는 일은 하지 않겠지."

진아는 한숨을 길게 쉬며 눈물을 흘리곤 했다.

진아는 지금 어디에서 무엇을 하고 있을까 친구들은 진정으로 걱정했다. 진아는 친구들 사이에 참으로 착한 친구로 통했던 친구였다. 남편하고 이혼한 후로 이상하게 산다고 친구들 사이에 좋지 않는 소문만 무성한 여자로 변했다. 사람 팔자 모른다고들 하지만 진아가 저렇게 변할 줄 누가 알았겠냐고 친구들은 쑥덕거렸다.

"글쎄 진아가 남의 남자 등쳐먹는 여자로 변할 줄이야 누가 알았겠어."

"참으로 알 수 없는 일이야."

친구들은 만나기만 하면 진아 살아가는 이야기를 했다. 그렇게 착한 여자였는데 무엇이 진아를 변하게 했는지. 그 속은 잘 몰랐지만, 진아는 빚 때문에 늘 허덕였다. 헤어진 남편 병원비와 아들의 생활비, 가게를 운영하다 보니 어쩔 수 없이 생기는 남자들의 갈취, 그런 것들이 진아를 빚에서 헤어나지 못하게 한 것이 아닌가 생각했다. 진아는 어떻게 해서든 이 시궁창에서 빠져나가려 노력 중이었다. 아무리 노력해도 빚은 줄지 않았고 날마다 손님은 줄어 갔다. 아가씨들도 하나둘씩 다른 가게로 가버리고 진아는 고민에 빠져 버렸다. 하루는 찾아온 손님들이 자기들끼리 주식 이야기를 했다. 요즘 주식 사면 돈을 벌 수 있다는 이야기를 들은 진아는 고민 끝에 돈을 조금 빌려, 그 돈으로 손님들이 말했던 주식을 샀다. 이것이 웬일인가? 진아가 산 주식이 올라가 진아는 너무나 놀랐다. 그 주식을 팔아서 빚을 갚았다. 세상에 별일이 다 있네. 진아는 새로운 세상에 들어 온 것 같았다. 그러다 또 주식에 손을 대었다. 한동안 가게도 잘되었다. 젊은 아가씨들을 많이 받아서 그런지 다시 손님들이 많이 들랑거렸다.

진아는 돈이 생기면 생기는 대로 모두 주식을 사기 시작했다. 한 번 돈맛을 보았기 때문에 그 돈맛을 끊지 못하는 것 같았다. 친구들은 진아를 걱정했다.

"쟤, 저러다 또 쫄딱 망하지."

"이제 주식 다 팔고 그 돈으로 노후에 살 집이나 하나 사면 좋을 텐데."

친구들은 하나같이 걱정이 되어 말했다. 진아는 친구들의 말을 듣지 않고 주식에 미쳐 있었다. 친구들은 또 모여 앉으면 진아 이야기였다

"저러다 얼마 안 있으면 또 거지가 되겠다."

"거지 팔자 바꿀 수 있겠니?"

"아무리 말려도 말을 듣지 않으니 어쩔 수 없잖아."
"그냥 하는 대로 두자."
친구들은 혀를 차며 주식에 빠져 있는 진아의 흉을 보았다. 늘 진아는 안줏거리가 되었다. 그러던 어느 날 진아가 산 주식이 폭락해 아무 쓸모 없는 것이 되었다. 요즘 말하는 작전 주식에 걸려들었던 것 같았다. 늘 오던 손님 말만 듣고 이상한 주식에 손을 댄 것 같았다. 진아는 또다시 아무것도 없는 거지가 되었다. 이제는 나이가 너무 많아 다시 일어설 수가 없었다.

진아는 가게를 접고 친구들이 하는 가게에서 일을 돌봐주면서 시간을 보내던 중에 한 남자를 알게 되었다. 그 남자는 부인이 암에 걸려 부부 생활을 잘하지 못한다고 했다. 그 남자는 여자가 필요해 진아와 사귀는 것이라고 솔직하게 말했다. 그 남자는 멀리 부산에 살고 진아는 서울에 살고 있으니 일주일에 한 번 만나기로 한다는 조건이었다. 진아는 친구들에게 그 남자 이야기를 했다. 친구들은 난리였다.
"아니, 왜 그런 남자를 만나는 거야?"
"아이구, 참 알 수가 없다니깐."
친구들은 만나기만 하면 진아에 대한 이야기를 했다. 그렇게 세월이 흘러 나이가 칠십이 다 되어서야 소식 없던 진아에게서 연락이 왔다. 친구들은 진아를 걱정했다. 늙어서까지 화류계에서 일하던 진아가 너무 불쌍하기도 하고 해서 이제는 편안하게 살다가 죽길 원했다.

친구들은 진아가 시집을 갔다는 말에 다들 믿기가 어려웠다. 그 것도 전원주택에서 잘살고 있다는 것이 이해되지 않아 다들 궁금히 여겼다. 친구들은 진아에게 연락해 진아가 살고 있는 시골로 내려 가 보자고 했다. 친구들은 모여서 돈을 조금씩 걷었다. 어렵게 살면 도와주려고 준비했다.
"이번에는 또 어떤 놈일까?"
"또 이상한 남자 만나서 시골에까지 온 것 아니야?
"이제 다 늙어서 어떤 놈 먹여 살리려고?"
"시골에서 농사까지 짓는 것은 아니겠지?"
차 속에서 이런저런 이야기를 하는 동안 전원주택에 도착했다. 그런데 전원주택에 들어서는 순간 다들 눈이 휘둥그레졌다. 마당에 꽃들이 널려있고 연못 속에는 비단잉어가 돌아다니는 그런 넓은 정 원이었다.
친구들이 상상했던 것과는 너무나 달랐다. 다들 입이 쩍 벌어지 면서 놀란 모습으로 집안에 들어섰다. 현관문이 열리면서 진아가 예쁜 홈드레스를 입고 친구들 앞에 나타나면서 웃고 있다. 그 뒤에 남편이라는 남자가 따라 나와서 친구들에게 인사했다. 너무나 점잖 은 모습이었다. 그 남자는 친구들에게 집안으로 들어 오라고 말했 다. 친구들은 얼떨떨해 다들 제정신이 아니었다. 친구들이 상상한 것보다 더 진아는 잘살고 있었다. 친구들이 온다고 맛있는 음식도 많이 만들었다. 진아는 원래 음식 솜씨가 좋은 여자였다. 그래서 젊은 시절에는 음식 장사도 많이 했다. 한참을 이야기하다가 남편이 친구들에게 오늘 밤 이곳에서 자고 놀다가 가시라고 말을 하고 자리를 비켜주었다.

친구들은 궁금한 것이 너무나 많아 정원으로 나와서 마당에 꽃들을 보며 진아가 입을 열기를 다들 기다렸다. 진아는 친구들이 궁금해하는 것을 눈치챘는지 그간의 일을 이야기했다.
"늙어서 가게도 집어치우고 할 것이 없어서 김밥 장사를 했어. 집에서 김밥을 조금 말아서 길거리에서 팔고 있었지. 어떤 할아버지가 매일 찾아와서 이런저런 이야기를 나누게 되었는데 자기가 중매를 할 테니 재혼할 생각 없냐고 말을 하더라. 처음에는 농담하는 줄 알았지. 그분의 말이 진심인 것을 알게 되었어. 그분 말씀이 늙어서 노후 대책이란 좋은 남자 만나는 것이라 해서 한번 생각해 보겠다고 말했지. 달리 할 말도 없고 해서. 그 후로 김밥을 사러 자주 찾아와서 진지하게 말해 한번 만나 보기로 했어. 또 이상한 사람 만날까 봐 나도 조심을 하게 되더라."
진아의 말에 친구들은 똑같이 합창했다.
"다 늙어서 철이 들었군."
항상 조심해서 남자 만나라고 말을 한 친구가 말했다.
"진아야 너는 사람을 만나면 의심은 하지 않고 그 남자들 말만 믿고 만나다가 곤란에 빠진 일이 한두 번이 아니잖니?"

"얘. 이번에도 어느 노인 다 늙어서 네가 먹여 살리려고 시골구석에서 농사짓는 줄 알았다."

친구들은 웃는 모습으로 진아에게 물어본다.

"지금 남편을 어떻게 만났는지가 궁금해."

진아에게 눈길을 보냈다. 진아는 미소를 띠며 말했다.

"매일 같이 찾아와서 나를 관찰한 사람이 지금 남편의 처남이야."

"아니. 그런 일도 있어?"

"이 남자 부인이 죽었어. 딸 하나만 남겨 놓고. 그런데 막상 재혼하려고 해도 도저히 여자들을 믿을 수가 없어서 재혼하지 않고 살았는데 혼자 살기가 만만치 않았대. 첫 번째는 너무 외롭고, 두 번째는 음식 해 먹는 일이 어려워서 시골에서 혼자 살기가 어렵다고 처남에게 이야기했다네. 남편의 처남이 하는 말이 내가 보아둔 참한 여자가 있는데 자기가 잘 알아보고 사람 됨됨이가 괜찮은지 매형하고 맞는 것 같으면 한번 만나 보라고 해서 '연락드릴게요.' 했대."

만나보니 괜찮은 것 같아 결정했다고 지금의 남편이 말을 했다고 했다. 그 말이 떨어지기가 무섭게 친구들이 물었다.

"너 혼인 신고는 했니?"

"응."

"너는. 조금 살아보고 하지. 빨리도 했다."

"얘들아, 걱정하지 마. 이제 괜찮을 것 같아서 했어. 이 사람 연금도 많이 나와. 그래서 얼른 혼인 신고하자고 말 떨어지자마자 했지."

"그런데 우리는 왜 불렀어?"

"남편이 글쎄 친구들을 부르라고 말했어. 그 친구들을 보면 당신이 어떻게 살았는지 잘 알 수 있을 거라고 해서. 그래서 오라고 했어. 너희들은 평범하게 살았으니 남들 눈에도 조신하게 늙은 점잖은 노 부인들처럼 보이잖아."

그 말에 친구들은 웃음바다가 되었다.

"그래서 우리가 너의 보증 수표다 그거네."

"그래 그러니 다들 조신하게 처신들 해줘."

그렇게 잘사는 것을 보고 안심하게 된 친구들은 차 속에서 진아 이야기로 수다를 떨면서 집으로 돌아왔다. 진아는 잘살고 있다고 생각하고 있었다. 어느 날 한 친구에게 연락이 왔다. 진아 남편이 돌아가셨다고 했다. 다들 놀라 장례식장으로 달려갔다. 진아는 상복을 입고 있었다. 친구들을 슬프게 울었다. 돌아가신 남편 때문이 아니라 진아의 불행 때문이었다. '이제 행복하게 노후를 보내다 죽겠구나' 생각했는데. '이제 좋은 남자와 행복하게 사는구나'하며 다들 좋아했는데….

"이게 웬일이야?"

"함께 얼마나 살았다고 죽어버렸니."

참으로 안타까운 일이었다.

진아는 혼자 그곳에서 살 수가 없어서 서울로 올라왔다. 그래도 다행히 혼인 신고를 해서 남편의 연금이 진아에게 넘어와 생활하는

데는 큰 지장이 없었다. 남편이 남기고 간 재산으로 조그만 연립도 마련했다. 시골 부자는 서울에 집 한 채 값도 안 된다. 상속한 것을 딸하고 나누었기 때문에 겨우 조그마한 집을 마련한 것이다. 그래도 이 세상에서 진아에게 도움을 준 남자는 마지막으로 만난 남편뿐이었다. 이것이 마지막 진아의 복이었다. 아무리 노력해도 자신의 팔자를 어떻게 할 수 없는 것이 운명인 것 같았다. 자신의 운명을 어떻게 바꾸려고 노력해도 하늘이 정해 놓은 것을 인간이 어떻게 할 수 없다는 것인가? 진아가 세상을 나쁘게 산 것도 아니다. 다 운명이 그렇게 흘러간 것뿐이었다고 생각했다. '이제 앞으로 남은 날들이라도 비참하게 살다 가지 않게 노력해야지'라고 말은 했지만, 그것이 어디 마음먹은 대로 되는 것인가? 진아는 요즘 죽을 때 잘 죽어야지 늘 그 생각에 잠이 오지 않는다고 했다. 죽는다는 것도 복이 많아야 죽을 때 고통 없이 죽는다고 하는데. 진아는 매일 기도했다. 마지막으로 잠자듯이 죽게 해달라고 밤마다 기도하며 잠이 들었다. 마지막 행복을 달라고 꿈속을 헤맸다. 그래서 그랬는지. 진아는 무더운 여름날 선풍기가 돌아가는 아무도 없는 거실에서 텔레비전과 함께 마지막 길을 떠나갔다. 세상 긴 여행을 마치고….

너를 초대한 적 없다

♦♦♦♦♦ 너를 초대한 적 없다

　진숙은 부산의 단감동에 살고 있었다. 그 동네에서 조금만 걸어가면 바다가 나온다. 진숙의 집은 좁은 언덕길을 올라가야 나온다. 진숙이네 집은 옆집과 다닥다닥 붙어있는 판잣집이다. 문만 열면 다른 집 안까지 훤히 들여다보이는 그런 집이었다. 진숙은 동생들과 함께 살고 있었다. 진숙의 아버지는 일찍 병으로 돌아가셨다. 부두에서 짐을 나르는 일을 하며 그날그날 품팔이해서 겨우 먹고살았다. 아버지는 돈을 아낀다고 제대로 된 점심밥을 사 먹지 않고 인절미를 조금 사 먹다 체기가 있어 집에 돌아와 그 길로 병이 들어 돌아가셨다. 그때부터 어머니와 진숙은 동생들을 보살피며 이전보다 더 어렵게 살아가게 되었다. 진숙의 언니는 시집을 가고 오빠도 장가를 갔다. 두 명의 동생과 진숙이 남아 있었다. 진숙은 집안일도 하고 어머니와 바닷가에 나가 생선을 받다 팔기도 했다. 장사가 되지 않는 날은 품을 팔기도 했다.
　어느 날 진숙이네 집에 이상한 할머니가 찾아왔다. 그 할머니는 진숙을 유심히 아래위로 훑어보았다. 진숙은 민망해 어쩔 줄 몰랐다. 할머니는 아무 말을 하지 않고 진숙이네 집을 나가버렸다. 다시 찾아온 그 할머니는 진숙이네를 위해 가게가 달린 조그만 집을 마련해 주었다. 어느 날 어머니는 할 얘기가 있다며 진숙을 불러 앉혔다.

"진숙아, 너는 할머니를 따라가거라."

어머니가 '이제는 할머니와 살게 될 거야.'라고 말해주었다. 진숙은 이유도 모른 채 정든 감천 마을을 떠나야 했다. 언제나 친구들과 함께 와서 놀던 바다가 이곳에 있지 않은가. 자갈이 깔려 있는 바다를 두고 떠나려 하니 목이 메었다. 슬픔과 행복이 가득한 바다를 두고 낯선 할머니를 따라가야 한다니. 이러다가 다시는 집에 돌아올 수 없을 것만 같았다.

진숙의 생각은 중요하지 않았다. 어머니 결정대로 진숙은 조그마한 보따리를 챙겨 들고 할머니를 따라 서울행 기차를 탔다. 진숙은 영문도 모른 채 할머니 손에 이끌려 서울 집으로 오게 되었다. 할머니 집은 참으로 좋은 집이었다. 식구들 여럿이 큰 집에 살고 있었다. 일하는 아주머니와 할머니의 며느리도 있었다. 그리고 이층에서 내려오지 않는 꼽추인 오빠가 있었다. 할머니 집은 참으로 으리으리했다. 진숙은 조그마한 집에서만 살았기 때문에 이렇게 어마어마하게 큰 집이 있다는 것이 믿기지 않았다. 진숙이 살던 동네는 판자촌이었다. 진숙이네 안방보다 이 집 안에 있는 화장실이 더 좋은 것을 보고 진숙은 말이 나오지 않았다.

할머니는 진숙에게 꼽추 오빠의 시중을 들게 했다. 진숙은 사투리가 심했다. 부산에서 나고 자랐으니 당연해 어쩔 수 없는 일이었다. 그런데도 진숙이 사투리를 쓰면 모두 웃었다. 그럴 때면 진숙은 늘 얼굴이 빨갛게 달아올랐다. 할머니는 진숙에게 잘 대해주셨다. 이층에 살고 있는 오빠의 얼굴을 아직 한 번도 본 적이 없다. 이층에 올라가면 큰 거실이 있고 여러 개의 방이 있다. 제일 큰방이 존슨 오빠 방이었다. 거실 벽에는 할머니 할아버지 아버지의 사진이 걸려 있다. 진숙은 집 구경하느라 밥을 들고 가다가도 정신을 다른 데다 둔다고 식구들에게 꾸중을 듣기도 했다. 진숙이 듣지도 보지도 못했던 것들이 이 집에는 너무나 많이 있었다. 진숙은 밥을 들고 가 테이블 위에 올려놓고 나왔다. 이 집에 신기한 것들이 많아서 그걸 바라보는 진숙은 언제나 넋이 나가 있었다. 진숙의 동네는 다들 가난한 형편들이었기에 지금 진숙의 행동은 당연한 거라고 할머니는 이해해주었다.

진숙이 이층 오빠의 방에 들어가면 오빠는 언제나 흔들의자에 앉아있었다. 하루 종일 무엇을 하는지는 아무도 알 수가 없었다. 할머니만 가끔 이층에 올라갔다 내려오셨다. 어쩌다 손자 손녀들이 할머니 집을 방문한다. 그럴 때면 진숙은 방에서 나가지 않았다. 이 집 며느리는 자식들하고 무슨 비밀이 그리 많은 건지 알 수는 없었지만, 할머니가 없는 날이면 영락없이 친정 식구들을 불러들여 무슨 이야기인지 비밀스럽게 쑥덕거렸다.

진숙은 별생각 없이 잘 지내고 있었다. 이층 오빠는 괴팍한 성격이었다. 어느 날 일하는 아줌마가 진숙에게 말을 해주었다. 이층 오빠가 한번 괴팍하게 성질을 부리는 날은 온 집안 식구들이 다 난리가 난다고 말을 해주었다. 그런 말을 들은 진숙은 이층 오빠가 겁이 났다. 진숙은 이층 오빠의 신경을 되도록 건드리지 않으려고 노력했다. 그렇게 하루하루를 지내고 있었다.

할머니의 생신날이었다. 온 집안 식구들이 다 모였다. 이층에 있는 오빠도 내려왔다. 진숙은 이층 오빠의 모습을 그날 처음 보았다. 오빠의 얼굴에는 심한 화상 흔적이 있고 몸은 꼽추였다. 진숙은 조금 당황했다. 저렇게 흉한 모습이라 사람들에게 보이고 싶지 않았구나. 늘 의자 뒤에 숨어서 다른 사람들을 보지 않고 말을 했던 걸 생각하니 이층 오빠가 매우 불쌍하다는 생각이 들어 잘해주어야겠다고 생각했다. 다들 할머니에게 잘 보이려고 야단이었지만, 진숙은 한쪽 구석에 말없이 앉아있었다. 할머니는 진숙을 불러 자기 옆에 앉게 했다. 그리고 사람들에게 말했다. 앞으로 사이좋게 잘 지내라고. 그런데 진숙이를 쳐다보는 눈들이 참으로 묘했다. 진숙은 식구들 눈을 똑바로 보지 못했다. 이층 오빠 존슨도 진숙의 얼굴을 처음 보았다. 사람들이 진숙에게 무시하는 말투로 함부로 대하는 것을 본 이층 오빠가 갑자기 화를 내더니 진숙을 보고 이층에 올라가서 자기 방을 치우라고 지시했다. 진숙은 이층 오빠가 시키는 대로 이층으로 올라갔지만, 이층에는 벌써 아줌마가 청소를 다 해놓은 상태였다. 진숙이 가족들에게 무시당하고 있는 것이 싫어서 자신을 이층으로 올려보낸 것이었다. 이층 오빠의 마음을 조금은 알 것 같았다.

 가끔 이층 오빠는 병원에 가는 날이 있다. 어느 날 진숙은 이층 오빠가 있는 방에서 책을 읽고 있었다. 이층 오빠 방에는 책이 벽 전체에 가득가득 꽂혀 있었다. 일하는 아줌마 말에 의하면 이층 오빠는 사고로 몸이 불구가 된 것이라고 했다. 사고 전에는 잘 생겼었고 공부도 많이 한 인재였다는데 박사학위가 있다고 했다. 아줌마도 제대로 잘 알지는 못하고 식구들에게 얻어들은 것 같았다. 그러나저러나 할머니는 왜 나를 이 집에 데리고 왔을까? 진숙은 이것이 늘 궁금했다. 아무리 생각해도 이해가 되지 않았다. 크게 할 일도 없는데 진숙을 데려와 살게 한 이유가 무엇일까? 이상하다고 생각하면서 이층 오빠가 없는 틈을 타 영어책을 보고 있었다.
 진숙은 가난한 집에서 자라 초등학교만 겨우 졸업했다. 학교에 가고 싶었지만, 집안 형편이 어려워 다니지 못했다. 진숙은 영어를 배우고 싶었다. 이 집 식구들이 영어로 말을 하면 알아들을 수가 없었다. 진숙은 한참을 정신없이 책을 보고 있었다. 이층 오빠가 올라오는 것도 모른 채 잘 알지도 못하는 영어책을 넘겨보는 일에 열중했다. 이층 오빠는 진숙을 보고 아무 말도 하지 않고 조용히 흔들의자에 앉았다. 진숙은 정신없이 공부 아닌 공부를 하고 있다가 기분이 이상해서 얼굴을 들었다. 언제 왔는지 꼽추 오빠가 의자에 앉아 진숙을 바라보고 있었다. 진숙은 깜짝 놀라 일어서려다 뒤로 벌렁 넘어졌다. 그 모습을 보고 이층 오빠는 웃음을 참지 못했는지 큰소리로 웃어버렸다. 진숙은 얼굴이 홍당무처럼 빨갛게 달아올랐다. 오빠는 진숙에게만 이층에 올라와 공부하는 것을 허락했다.

이층 오빠가 괴팍해 아무도 이층에 올라오지 못하게 했는데 진숙에게는 그러지 않았다. 진숙도 이층 오빠의 모습이 징그럽게 느껴지지 않았다. 늘 오빠가 안쓰럽게 느껴졌다. 진숙이 사투리를 쓰며 말을 하면 식구들은 촌닭이라고 놀렸다. 진숙은 빨리 서울 말씨로 바꾸려고 노력했다. 그 모습을 보고 이층 오빠는 진숙이 사투리를 쓸 때가 더 좋다고 했다.

어느 날 할머니는 진숙을 데리고 백화점에 가서 많은 옷을 사주었다. 진숙은 이층 오빠에게 예쁜 옷을 입고 올라갔다. 꼽추 오빠는 진숙을 한참 동안 쳐다보다 고개를 돌렸다. 그리고 소리를 쳤다. 당장 내려가라고. 진숙은 이층 오빠의 그런 행동을 이해 못했다. 진숙은 꼽추 오빠가 그렇게 괴팍하게 성질을 내는 것을 처음 경험했다. 진숙은 너무나 당황스러워하며 물었다

"오빠 왜 그러세요? 제가 뭐 잘못했어요?"

물어보아도 오빠는 흔들의자 뒤에 숨어서 진숙의 얼굴을 보려 하지 않았다. 아무 말이 없는 꼽추 오빠를 남겨두고 방문을 열고 나와 아래층으로 내려왔다. 할머니는 오빠가 성질을 부릴 것을 미리 알고 있는 것 같은 표정을 지었다.

"많이 놀랐지?"

할머니는 물으며, 혼잣말로 '불쌍한 자식….'이라 중얼거리며 방으로 들어가셨다.

이층 오빠의 이름은 존슨 박이라고 했다. 어쩌다 집에 손님이 찾아오면 미국에서 살다 온 이층 오빠를 존슨 박이라고 소개했다. 가끔은 꼽추라고도 불렀다. 오빠의 아버지가 돌아가시던 날은 오빠가 미국에서 한국으로 돌아오던 날이었다. 공항으로부터 집으로 오던 길에 갑자기 사고가 난 것이라고 했다. 그 사고로 아버지는 돌아가시고 오빠의 몸은 꼽추가 되었고 얼굴은 화상을 입어 찌그러졌다. 오빠는 자신을 비관하며 이층에서 아무것도 안 하고 괴팍하게 성질을 부리며 살고 있었다.

할머니가 진숙을 데리고 온 것은 알고 보니 이러한 이유에서였다. 할머니가 죽고 나면 존슨은 어떻게 될까? 존슨 오빠가 걱정되어 착하고 똑똑한 진숙을 존슨과 붙여 놓으려고 생각하신 것이다. 이 집에 데리고 와 존슨과 진숙이 둘을 정들게 만들어 주고 싶었다. 할머니는 진숙의 집을 물심양면 도와주었다. 진숙이 착한 여자라는 것을 알고 자신의 손주며느리를 삼고 싶었던 속마음이 있었다. 삐뚤어진 존슨의 마음을 달래줄 사람이 필요했다. 진숙이 존슨의 마음을 움직이길 할머니는 은근히 바랐다. 존슨은 할머니의 큰 손자였다.

존슨의 어머니는 일찍 돌아가셨다. 존슨은 거의 할머니가 키웠다.

존슨의 아버지가 재혼했으므로 지금의 어머니는 존슨의 계모다. 할머니가 돌아가시면 이 집 재산은 존슨 것이 된다. 이 집 재산은 할머니가 사업을 해 모은 재산이기 때문에 며느리에게는 권한이 없어 꼼짝을 못한다. 존슨의 계모가 남편도 없는 시집살이를 계속하는 데는 다 이유가 있었다. 재산 욕심이다. 존슨의 계모는 남편이 없는 집에서 살면서 나가지 않고 불편한 시집살이를 계속하고 있었다. 계모는 존슨을 눈엣가시처럼 생각한다. 그때 그 사고로 죽었어야 했는데…. '그래야 자신의 아들에게 아무 말썽 없이 사업을 물려주게 될 텐데.'라는 생각뿐이었다. 시어머니인 할머니가 돌아가실 경우 자신의 아들이 할머니가 하시던 사업을 물려받을 수 있게 하려고 존슨을 속으로 미워하고 있는 것이다.

할머니는 늘 걱정이었다. 자신이 죽으면 존슨이 어떻게 될까? 할머니는 여러 가지 생각을 많이 했다. 몸이 불편하니 누군가의 도움이 필요하다고 생각한 할머니는 존슨이 결혼했으면 하고 생각했지만, 그것은 그렇게 쉬운 문제가 아니었다. 세상에 어느 누가 병신이 된 존슨을 진심으로 좋아해 주겠나. 할머니가 궁리 끝에 생각해낸 묘안이 '착한 진숙이와 함께 있다 보면 정이 들지 않을까?' 하고 진숙을 집으로 데리고 온 것이었다. 그런데 존슨이 진숙에게까지 괴팍한 성정을 보이니 혹시라도 진숙이 놀라 달아나지 않을까 할머니는 걱정이 되었다. 할머니는 계획이 수포로 돌아갈까 봐 속으로 조바심이 났다. 할머니 속마음을 아는 사람은 아무도 없다. 진숙이를 큰 손주며느리로 삼기 위해서 데리고 온 것을 누구도 몰랐다. 집식구들 생각은 괴팍한 존슨의 시중을 들게 하려고 시골 촌년을 데리고 왔을 거라고 생각했다. 진숙이 본인도 대충 그렇게 알고 있었다.

존슨은 한동안 아무도 이층으로 올라오지 못하게 했다. 오직 진숙이만 먹을 것을 가져다줄 수 있었다. 진숙은 '이층 오빠가 마음이 병들었구나' 생각하고 존슨이 무슨 말을 해도 다 받아주었다. 그러던 어느 날이었다. 진숙은 평소처럼 이층을 올라갔다. 오빠는 몹시 몸이 아픈 것 같았다. 진숙은 그런 오빠가 불쌍하게 느껴졌다. 진숙은 오빠를 끌어안았다. 언제나처럼 의자에 앉아있는 오빠를 끌어안아 옆에 있는 침대로 데리고 가서 눕게 했다. 오빠는 많이 외로웠는지 진숙의 손을 꼭 잡았다. 아무 말도 없이 진숙은 그날 밤 존슨 오빠와 함께 있어 주었다. 밤새도록 수건으로 오빠의 열을 식혀주었다. 오빠는 새벽녘에야 겨우 잠이 들었다. 잠든 오빠의 모습을 보고 진숙은 안심하며 오빠의 방을 나왔다. 할머니는 진숙이 늦게까지 존슨 방에서 같이 있었다는 것을 알고도 모르는 척했다. 진숙은 아침에 손수 죽을 끓여 오빠의 방으로 들어갔다. 존슨은 조금 기분이 좋아져 있었다.

"오빠 일어났네? 이제는 어때요? 이제 몸을 괜찮은 거죠?"

진숙은 미소 띤 얼굴로 존슨을 바라보며 물었다. 존슨은 진숙을 보고 처음으로 밝게 웃었다.

"진숙이 덕분에 많이 좋아졌어."

존슨이 처음으로 다정하게 말했다.

"내가 영어를 가르쳐 줄까?"

존슨이 진숙을 보고 물었다. 순간 진숙의 얼굴이 환해졌다. 그렇게 해서 진숙은 존슨에게 영어를 배웠다. 아무도 모르게 둘은 이층에서 지내는 시간이 많아졌다. 존슨도 무료한 시간을 보내지 않아 좋았다. 진숙은 생각 외로 영어를 빨리 이해하고 잘 따라 배웠다. 대화도 어느 정도는 알아들었다. 식구들이 모이면 영어로 말을 해 알아듣지 못했던 날들이 옛말이 되었다. 처음에는 진숙에게 식구들이 이상한 이야기를 해도 못 알아듣는 것을 보고 저희끼리는 조롱하며 웃고 야단이었다. 진숙은 속으로 욕을 했다. 자신이 못 배운 것을 알고 자신을 무시하는 식구들을 진숙은 경멸했다. 그래서 더욱 열심히 영어를 공부했다. 그렇게 진숙은 존슨에게 영어를 배우며 남몰래 실력을 키웠다.

이제 진숙이 이 집에 온 지도 일 년이 넘었다. 진숙은 우연히 지하상가에 있는 화원을 지나가게 되었다. 한 편에 누군가 있는 것 같았다. 자신도 모르게 다가가 이야기 소리가 나는 곳으로 귀를 기울여 몰래 들어보았다. 이상하게 생긴 한 남자가 이 집 며느리와 이야기를 나누고 있었다. 며느리는 그 남자를 보고 마구 화를 내고 있었다. 남자는 이 집 며느리를 보고 계산이 아직 남았다고 말했다. 돈을 주지 않으면 할머니에게 사실을 폭로하겠다고 했다. 그렇게 말을 하니 이 집 며느리가 영어로 말했다.

"너, 왜 죽이지도 못해 놓고 돈만 요구하는 거야?"

진숙은 무서운 생각이 들었다. '누굴 죽인다는 것일까? 내가 잘못 들었나?'라 생각하며 진숙은 이 집 며느리가 영어로 말을 한 것을 속으로 외우고 또 외웠다. 진숙의 귀에는 분명히 누굴 죽인다는 이야기로 들렸다. '존슨 오빠에게 물어봐야지'라 생각하고 화원을 조심스레 걸어 나와 오빠가 있는 이층으로 급히 올라갔다. 오빠는 언제나처럼 의자에 앉아 창밖을 보고 있었다. 진숙이 들어오는 것을 보고 존슨 오빠는 얼굴을 들어 '무슨 일인가'하는 표정으로 진숙을 바라보았다.

"오빠, 오빠. 내 영어 실력 좀 테스트해줘."

"…"

"글쎄, 이 영어의 뜻이 정확히 뭔지 모르겠어. 화원에서 작은 마님이 어떤 남자와 대화하는데 도대체 무슨 말인지 알아듣지 못했어요."

오빠의 계모가 낯선 남자와 영어로 대화한 것을 존슨 오빠에게 그대로 들려주었다. 존슨은 진숙의 말에 얼굴이 새파랗게 변해버렸다. 그리고 진숙에게는 아무에게도 이 말을 절대 하지 말라고 신신당부했다.

할머니는 회사 일로 늘 바빴다. 할머니는 진숙이 공부하고 싶어하는 것을 알고 학원에 보내주었다. 그날 진숙은 학원엘 가고 집에는 아무도 없었다. 일하는 아줌마도 심부름을 나가 존슨만 혼자 집에 있었다. 어떻게 된 일인지 학원에서 진숙이 돌아왔을 때는 이미 존슨은 쓰러져있는 상태였다. 진숙은 오빠가 아무도 없는 집에서 혼자 계단을 내려오다가 넘어졌다고 생각하고 오빠가 늘 다니는 병원에 전화해 오빠의 주치의를 불렀다. 오빠는 병원으로 실려 갔다. 존슨 오빠는 몸을 많이 다쳐 꼼짝을 하지 못했다. 존슨은 자신을 죽이려고 하는 계모와 배다른 형제들을 피해 달아나려고 하다 넘어진 것이었다. 때마침 진숙이 들어오는 바람에 존슨을 해코지하려고 한 사람은 어디론가 숨어버렸다. 그런데 어떻게 된 일인지 할머니가 병원에 오시던 길에 갑자기 차 사고가 나서 돌아가셨다고 연락이 왔다. 진숙은 반쯤 정신이 나간 상태였다. '왜 갑자기 존슨 오빠가 많이 다쳤다는 소식을 들은 할머니가 병원으로 오는 도중 큰 트럭하고 부딪혀 사고가 났을까?' 할머니는 병원으로 옮길 새도 없이 그 자리에서 돌아가셨다. 우연이라고 생각하기에는 너무나 이해가 안 가는 일이었다.

존슨은 정신이 돌아왔다. 진숙은 오빠에게 할머니가 돌아가셨다는 말을 차마 하지 못했다. 존슨에게는 미국에서 함께 대학을 다녔던 의사 친구가 있었다. 진숙은 오빠를 데리고 빨리 이곳을 빠져나가야겠다고 생각했다. 식구들이 다들 존슨 오빠를 죽이려고 하는 것을 진숙은 진즉에 알고 있었다. 진숙은 오빠 곁을 떠나지 않았다. 침대에 가만히 누워있던 존슨이 진숙이를 조용히 불렀다. 진숙은 존슨의 곁으로 다가갔다.

"지금 집으로 가. 오빠 방에 있는 책상을 밀어내. 그리고 바닥을 자세히 보면 틈이 보일 거야. 그것을 손으로 밀면 그곳에 가방이 하나 있어. 그 가방을 꼭 식구들한테 들키지 않게 몰래 가지고 와야 해."

존슨은 진숙을 보고 말했다

'알겠어요.'라고 대답을 한 뒤 존슨이 시키는 대로 진숙은 병실을 빠져나왔다. 택시를 타고 집으로 와 대문을 열고 집안으로 들어서니 집에는 식구들이 아무도 없었다. 다들 할머니를 보내드리려고 장례식장에 가 있는 모양이었다. 진숙은 존슨 오빠의 간병 때문에 장례식장에 가지 못했다. 집안일을 하시는 아줌마 한 분만 집을 지키고 있었다. 진숙은 아무 말도 하지 않고 이층 존슨 오빠 방으로 올라갔다. 오빠의 방에 들어서자 책상이 눈에 보였다. 진숙은 책상을 힘껏 밀었다. 책상 바닥을 자세히 살펴보았다. 오빠가 알려준 대로 틈이 보였다. 진숙은 손가락을 넣어 마룻바닥을 밀었다. 그 속에 낡은 가방이 있었다. 진숙은 가방을 꺼내고 다시 책상을 제자리에 밀어놓고 가방을 들고 집을 빠져나왔다.

진숙은 존슨 오빠 친구의 도움을 받아 존슨 오빠와 함께 부산으로 내려왔다. 진숙은 어머니께 부탁해 아무도 모르게 고깃배를 구했다. 존슨 오빠와 진숙은 몰래 거제도로 들어갔다. 그곳에는 아버지와 막역했던 아버지의 친구 한 분이 살고 있었다. 진숙은 그분에게 존슨 오빠와 함께 살 수 있는 집을 구해달라고 부탁했다. 진숙이 가지고 나온 가방 속에는 많은 현금과 달러가 있었다. 그리고 금도 들어있었다. 무슨 서류인지 알 수 없는 서류도 들어있었다. 존슨은 진숙을 의지했다. 진숙은 어머니에게 '아무에게도 내가 이곳에 있다는 것을 말하면 안 된다.'고, 또 '절대 연락도 하지 말라.'고 단단히 당부했다.

바다가 보이는 곳에 진숙이와 존슨 오빠는 자리를 잡았다. 그곳에서 진숙은 존슨 오빠에게 '할머니가 오빠를 보러 병원으로 오시던 길에 갑자기 트럭이 달려들어 그 자리에서 돌아가셨다.'고 말했다. 존슨은 진숙에게 안겨 한동안 목 놓아 울었다. 이제 할머니가 세상에 없다고 생각하니 진숙도 너무나 슬펐다. 이제 존슨이 이 세상에 마음 의지할 사람은 진숙이 한 사람뿐이었다.

할머니가 진숙을 찾으러 부산까지 와서, 진숙이를 손수 할머니 집으로 데리고 간 진짜 이유가 있었다. 존슨의 아버지와 진숙의 아버지는 어릴 때 친구였다. 존슨의 아버지는 어린 시절에 진숙의 아버지와 한 동네 살았다. 진숙의 아버지를 존슨의 할머니는 잘 알고 있었다. 학생 때 진숙의 아버지는 거의 존슨 오빠 할머니 집에 살다시피 했다. 그러다 존슨 오빠네 집안은 서울로 이사를 했고 존슨 오빠의 할아버지 사업이 번창해 부자가 되었다. 그리고 두 집안은 어디에서 사는지 모르게 서로 사는 것이 바빠 한동안 연락 없이 잊고 살았다. 세월이 많이 흘러 존슨 오빠 할머니는 아들의 친구를 찾게 되었다. 할머니는 당신 아들이 죽고 나서 아들의 친구인 진숙의 아버지를 찾았다. 찾고 보니 아들 친구는 이미 죽고 없고 남은 식구들이 가난하게 사는 모습을 보고 진숙이네를 돕기로 생각했다. 그리고 똑똑한 진숙이를 보고 얼른 데리고 와 자신의 옆에 두었다. 그 사실을 식구들은 아무도 몰랐다. 존슨 오빠 할머니는 아들이 죽고 외로워 말벗이라도 하려고 데리고 왔다고 식구들에게 말을 해 이상하게 생각하는 사람은 아무도 없었다. 한편으로 식구들은 '존슨의 시중을 들어주라고 데리고 왔겠지?' 생각하기도 했다.

거제도에서 존슨과 진숙은 오랜만에 한가한 생활을 했다. 바다가 보이는 곳에 자그마한 집을 마련했다. 진숙과 존슨, 단둘이서 생활했다. 진숙은 오빠가 불쌍했다. 존슨 오빠를 돌봐주던 할머니도 비명횡사하고 존슨 오빠까지 온 식구가 죽이려고 하는 것을 본 진숙은 자신이 존슨 오빠를 지켜야겠다고 생각했다. 존슨 오빠와 가까이 지내다 보니 진숙은 점점 오빠가 좋아졌고 결국 자연스럽게 둘은 사랑에 빠졌다. 다. 존슨은 사고 후 처음으로 행복한 일상을 찾았다. 존슨은 진숙과 함께 있는 시간이 너무나 행복했다. 그리고 진숙은 존슨의 아이를 낳았다. 아들이었다. 이름을 준석이라 지었다. 박준석. 진숙이와 존슨은 모든 것을 잊고 거제도에서 낚시도 하고 농사도 짓고 조용히 살았다. 존슨 오빠는 사람들을 만나는 것을 싫어했다. 자신의 모습이 흉해서 이웃 사람들이 오면 얼른 집 안으로 들어가 버리곤 했다. 진숙은 그 모습을 보면 가슴이 아팠다.

진숙과 존슨은 아무도 없는 거제도에서 아들을 키우며 행복한 생활을 했다. 아들 준석은 어느새 중학생이 되었다. 이곳 거제도에서 계속 키울 수가 없어 이모가 살고 있는 서울로 유학을 보냈다. 진숙의 아들은 무럭무럭 자라서 대학을 갈 나이가 되었다. 진숙의 아들은 공부를 무척 잘했다. 남편인 존슨 오빠를 닮아 머리가 좋은 것 같았다. 진숙의 아들 준석은 아버지와 다르게 생겼다. 존슨 오빠는 준석이를 보고 늘 할아버지를 닮았다고 했다. 키가 크고 성질도 매섭다. 준석이를 본 사람들은 모두 입을 모아 칭찬했다. 외모는 잘생긴 편이고 눈이 부리부리한 것이 장군감이라고들 했다. 준석은 대학에 들어갔다. 준석은 머리가 좋아 명문대학에 입학했다. 존슨과 의논해 아들을 법대에 보냈다. 진로 선택은 존슨인 아빠의 생각이 더 많았다. 존슨 오빠가 아들을 보고 늘 '법을 잘 알아야 네가 살아가는 데 많은 도움이 된다.'고 말해왔다. 그리고 '네 할머니가 남기고 간 재산을 도로 찾아야 하니 꼭 법을 공부하라.'고 입버릇처럼 말했었다. 준석이를 보고 그리 말하는 이유를 설명하며 법대에 들어가길 간절히 원했다.

　존슨은 아들 준석이 어릴 때부터 태권도를 시켰다. 언제 무슨 일이 있어도 자신을 보호하기 위해 자신의 몸은 자신이 지킬 수 있어야 한다고 늘 강조했다. 진숙은 그럴 때마다 남편인 존슨 오빠를 이해했다. 그는 작은 체격에 공부만 했지, 힘을 쓸 줄도 모르는 심약한 사람이었다. 남편보다 진숙이 더 기운이 센 것 같았다. 존슨은 자신이 심약해 자신을 지킬 수 없어 불구가 되었다고 생각을 하는 사람이었다.

　존슨네 집안은 어머니가 죽고 존슨의 새어머니가 들어오고부터 문제가 많이 생겼다. 어느 날부터 우환이 끊임없이 닥쳤다. 아버지가 갑자기 죽고 아들인 존슨이 사고로 불구가 되었고 또 할머니까지 죽었다. 할머니는 미래에 일어날 일을 미리 알았는지 존슨을 돌봐줄 진숙을 데리고 오셨고 할머니 집을 존슨 앞으로 옮겨 놓았다. 아무도 모르게 돈이 들어있는 가방을 존슨 방에다 몰래 감추어 놓기까지 했다. 존슨에게 '사람의 앞일은 모르는 것이니 이것을 잘 보관하고 있다가 네게 급한 일이 생길 때 가지고 가라'고 말했다. 할머니가 존슨에게 그런 말을 할 당시에 존슨은 사실 이해가 되지 않았다. 할머니는 이런 일이 일어날 것을 미리 알고 있었을까? 마음 착한 진숙에게 존슨을 돌봐주길 진심으로 부탁한 것이다. 오늘처럼 이렇게 되었으면 하시고 진숙을 손주며느리로 미리 생각해두고 존슨을 부탁한 것이 아닐까 생각이 들었다.

 존슨은 성격이 꼼꼼한 사람이다. 그는 자신을 죽이려고 했던 계모를 용서하지 못하고 복수의 칼을 갈았다. 아들이 자신 대신 복수를 해주길 바라며 긴 시간을 참고 기다렸다. 할머니가 운영하던 사업은 잘되어 더욱 부자가 되어 있었다. 계모는 존슨의 재산은 처분하지 못했다. 존슨이 죽지 않았기 때문이다. 그가 어디로 사라졌는지 알 수가 없었다. 아무리 사람을 시켜 찾아보아도 죽은 것인지 살아 있는 것인지 소식을 전혀 알 수 없어 그들은 다 잊고 있었다.

 존슨의 아들인 준석은 법대를 나와 아버지 소원대로 검사가 되었다. 존슨은 아들에게 '네가 힘이 생겨야 하니 너는 힘을 실어줄 집안 여자와 결혼해야 한다.'고 늘 당부했다. 아들 준석은 아버지 소원대로 배경이 튼튼한 집 여자와 연애해 결혼했다. 결혼식장에는 사돈네 집이 짱짱하므로 사업을 하는 사람들도 많이 모였다. 그중에 계모의 집안사람들도 보였다. 세월이 많이 지났으므로 존슨 계모의 사람들 중 진숙을 알아보는 사람은 아무도 없었다. 젊은 시절 시골 촌닭이라고 놀림을 받았던 진숙은 그 어디에도 없었다. 지금은 우아한 중년 여인으로 변해버렸으니 아무도 진숙을 알아보지 못했다. 흉측한 자신의 모습 때문에 존슨은 아들 결혼식에 참석하지 않았다. 존슨은 집 앞에 있는 바다를 바라보고 있었다. 지나간 모진 세월을 다시 한번 생각하니 자신도 모르게 두 뺨에 눈물이 흘러내렸다. 존슨은 핏빛처럼 붉게 물든 저녁노을을 하염없이 바라보았다.

 준석은 결혼하고 아버지에게 내려왔다. 아버지의 소원을 들어주기 위해 준석은 아버지가 살았던 노(老) 할머니의 집을 찾아 주기로 마음먹었다. 아버지와 노(老) 할머니의 영혼이 살아 숨 쉬는 집, 아버지와 노(老) 할머니가 사시던 집을 찾기로 결심했다. 준석은 아버지 지시대로 제일 먼저 자신의 힘을 행사했다. 아버지의 계모에게 준석은 내용증명을 보냈다. 그 서류를 받은 계모네 식구들은 너무나 놀랐다. 온 식구가 다 모였다. 어떻게 된 일인지 알아보기 위해 변호사를 불렀다. 변호사는 서류를 자세히 들여다보고 계모에게 말했다. 이 집은 존슨 앞으로 되어 있었고 준석이란 사람에게 넘어갔다고. 비워주지 않으면 안 된다고 말했다. 변호사에게 준석이와 존슨이 어떤 사이인가 자세히 알아보라고 했다. 계모의 식구들은 다들 야단이 났다. 변호사는 시간이 좀 걸릴 것이라고 말을 하고 집을 나갔다.

　계모는 지난 곰곰이 과거를 되짚어 보았다. 존슨이 사라지던 날 진숙도 함께 어디론가 사라졌다는 것을 까맣게 잊고 있었다. 계모는 사람을 풀어 진숙의 행방을 찾았다. 그러나 진숙의 행방은 오리무중이었다. 계모에게 내용증명을 보낸 날짜가 다가왔다. 계모 측 사람들은 모여서 난리가 났다. 계모가 변호사를 불렀다. 변호사는 '아무리 생각해도 방법이 없어 집은 비워주는 수밖에 다른 방법은 없다.'고 말했다. 준석은 철저하게 준비했다. 계모는 화가 머리끝까지 나서 테이블에 있는 과일 접시를 던지고 야단이었다. 절대로 이 집을 넘겨줄 수가 없다고 난리를 쳤다. 이 집을 산 사람은 법을 잘 아는 검사라 어떻게 할 수 없다고, 집을 꼼짝없이 비워주어야 한다고 생각하니 계모는 기가 막혔다. 막무가내 절대로 이 집을 비워줄 수 없다고 버티고 있었다.
　준석은 철저하게 준비해서 법을 집행하기 위해 아버지의 계모가 살고 있는 집으로 왔다. 준석이 노(老)할머니 영혼이 담겨있는 집을 드디어 찾으러 온 것이다. 준석은 한 번도 와보지 않았던 집인데도 노 할머니가 살아있는 것 같은 느낌이 들었다. 참으로 이상한 일이었다. 준석은 사람들을 시켜 살림살이를 모두 들어내기 시작했다. 아버지의 계모는 '이 집에서 죽겠다.'며 꼼짝을 하지 않았다. 계모는 쌍욕을 하며 난동을 피우다가 자신의 분을 참지 못해 쓰러지고 말았다. 119구급차가 와서 계모를 싣고 갔다.

    준석은 아버지에게 '아버지가 살던 집을 드디어 찾았다.'고 연락했다. 준석은 아버지가 계신 곳으로 내려와 그동안의 과정을 자세히 설명했다. 존슨은 너무 기뻐 할머니를 부르며 눈물을 흘렸다. 다음날 존슨은 아내인 진숙과 아들을 데리고 할머니가 잠들어있는 묘를 찾았다. 마지막 떠나가는 모습을 보지 못했기 때문에 할머니는 어딘가에 살아 계신 것만 같았다. 할머니가 늘 그리웠던 존슨은 지금까지 마음 한쪽이 텅 빈 채로 살았다. 너무나 서글픈 나날이었다. 존슨은 할머니 묘에서 한참을 서럽게 울었다. 늘 존슨의 편이 되어 주었던 할머니가 오늘따라 더욱 보고 싶었다.
    준석은 아버지 존슨을 서울 집으로 모셨다. 진숙과 존슨은 할머니 집에 들어설 때부터 할머니 생각에 말할 수 없는 눈물을 흘렸다. 준석은 노(老) 할머니의 주식과 아버지의 주식을 가지고 회사에서 많은 실권을 행사했다. 어머니를 이사 자리에 앉게 하고 아버지를 등장시켰다. 개중에는 아버지를 알아보는 사람도 있었다.

    존슨은 섬에서 오랫동안 컴퓨터로 주식을 보고 사고팔고 하는 일을 했다. 존슨은 얼굴이 흉해서 밖으로 나가지 못하니 집안에서 늘 컴퓨터만 가지고 살았다. 아들에게 많은 정보를 주어 회사를 잘 이끌어갈 수 있도록 도왔다. 회사를 잘 운영해가길 마음으로 간절히 빌었다. 계모의 친정 식구들도 하나하나 회사에서 몰아냈다. 존슨은 이제는 죽어도 될 것 같은 생각이 들었다. 존슨은 몸이 점점 안 좋아지더니 어느 따뜻한 봄날에 죽고 말았다. 진숙은 남편을 끌어안고 한없이 울었다. 식구들은 장례식장에서 존슨의 한 많은 인생을 안타까워했다. 존슨을 할머니 묘 옆에 나란히 잠들게 하였다.

　진숙은 남편 존슨을 생각하면 너무나 가슴이 아팠다. 남들처럼 바깥에 한번 자유롭게 다니지 못하고 늘 방 안에서만 생활하다가 진숙의 곁을 떠나갔다고 생각하니 가슴이 미어졌다. 진숙은 남편을 떠나보내고 다시 거제도로 내려왔다. 남편과 행복하게 살았던 거제도 집으로 돌아왔다. 서울에서 생활할 때도 남편하고 거닐던 이 바다가 몹시 그리웠다. 다시 찾아온 거제도 바다를 날마다 걷고 또 걸었다. 존슨 오빠의 모습이 바다 위로 떠 올랐다가 사라졌다. 진숙은 존슨 오빠를 목 놓아 불러보았다.

　바닷속의 별들이 걸어 나올 때까지···.

레코드판이 돌아간다

♦♦♦♦♦ 레코드판이 돌아간다

　한적한 마을에 음악 소리가 울려 퍼진다. 동네 사람들은 한창 농사일로 바쁜 나날을 보내고 있었다. 기와집의 만석은 정신없이 춤을 추는 데만 열중하고 있었다. 동네에서 제일 부잣집 아들이긴 하지만 철이 하나도 없다.
　이곳은 작은 마을이다. 사소한 일도 금방 동네 전체에 소문이 난다. 장터에까지 소문이 언제 퍼졌는지도 모르게 순식간 퍼져 나가는 곳이다. 버스에서 내리면 큰 정자와 평상을 만나게 된다. 만석이 외출했다가 집으로 돌아오려면 이곳을 지나야만 집으로 갈 수가 있었다. 만석뿐만 아니라 다들 그 마을에 들어가려면 큰 느티나무 밑에서 놀고 있는 마을 노인들의 눈치를 살피며 노인들에게 인사를 해야만 했다. 언제나 평상에는 앉아 놀고 있는 동네 어른들이 있었으므로 노인들을 지나 마을에 들어갈 수밖에 없었다.
　만석은 큰 느티나무 밑 정자에서 노인들이 모여서 놀고 있는 것이 매우 싫었다. 이곳을 지나갈 때면 노인들을 쳐다보면서 속으로 중얼거린다.
　'이곳에 불을 확 질러버리고 싶다.'

'이 망할 영감들 꼴도 보기 싫어.' 만석은 늘 속으로 중얼거리며 지나간다. 마을 입구부터 만석의 집까지 걸어오는 곳 모두가 만석네 땅이다. 마을 왼편에는 마을 사람들이 사는 여러 가구의 집이 있고 오른쪽에는 큰 기와집 한 채가 혼자 덩그러니 앉아있는데 이곳 기와집이 만석의 집이다. 마을 사람들이 제일 부러워하는 집이었다. 만석의 윗대 할아버지는 가난하게 살았다고 말했다. 옛날에는 소금 장사를 해서 겨우 먹고 살았다고 한다. 마을 사람들 말을 들어보면 만석이네가 부자가 된 데에는 다 윗대 할아버지 공덕이라고 했다. 마을 사람들을 통해 입에서 입으로 전해져 내려오던 만석이네 집안에 관한 전설 같은 이야기가 있었다.

할아버지가 장사를 가려고 방문을 열고 나가려 할 때다. 갑자기 비가 주룩주룩 내려 '오늘 장사는 다 나갔네.' 할아버지가 혼잣말로 중얼거리며 방문을 막 닫으려고 하는 순간. 갑자기 어디에서 나타났는지 노루 한 마리가 할아버지 집으로 뛰어 들어왔다. 할아버지는 당황해서 '어떻게 하지?' 생각하는 순간 저 멀리서 뛰어오는 포수가 보였다. 그 모습을 본 할아버지는 얼른 노루를 뒤주에 숨겨 주었다. 숨을 몰아쉬면서 뛰어오는 포수가 할아버지에게 물었다.

"이곳에 뛰어오는 노루를 보지 못했소?"

할아버지는 포수에게 '노루를 못 보았다.'고 말했다. 할아버지는 포수가 가버린 뒤에 뒤주 속에 숨겨놓았던 노루를 보내주었다. 노루는 고개를 뒤로 돌려 할아버지를 자꾸 쳐다보며 멀리 뛰어갔다.

그 일이 있고 나서 거짓말처럼 장사만 나가면 소금이 많이 팔렸다. 장사를 나가기만 하면 잘 되었다. 그 이후로 여러 가지 장사를 했는데, 하는 장사마다 다 잘 되었다. 어느새 이 마을에서 제일가는 부자가 되었다. 이 마을에 전설처럼 내려오는 이야기다.

만석은 공부하러 일본에 유학 가서 하라는 공부는 하지 않고 춤추는 것만 배워 왔는지 매일 동네가 시끄럽게 춤만 추고 있었다. 지르박인지 탱고인지…, 블루스라든가 아무튼 알 수 없는 이상한 춤을 춘다고 동네를 시끄럽게 만들었다. 동네 사람들은 이제 저 집안도 망조가 들었다고 모여 앉아 만석이네 집안 흉을 보았다.
"부자가 삼대를 못 간다고 하더니 그 말이 맞는 것 같아."
"아이구, 자식이 원수지."
"그리 깐깐한 양반도 어쩔 수가 없나 봐."
"자식 문제는 어찌할 수가 없나 봐요."
노인들은 혀를 차며 가끔 기와집 만석의 흉을 보기도 했다. '노는 꼬락서니가 한심하다.'고 말했다. 그렇게 하루하루 만석은 동네에 이야깃거리가 되었다. 그러던 어느 날인가 만석은 서울에 간다고 여행 가방을 들고 나갔다. 동네 사람들은 만석이 버스를 타고 나가는 것을 보고 말했다.
"이제는 또 무슨 사고를 치려고 서울에 올라가누?"
동네 할아버지들은 장기를 두다 말고 혀를 차고 있었다. 만석이 떠난 후로 한참 동안 동네는 조용했다. 날마다 알 수도 없는 음악 소리에 온 동네 노인들은 짜증이 났지만 다들 만석이네 신세를 지고 사는 처지니 말을 못 하고 뒤로 욕만 하던 차에 속이 다 시원했다. 만석이 없는 마을은 말썽을 피우는 사람이 없어 오히려 심심하기까지 했다. 그 시끄럽던 음악 소리도 없다. 마을 사람들이 들일을 마치고 다들 모여 나무 밑에서 막걸리를 한 잔씩 하려고 막 둘러앉아 있는데 한 사람이 손가락질한다.

"저 저, 저기 좀 보세요."

한 노인이 말을 하며 말까지 더듬었다. 한참 나무 밑에서 장기를 두고 있던 노인까지 깜짝 놀라 다들 한마디씩 했다.

"이보게 저것을 좀 보게."

"저게 뭐야?"

장기를 두다 말고 마을 노인들은 모두 버스에서 내리는 두 남녀를 보고 눈을 휘둥그레 뜨며 말을 잃어버렸다. 만석이 데리고 버스에서 내리는 여자 모습에 마을 사람들 모두 많이 놀란 모양이었다. 머리는 빠글빠글하고 옷은 이상하게 입고 치마의 길이는 짧고 이 마을에서는 처음 보는 행색이라 다들 정신들이 조금 나간 것 같았다. 모두들 여자의 이상한 모습을 바라보았다. 신발은 뾰족한 구두를 신고 있었다. 이 작은 마을에서는 아무도 저런 모습을 하고 다니는 여자가 없어 다들 처음으로 구경했다. 넋이 나가 사람들이 만석을 쳐다보고 있는데, 만석의 뒤를 따라오는 여자는 민망해 어쩔 줄 몰라 얼굴이 홍시가 되었다. 만석은 노인들 앞을 지나가면서 한마디 한다.

"무엇을 그리 빤히 봐요? 지나가는 사람 민망하게."
"아이구, 이 촌구석 언제나 벗어나나. 에이."
만석이 침을 뱉고 지나간다.
"이제는 저 집구석도 끝이 나려고 하네."
노인들은 이구동성으로 말했다.
"내가 장담하겠네. 이제 얼마 남지 않은 것 같네. 저 집 망조 들 날이."
한 노인은 다른 노인들에게 말했다.
"흐흠, 으흠, 흠 흠!"
노인들은 다 같이 헛기침을 했다.

만석은 여자를 데리고 집으로 들어가 부모님께 인사를 시켰다. 부모님은 깜짝 놀라 만석을 보고 화를 내며 난리가 났다. 만석은 혼인할 처자가 따로 있었다. 그런데 서울에서 이상하게 생긴 여자를 데리고 와 함께 살겠다고 부모님께 인사를 시키니 기가 막힐 노릇이었다.

만석의 어머니는 이 동네에서 마실댁으로 불렸다. 마실댁은 어이가 없었다. '이 일을 어떻게 수습해야 하나?'하고 생각하니 마실댁은 한숨이 절로 나왔다. 이제는 이 집도 다 끝난 것 같은 생각에 마실댁은 눈물이 나왔다. 아무리 잔소리해도 만석은 자신이 하고 싶은 대로만 하는 아들이라 마실댁은 할 말을 못 했다.

만석은 치과 기술을 배워서 치과를 차렸다. 만석은 손재주는 있어 임플란트를 잘한다는 소문에 여자들이 많이 들랑거렸다. 만석은 서울에서 데리고 온 처자와 시내에다 살림을 차렸다. 부모님 눈에는 영 마음에 차지 않았다.

  만석이 집으로 돌아오게 되면 마실댁은 만석이와 윗동네 점순이가 혼인하길 원했다. 만석은 속마음을 드러내지 않았다. 만석이 점순이를 전혀 싫어하지 않는다는 것을 알고 마실댁은 점순이를 며느리로 데리고 오고 싶어져 만석을 살살 꾀었다.

  "점순이와 혼인을 한 후 점순은 이곳에서 우리들과 살고 너는 시내에서 살면서 집으로 가끔 오면 되지 않겠니?"

  마실댁은 만석을 달래듯이 말했다.

  "네가 데려온 그 아이는 우리와 맞지도 않으니 말이다. 만석아, 너는 어떻게 생각하니?"

  마실댁은 아들을 설득했다. 마실댁은 만석을 쳐다보며 눈물까지 흘리며 만석의 손을 꼭 잡았다. 만석은 어머니가 우는 모습에 마음이 흔들렸다. 만석은 어머니 말을 듣겠다고 했다. 만석은 두 여자를 데리고 사는데 싫어할 이유가 없었다. 마실댁은 '혼인만 하면 서울에서 온 여우 같은 년은 스스로 떨어져 나가리라' 생각하고 일을 꾸몄다. 그런 일이 있고 몇 달이 지나갔다. 만석은 집에 자주 들랑거렸다. 마실댁은 서둘러 혼인 날짜를 잡았다.

  만석의 집에서는 잔치 준비에 바쁜 나날을 보내고 있었다. 그 소문이 만석과 살고 있는 여자의 귀에도 들어갔다. 만석이 서울에서 데리고 온 여자는 기가 막혔다.
"나를 아직까지 며느리로 인정을 못 하시겠다 이거지? 내가 이 집에서 순순히 물러날 것 같아?"
여자는 독기를 품었다. 만석과 싸움을 했는지 만석은 집으로 들어와 시내를 나가지 않았다. 마실댁은 잘되었다고 생각하면서 만석을 계속 꾀었다. 점순이를 불러 함께 있게 해주었다. 혼인 날짜가 다가왔다. 그날은 온 동네잔치가 벌어졌다. 동네에서 제일 부잣집 아들이 장가를 가는 날이라 동네 전체가 들썩였다. 동네 사람들은 온 식구가 잔칫집에서 일도 해주고 종일 먹고 살았다. 이런 날이 날마다 있으면 얼마나 좋겠냐고 말을 하며 찬치를 한 참 흥겹게 치르고 있는데 한 청년이 헐레벌떡 잔칫집을 향해 뛰어 들어왔다. 사람들은 놀라 무슨 일이 일어났나보다 하며 다들 청년을 바라보았다.
"어르신 큰일 났어요."
큰소리로 청년이 말했다.
만석은 막 혼례를 올리고 있던 중이었다. 사람들은 청년의 입을 쳐다보았다. 청년의 입속에서 나오는 말이 기가 막혔다.
"죽었어요."
밑도 끝도 없이 죽었다고 말을 하니 무슨 소리인지 통 알아들을 수가 없었다. 옆에 있던 동네 사람이 말을 한다.
"이 사람아. 차근히 말을 해야 알아먹지."
"아이구, 숨을 돌리고 다시 말을 해보게."
"누가 죽었다고?"

"잔칫집에 와서 난리야."

"누가 죽긴 누가 죽어요. 이 집 며느리가 죽었지."

"아니 이 사람이 정신이 나갔나? 이 집 며느리라니?"

청년은 말을 더듬거리며 말했다.

"치과에서 약을 먹고 죽었다고요. 순경들이 와서 난리예요."

그 말을 들은 동네 사람들은 마실댁을 불렀다. 마실댁은 청년을 보고 말했다.

"이 사실을 만석이에게는 지금 알리지 말게. 오늘은 알게 하면 안 되네."

마실댁은 만석의 아버지를 불러내어 급히 버스를 타고 시내로 나갔다. 마실댁은 아들이 살던 집으로 들어가 전후 사정을 알아보았다. 서울에서 온 처자는 만석이 다른 여자와 혼례를 올린다는 것을 알고 자신의 분을 이기지 못하고 악담했다. 치과에서 사용하는 약품 중에 위험한 약품이 있었는데 그것을 먹고 죽은 것이다.

여자가 죽으면서 유서를 써 놓았다. 누구도 만석의 부인 자리를 지키지 못할 것이라는 말을 남겼다. 온 동네가 발칵 뒤집어졌다. 만석은 경찰서에 불려갔다. 결혼식은 끝냈지만 죽은 여자의 초상을 치러야 했다. 어떻게 알았는지 듣지도 보지도 못한 오라비라는 사람이 찾아왔다. 정말 오라비인지는 알 수 없지만, 오라비라는 사람은 만석을 찾아와 죽여버린다고 멱살을 잡고 난리를 피웠다. 만석의 부모는 원만하게 합의하려고 사람을 시켜 다리를 놓았다. 그 바람에 만석이네 재산이 많이 날아갔다. 그 충격 때문인지 만석의 아버지는 병이 들어 비실거리며 몸져누워버렸다. 막상 시집을 온 점순이는 못 볼 꼴을 다 보았다. 그런데 시아버지 병시중까지 들게 되었다. 마실댁은 남편이 병이 들어 누워 있으니 집안 대소사를 혼자 처리하고 머슴을 데리고 농사일도 해야 했다.

만석은 치과는 버려두고 서울로 친구들과 어울려 다녔다. 만석은 집에 돌아오면 점순이는 거들떠보지 않고 동네에 혼자 사는 젊은 과부를 언제 꼬였는지 그 과부를 건드렸다. 동네 소문이 퍼졌다. 마실댁 귀에도 들려왔다. 마실댁은 속이 터지는 것 같았다. 점순에게 정을 붙여 아이나 하나 낳으면 혹시라도 마음을 잡고 잘살지 않을까 생각했다. 자기가 낳은 아들이지만 너무한다 싶었다. 마실댁은 '내가 왜 저런 것을 낳았을까?' 혼잣말로 중얼거렸다. 만석은 과부와 어울려 다니며 동네 망신을 다 시키고 다녔다. 만석이 조용하다 싶으면 서울로 올라간 것이었다. 그 소식을 들은 점순은 늘 속을 끓였다. 점순이는 남편 때문에 생병이 났다. 마실댁은 이것이 다 내 죄라는 생각에 혼자 아무도 모르게 눈물을 훔쳤다. 마실댁은 언젠가는 만석이도 정신을 차리겠지 마음으로 생각하며 옛날 생각을 해보았다.

마실댁이 이 집에 시집왔을 때 얼마나 많은 고초가 있었나? 지금의 만석의 아버지도 젊은 시절에는 어지간한 바람둥이였다. 이제는 늙어 조용히 살고 있지만 만석의 아버지도 아들이 없는 귀한 집에 태어나 친구들과 어울려 다니며 마실댁 속을 어지간히 썩인 사람이었다. 마실댁이 시집온 후 이 집에서 살기 싫어 죽으려고 했던 적도 있었다. 만석의 아버지는 젊은 시절에 아랫마을에다 작은 여자를 들여놓고 살림까지 차렸던 적이 있었다. 마실댁은 시집온 후로 마음 편하게 산 날이 없었다. 마실댁도 처음 이 마을에 시집올 때는 참으로 고운 새댁이었다.

 마실이라는 마을에서 시집을 왔다고 동네 사람들은 다들 마실댁이라 불렀다. 마실댁은 솜씨가 매우 좋고 일도 잘했다. 며느리 잘 들어 왔다고 온 집안이 좋아했다. 마실댁은 부지런해 아침 일찍 일어나 밤늦게까지 일을 하면서 이 집안 큰살림을 잘 이끌어 갔다. 만석의 아버지는 아무 일도 하지 못했다. 단지 학식이 있을 뿐, 하는 일이라고는 밥 먹고 친구들과 술집이나 들랑거리고 여자들 뒤꽁무니나 쫓아다니는 것이 다였다. 그러는데도 마실댁은 남편을 믿는 구석이 있었다. 마실댁이 이 집을 도망 하려고도 해보았다. 죽으려고도 생각한 적이 있었다.

 마실댁이 이제 남편을 믿고 이 집 안주인은 마실댁이라고 생각하게 된 계기가 있었다. 마실댁의 남편은 난봉꾼이지만 부인을 생각하는 것은 남달랐다. 마실댁은 남편이 집에 잘 들어오지 않는 날이 많아 늘 혼자서 시부모님들을 모시고 살았다. 시부모님들은 마실댁을 좋아했다. 마실댁이 아니면 이 많은 농사와 이 집을 이끌어갈 수가 없다고 믿었다. 마실댁은 많은 갈등 속에서 살고 있었다. 그러던 어느 날이었다. 만석의 아버지가 헐레벌떡 숨이 차 숨도 제대로 쉬지 못하고 집으로 뛰어 들어와 마실댁을 찾았다. 마실댁은 밭에서 수건을 두르고 남편을 바라보았다. 마실댁은 속으로 '또 이 인간이 무슨 짓을 하고 다니다가 이제 집에 기어들어와 바쁜 사람 부르고 야단이야 아이구 못살겠네.' 생각했다. 마실댁은 아무 말도 안하고 물끄러미 남편을 쳐다보았다. 남편은 숨을 몰아쉬며 마실댁을 보고 방으로 들어가자고 말했다. 마실댁은 '이 대낮에 답답하게 방구석으로 들어오라고 난리야. 참으로 팔자가 좋은 사람이네.' 마실댁은 툴툴거리며 방으로 따라 들어갔다. 마실댁은 머리에서 수건을 벗어 던지며 남편을 쳐다보았다. 남편은 갑자기 주위를 살피며 방문을 닫고 숨을 몰아쉬면서 부인에게 말했다.

"지금 내가 하는 말을 잘 들으시오."

그렇게 말을 하며 무엇에게 쫓기는 모양새를 하며 말을 한다. 마실댁은 퉁명스럽게 말했다.

"도대체 무슨 일인데요? 한창 바쁜 시간에 집에 들어와 이 난리요?"

"이 사람이 조용히 하라니깐. 나 말이요 지금 이상한 일에 휘말려 입장이 난처하게 되었어요. 그래서 당신을 찾아왔소."

마실댁은 화를 내며

"당신이 좋아서 살림까지 차린 년한테 가서 상의하든지 말든지 하지 왜 곤란한 일은 나에게 와서 이러시오?"

"나 원 참."

마실댁은 남편을 핀잔주었다.

"허허, 이 사람 큰일 낼 사람이네."

그 말을 들은 만석의 아버지는 마실댁을 쳐다보고 혀를 끌끌차며 말했다.

"아니 내 말이 틀렸어요?"

"좋아 죽고 못 사는 년에게 가서 상의하라는 것이 뭐 잘못 되었어요?"

마실댁은 화가 나서 남편에게 달려들었다.

"이 사람아 그 여자는 남이고 당신은 이 집 안 주인이잖소. 이 답답한 사람아. 그 여자는 언제 떠날지 모르는 사람이고, 당신은 나와 함께 영원히 살아갈 나의 안주인이란 말이요. 이 답답한 사람아. 그런 것을 모르시오? 내가 언제 당신 말고 곳간 열쇠를 다른 사람에게 맡긴 적이 있소? 당신에게 모든 걸 맡겨 놓고 있잖소?"

만석의 아버지는 마실댁에게 위안을 주며 말했다. 남편은 마실댁에게 많은 믿음을 주는 것 같았다. 만석의 아버지는 마실댁 자신이 이 집 안주인이라는 것을 확실하게 말해주었다. 마실댁은 남편의 말을 듣고 그때 깨달았다. '절대로 다른 여자들 때문에 자신을 버리는 일은 없을 것이다.'라고 생각하니 마음이 편해졌다. 그때부터는 남편이 무슨 짓을 하든지 마음이 놓였다. 남편이 자신에게 믿음을 주었기 때문에 어떤 여우 같은 여자가 달려들어도 내 남편은 너희들을 가지고 놀 뿐 이 집 안주인은 나라는 생각에 마실댁은 언제나 당당하게 이 동네를 휘둘렀다. 아무도 마실댁에게 함부로 하지 않았다. 마실댁 말이라면 다들 고개를 숙였다.

만석의 아버지는 많은 권한을 마실댁에게 넘겨주었다. 그리고 자신은 여러 곳을 여행하며 다녔다. 아무리 여자들이 달라붙어도 만석의 아버지는 부인 몰래 살림을 차리는 법이 없었다. 만석의 아버지는 친구들과 있었던 일을 집에 돌아오면 마실댁에게 다 이야기했다. 만석의 아버지 주위 사람들은 이런 사실을 모르고 만석이네가 부자라 사기를 치려고 하다가도 부인이 무서워 함부로 하지 못했다. 마실댁은 겉은 여자지만 속은 통이 큰 남자 같았다.

　남편이 가끔 사고를 치면 마실댁은 말없이 수습해주었다. 시부모님들은 만석의 아버지가 친구들과 어울려 사냥하고 다니는 것을 보고 야단을 쳐도 만석의 아버지는 들은 척도 하지 않았다. 친구들과 어울려 사냥을 가면 시부모님은 마실댁을 보고 '우리 집안은 짐승을 죽이면 안 되는 집이야.'라고 말해주었다. 이 집안은 대대로 짐승을 죽이면 해가 오는 그런 집안이라 윗대 어른들 이야기까지 들먹거리며 당부했다. 왜 아들놈은 부모 말을 듣지 않을까 하며 부모님은 속을 끓였다. 시어른들은 우리가 혹시 죽더라도 절대로 이 집은 팔지 말라고 마실댁에게 부탁했다. 마실댁을 보고 유언처럼 늘 당부하셨다. 당신의 아들을 믿을 수가 없었는지 시부모는 마실댁이 이 집안을 꼭 지켜주길 바랐다. 언제나처럼 그렇게 속 썩이던 만석의 아버지도 이제는 나이 들어 조용하게 지내고 있었다. 그런데 이제는 만석이 꼭 제 아비를 닮아 이상한 일을 벌이고 다닌다. 사냥총도 가지고 다니며 짐승을 죽이고…, 마실댁이 아무리 말려도 말을 듣지도 않아 마실댁은 만석이 때문에 하루도 마음 편할 날이 없었다. 마실댁은 만석이도 나이가 들면 마음을 잡겠지 생각하고 속이 깊은 점순이를 며느리로 삼으려고 많이도 노력했다. 그런데 이렇게 어이없이 어디서 굴러먹던 년이 나타나 아들 신세를 다 망쳐놓았다고 생각하니 속이 터졌다.

세월이 흘렀다. 만석의 아버지는 병이 들어 결국 일어나지 못했다. 마실댁은 남편을 살리고자 별별 약초를 다 캐러 산을 올라다녔다. 마실댁이 얼마나 남편을 살리려고 극성을 부렸으면 동네 사람들은 모여 앉을 때마다 말했다.
"열녀가 따로 없어."
"마실댁은 남편을 살릴 수 있다면 한밤에 남의 묘라도 팔 사람이야."
"정말 정성이 대단해."
남자들은 부러워서 아낙네들에게 '당신은 마실댁처럼 할 수 있겠냐?'며 얘기하다 가끔 부부 싸움도 했다. 그렇게 정성을 다하는 마실댁 마음도 몰라주고 만석의 아버지는 어느 따스한 날에 돌아가셨다. 만석의 아버지가 죽었다는 말을 들은 동네 사람들은 한결같이 아들이 좀 속을 썩였어야지 하며 입을 모아 말했다.
'이제 앞으로가 문제지. 만석이 정신을 차리지 못하면 언제 저 집이 무너질지…'

마실댁이 남편의 초상을 치르는데 갑자기 어디서 왔는지 한 여인이 들어와 상주 자리에 앉았다. 마실댁은 어이가 없었다. 마실댁은 문상 오는 집안사람들이 몰려드는 시간이라 어떻게 할 수 없어 그 여인을 조용히 끌고 나와 당신 도대체 누구냐고 물었다. 그 여인의 입에서 나온 말이 하도 기가 차 마실댁은 말문이 막혔다. 만석이의 딸을 낳았다고 했다. 만석이 이혼하고 자기를 이 집안으로 데리고 간다고 얘기했는데 아직까지 집안 어른을 소개시켜주지 않아 아버님이 돌아가셨다는 말을 듣고 이렇게 찾아왔다고 말해 마실댁은 기가 막혀 할 말을 잃었다.

마실댁은 그녀를 보고 살살 달랬다. '초상이나 치르고 나서 생각해 보자. 지금은 집안사람들이 올 테니 문제가 생기면 자네가 더욱 이 집안에 들어오기 힘들어진다.'고 말했다. '지금은 집으로 돌아가 있다가 초상이라도 치르고 나면 내가 만석에게 전후 사정 이야기를 듣고 해결할 터이니 가서 기다리고 있으라.'고 돌려보냈다. 마실댁은 남편 초상이 문제가 아니라 더욱 골치 아픈 문제가 생겨 남편의 관 앞에서 누가 보거나 말거나 소리 내 목을 놓고 울었다.

"아이구 열녀는 열녀여."

남들은 마실댁 속사정도 모르고 마실댁 울음소리에 한 마디씩 했다.

"그렇게 남편을 살리려고 오만가지 약을 다 쓰고도 무엇이 모자라 저렇게 목을 놓아 울어?"

"참 만석의 아버지는 마누라는 잘 얻었어."

문상을 온 사람들이 한마디 거든다.

"그러게. 이 집안은 저 마실댁 아니었으면 옛날에 다 무너졌지."

"그러니 집안에 사람이 잘 들어와야지."

"옛날 성인들의 말씀이 맞지 뭐야. 남자는 장가를 잘 들어야 출세한다고 하지 않나?"

"집안 꼴은 남자보다 여자가 더 중요해. 여자가 안주인으로 잘 지키고 있어야 집안 꼴이 돼가지. 여자가 잘못 들어오면 그 집안은 별 볼일이 없어지지."

"남자가 조금 모자라도 여자가 가정을 잘 지키면 집안이 그리 쉽게 쓰러지지 않는 것이여."

사람들을 초상집에서 잡담하다 한 사람씩 사라져 갔다.

만석의 아버지는 선산에다 묘를 섰다. 집안 어른들의 묘가 몰려 있는 곳이다. 마실댁은 초상을 다 치르고 나서 만석을 조용히 불렀다. 마실댁은 만석의 이야기를 들어봐야 할 것 같았다. 만석은 어머니가 무엇을 물어보려 하는지 알고 있는 눈치였다. 만석은 어머니에게 말했다.

"글쎄 그년이 딸아이를 낳긴 낳았는데, 그것이 자꾸 내 아이라고 우기잖아요."

"그래서 너는 어떻게 할 생각이니?"

마실댁은 만석을 쳐다보며 만석의 생각을 물었다. 만석은 일을 저질러 놓고는 어떻게든 수습해야 하는데 꼭 제 아버지처럼 일만 저질러 놓고 그 후로는 난 몰라라 했다. 입장이 곤란하면 먼 곳으로 여행을 가버리고, 일이 해결된 것 같으면 어느새 슬그머니 나타나 언제 무슨 일이 있었냐는 표정을 지으며 들어왔다. 기가 찰 노릇이었다. 마실댁은 만석의 아버지 일을 뒷수습하며 살았는데 이제 아들놈 뒤 따라다니며 일을 저질러 놓은 것까지 처리해야 한다고 생각하니 맥이 풀렸다. 이제는 마실댁도 늙어 힘이 없어지는데 언제나 철이 들어 이 살림을 끌고 갈 것인지 한숨이 절로 나왔다.

　마실댁은 사람을 시켜 초상 때 찾아온 여인을 불렀다. 며칠 지나서 만나자는 연락이 왔다. 시내에 있는 어느 식당에서 그 여인을 만났다. 문을 열고 들어올 때 조그만 아이를 데리고 들어왔다. 마실댁은 '저 아이가 만석의 아이라는 말인가?' 생각하면서 자세히 훑어보았다. 마실댁이 아무리 훑어보아도 만석과 닮은 구석이 하나도 없었다. 마실댁은 그 여인에게 이 문제를 어떻게 할 것인가 물었다. 그 여인은 마실댁을 보고 아이의 호적을 올려주셔야 하지 않겠냐고 말했다. 마실댁은 가만히 생각해보았다. 마실댁은 한참을 다시 생각하다가 그 여자에게 말했다. 이 아이가 확실하게 만석의 아이가 맞는 것인가 다시 한번 확인했다.

　"이 아이가 우리 집안의 씨라면 내가 데리고 가서, 기를 테니 그리 아시오. 그리고 알아둘 것이 있는데…."

　마실댁은 그 여자에게 말했다.

　"아기 엄마에게 분명히 말하겠지만, 우리 집안에 며느리는 단 한 사람뿐이라오. 다른 생각은 갖지 마시오. 내 눈에 흙이 들어가기 전에는 그 누구도 내 집안에 며느리라고 들여놓을 수 없소. 그렇게 알고 잘 알아서 처신하고. 아이 문제는 아이 엄마가 알아서 하시오. 그 아이가 확실하게 만석의 아이면 우리 집에 보내고, 또 한 가지 아이를 보낸 다음에는 아이에 대해 이러쿵저러쿵 말을 하지 마세요. 내가 어떻게 키우던 그것은 우리 집안 문제니 아이가 불쌍하다 생각이 들면 아이 엄마가 잘 키우고."

마실댁이 말꼬리를 흐리다가 그 여자를 빤히 쳐다보면서 말했다.

"아무리 살펴보아도 어째 우리 집안 씨를 닮은 구석이 하나도 없을까? 우리 집안은 윗대부터 인물이 좋아서 다들 잘 생겼는데 아무리 쳐다보아도 닮은 구석이 없단 말이야."

마실댁이 한마디를 더 하고 아이 엄마 얼굴을 살폈다.

"글쎄요 왜 안 닮았을까? 만석 씨가 잘 알겠지요. 지 새낀 지 아닌지는."

아이 엄마는 말을 하며 쌩하고 아이를 데리고 식당 문을 열고 나가 버렸다. 마실댁은 '저렇게 막돼먹은 여자와 놀아나다니 무슨 놈의 조상이 달라붙어 계집질을 하고 다니는지 모르겠다.' 마실댁은 속으로 한숨을 치시고 아래로 내뿜으며 속을 끓이며 길을 걸었다.

그 이후로 만석은 집에 여자를 데리고 오는 일이 거의 없었다. 만석은 한군데 있지 않고 이곳저곳을 돌아다녔다. 며느리는 어쩌다 집에 들어오는 남편을 바라보며 마실댁을 모시고 살고 있었다. 만석이 결혼하고도 오랜 세월 동안 며느리한테서는 자식이 없다가 우연히 아들을 하나 얻었다. 이름을 형준이라 지었다. 참으로 귀한 자식이라 옥이야 금이야 귀하게 키웠다. 형준이 만석의 나이 중년에 태어났으니 얼마나 귀하게 자랐는지 모른다. 그런데 형준이는 힘이 약하고 성격은 소심했다.

　만석은 어느 날 술집 여자가 낳은 여자아이를 데리고 들어왔다. 점순이는 아이 둘을 키우면서 시어머니 마실댁을 모시고 함께 살았다. 남편은 있다고 하지만 콩에 팥 나듯이 듬성듬성 집에 들어와 얼굴도 잊어버릴 정도였다. 점순이 아들은 소심한 성격에 말이 없는 아이였다. 학교에서 그림을 잘 그려 상을 받기도 했다. 점순이는 정을 붙일 사람은 오로지 아들 하나뿐이었다. 마실댁 살림도 남편과 아들이 차례로 다 날려버리고 이제 남은 것은 얼마 되지 않았다. 그래도 부자가 망해도 삼 년을 간다고 선산도 있고 땅도 많이 남아 있었다. 마실댁이 죽기 전에 만석의 아들이 장가를 갔으면 생각이 들어 마실댁은 점순이에게 말했다. 고등학교를 마치고 대학을 들어가면 혼인시키자고. 점순이는 시어머니 말을 거역할 수가 없었다. 점순이 아들이 가끔 데리고 오는 여학생이 있었다. 점순이는 시어머니인 마실댁에게 말했다. 그 말을 들은 마실댁은 만석의 아들 형준이에게 여자 친구가 생겼다고 매우 기뻐했다. 집을 나가 사는 마실댁 아들은 어디서 죽었는지 집에 오지 않은 지가 몇 해가 되었는지 모른다. 이제 마실댁은 아들 생각은 하지 않았다. 마실댁은 아들에게는 옛날에 기대를 버렸기 때문에 손자에게 기대했다. 마실댁은 며느리인 점순이를 보고 이제는 형준이가 이 집안을 이끌어 갈 것이라고 말을 하며 결혼하고 나면 모든 권리를 형준이에게 줄 것이라고 했다. 우리 집안을 끌고 나갈 사람은 이제 형준이 뿐이라고 했다. 그런데 누구나 마실댁이 먼저 죽을 거라고 생각했지 점순이가 마실댁을 남겨두고 죽을 것이라고는 생각지 못했다. 아들은 없어도 늘 며느리와 사이좋게 잘 지냈기에 아들보다 더 정이 들었던 점순이가 알 수 없는 병이 들어 갑자기 죽게 되었으니 마실댁은 눈앞이 깜깜했다. '이제 어떻게 하지?' '난 어떻게 살아가지?' 생각을 하니 마실댁은 가슴이 답답해 왔다. 마실댁은 혼자 눈물을 훔치며 '왜 나를 먼저 데리고 가시지 점순이를 데리고 가시냐'며 '부처님 나무 관세음보살님'을 외우며 자신의 신세를 한탄했다. 마실댁 며느리는 추운 겨울날 마실댁 곁을 떠나갔다. 이제 마실댁은 손자인 형준이만 자신의 곁에 있다고 생각했다.

점순이가 죽고 나서 마실댁 아들이 나타났다. 집 나간 지 몇 년이 되었는데 만석은 점순이가 죽었다는 소식을 들었는지 안 들었는지는 모르지만, 초상 때도 나타나지 않았던 만석이 갑자기 자가용을 타고 나타났다. 만석은 제 아들이 이렇게 자랐는지도 알지 못했다. 어릴 때 보고 보지 못했다. 만석의 부인이라고 하는 여자와 만석의 자식이라고 하는 아들과 딸들이 마실댁 집으로 우르르 들어왔다. 또 며칠이 지나서 다른 여자 하나가 아이들을 앞세우고 마실댁 집으로 들어왔다. 마실댁은 기가 막혔다. 이 일을 어떻게 하지? 이것들을 어떻게 쫓아내지? 별생각을 다 했다. 마실댁에게는 손자인 형준이밖에 없었다.

한집에 배다른 형제들이 함께 사느라 서로 싸우고 난리가 아니다. 마실댁은 어떻게 할 줄을 몰라 화만 머리끝까지 차오르고 있었다. 누구 편을 들 수도 없었다. 마실댁은 아들인 만석을 불렀다. 그리고 아들의 말을 들어보자고 했다. 아들은 아무 생각이 없었다. 만석은 마실댁을 보고 '어머니, 저도 골치가 아파 죽겠어요.'라고 말했고 어머니는 아들 입에서 나오는 말은 더 어이가 없었다.
　"다 꼴 보기 싫은데, 어찌할 수가 없네요."
　"내가 낳았지만 저런 놈을 사람이라고 낳고 미역국을 먹었으니 아이구 말이 안 나오네. 자신이 저질러놓고 나 몰라라 하고 있으면 해결이 되는 거야?"
　만석의 말에 마실댁은 신세 한탄을 했다.
　"모두 꼴도 보기 싫으니 다들 데리고 이 집을 당장 나가라."
　마실댁은 아들에게 호통을 쳤다.
　만석은 외려 화를 내며 새벽에 아무도 모르게 저 혼자 집을 나가 버렸다. 만석이 집에 없다는 것을 알고 여자들은 야단이 났다. 두 여자가 서로 싸우고 야단이다. 마실댁은 여자들을 다 내보내기로 마음먹고 두 여자를 밖으로 내몰았다. 두 여자는 아이들을 집에다 놓고 가버렸다. 아들 하나 딸 둘이 마실댁 집에서 살게 되었다. 갑자기 집안이 시끄럽게 되었다. 손자 형준은 할머니 마실댁에게 자신은 이 집에서 살기가 싫다고 말했다. 형준은 도시로 나가 대학에 가겠다고 이야기했다. 마실댁은 밭을 팔아서 형준을 도시로 보내주었다.

만석은 다시 들어왔다. 한 여자를 어떻게 떼어 버렸는지 알 수 없었지만 한 여자만 데리고 들어와 아이들과 살았다. 마실댁은 이제 늙어 아들에게 이래라저래라 할 힘이 없었다. 이제 자기 자신의 몸도 돌보기 힘들어할 나이가 되었다. 아들은 집을 나가면 언제 돌아올 줄 모르는데 마음에 맞지 않는 며느리와 함께 있어야 했다. 마실댁은 다리가 아파 걸음을 잘 못 걸어 살림도 못 하고 자신의 밥도 누군가가 차려주어야만 먹을 수가 있었다. 아무도 마실댁을 병원에 데리고 가지 않았다. 마실댁은 점점 몸을 움직이기가 불편해졌다. 그러다 보니 곳간 열쇠를 성질이 못된 며느리에게 넘길 수밖에 없게 되었다. 함께 사는 손자 손녀들은 마실댁하고 함께 산 지가 얼마 되지도 않았지만, 정이 들지도 않았다. 아무도 마실댁을 살갑게 대해주지 않았다. 마실댁은 늙은 자신을 어떻게 할 수가 없었다.

이제 이 집은 만석이 데리고 들어온 여자가 자연스레 주인 행세를 하게 되었다. 마실댁은 안방까지 빼앗기고 문간방에서 지냈다. 며느리는 아이들을 학교에 보낸다는 핑계로 자가용을 샀다. 자가용에 아이들을 태우고 날마다 시내로 나갔다. 마실댁은 형준이가 내려오길 간절히 기다렸다. 다리가 아무리 아파도 그 누구에게도 말을 할 사람이 없었다. 아들놈은 집에 붙어있지도 않으니 얼굴 볼 시간도 없었다. 어느 날부터인가 마실댁은 새로 들어온 며느리에게 구박받기 시작했다. 며느리가 아무리 구박해도 이제 마실댁은 어떻게 할 수가 없었다. 늙어 아무런 힘이 없기 때문이었다. 마실댁은 배가 고파도 고프다고 말하지 못했다. 아무도 마실댁에게 먹을 것을 가져다주지 않았다. 목욕도 못 하니 마실댁 몸에서는 악취가 진동했다. 마실댁은 속으로 '이놈의 목숨 질기기도 해라. 이 긴 목숨 언제까지 가려나?' 생각하며 문지방에 앉아 햇볕을 쪼이고 있었다. 마실댁은 지나간 세월을 돌이켜보았다.

새로 들어온 며느리는 '마실댁이 죽어야 마실댁 앞으로 되어있는 이 집과 땅을 다 처분할 텐데.'하는 생각뿐이었다. 마실댁이 빨리 죽지 않고 저렇게 버티고 있으니 도시로 나가고 싶은 며느리만 속이 터지는 일이었다. 동네 사람들의 눈이 무서워 함부로 할 수도 없어 마실댁에게 남 안 볼 때 은근히 구박했다. 마실댁은 '어떻게 하면 형준이에게 연락할까?' 궁리했으나 아무리 생각을 해봐도 좋은 방법이 떠오르지 않았다. 자신은 몸을 움직일 수가 없었다. 다리가 아프니 걸어 나갈 수도 없고 누굴 부를 수도 없었다. 마실댁은 누군가 마실댁 집으로 찾아오기만을 기다리고 있었다. 하루 종일 제대로 먹지도 못하고 누워만 있던 마실댁은 '이제 나도 얼마 못 살겠구나?' 라는 생각이 들었다. 형준이에게 집문서를 넘기고 죽어야 하는데 아무리 생각해도 뾰족한 생각이 떠오르지 않아 초조했다. 마실댁은 아무리 새 며느리가 구박해도 집문서와 얼마 남지 않은 땅문서를 절대 넘겨줄 수 없다고 생각해 부엌 바닥에 숨겨놓았다. 지금은 나무가 쌓여 있어 아무도 발견할 수 없는 곳이었다. 다행하게도 마실댁만 아는 비밀 장소가 있었다. 중요하다고 생각되는 것은 다 그곳에 미리 숨겨두었다. 며느리가 아이들을 데리고 와 방 구석구석을 다 뒤졌어도 아무것도 나오지 않은 이유였다.

　마실댁은 죽기 전에 꼭 형준을 봐야 하는데 하며 언제나 한번 내려오려는지 기다리며 하루하루 세월을 보냈다. 만석은 가끔 집에 들렀다. 그렇지만 만석은 냄새가 난다는 이유로 어머니 방문을 잘 열어 보지 않았다. 아들놈은 어머니가 어떻게 지내는지는 아무 관심이 없는 것 같았다. 마누라가 어머니를 구박하든 말든 아무 말도 하지 않는다. 며느리가 이 집에 온 목적은 땅문서와 집문서 때문인 것 같았다. 마실댁이 많이 아프니 빨리 죽기를 기다리고 있는 것 같았다. 마실댁은 아들이 집에 온 느낌을 알고 방문을 열었다. 만석이는 어머니 방문을 열어 놓은 쪽으로 눈을 돌렸다. 마실댁은 만석을 보고 손짓했다. 아들 만석은 어머니가 있는 방으로 다가왔다. 마실댁은 아들에게 '형준이가 보고 싶다.'고 말했다. '마지막으로 한 번만 꼭 만나러 와주길 바란다.'고. 아들 손을 잡고 눈물을 흘리며 애원했다. 만석은 어머니의 마지막 부탁을 들어주었다. 형준은 대학엘 다니고 아르바이트하며 생활했다. 대학 생활도 바빴지만, 고향 집에는 이제 가고 싶지 않았다. 이제는 알 수 없는 여자가 새어머니 행세를 하고 안채에 들어 있기 때문이다. 그리고 정도 없는 형제들이 들어와 살고 있기에 할머니가 있는 집에 가고 싶지 않았다. 오랫동안 못 본 사이에 할머니는 누워 꼼짝도 못 하시고 있다니 형준은 몹시도 마음이 아파왔다. 아버지의 연락을 받고 형준은 할머니를 뵈러 내려가야겠다고 생각을 하고 있었다.

　형준은 늦게까지 일을 하다가 집으로 돌아와 곤하게 잠이 들었다. 꿈속에서 할머니가 형준을 찾아왔다. 할머니가 형준이 자취 방문을 열고 들어왔다. 할머니는 형준을 데리고 언제나처럼 부엌으로 데리고 들어갔다. 형준은 할머니 손을 잡고 물었다.

"할머니, 우리 맛있는 것 엄마 몰래 먹을까? 응?"

그런데 할머니는 대답은 하지 않고 형준이에게 나무가 가득 쌓여 있는 곳을 손으로 가리켰다.

"할머니 나무는 왜?"

형준은 나무를 치우라는 줄 알고 부엌을 도망 나왔다. 그런데 또 할머니가 나타나 형준이 손을 잡고 부엌으로 가 나무를 쌓아 놓은 곳을 다시 가리켰다.

"할머니 왜 그래?"

형준이 소리를 쳤다.

형준은 꿈에서 깨어나 참으로 이상한 생각이 들어 아침 일찍 서둘러 고향 집으로 기차를 타고 내려갔다. 형준은 버스를 갈아타고 동네에 내려 초입에 들어섰는데 동네 사람들이 웅성거리고 있었다. 이상한 생각에 사람들 사이를 비집고 들어갔다. 동네 사람이 형준을 알아보고 우는 듯 말했다.

"아이고 형준아 네 할머니 돌아가셨다."

"언제요?"

어젯밤에 돌아가셨다는 말을 듣는 순간 눈물이 주체할 수 없게 흘러내렸다. 형준이에게 의지할 사람은 할머니 한 분뿐인데, 이제 형준이에게는 아무도 없는 것 같았다. 아버지는 늘 남과 같고 배다른 형제야 만나면 원수처럼 싸우기만 하니 형준은 고향 집이 더 싫어졌다. 형준은 돌아가신 할머니 모습을 보고 너무 놀랐다. 그렇게 당당하고 건강했던 할머니가 바싹 말라 나무토막 같았고 눈은 움푹 파인 것이 예전의 할머니 모습은 어디에서도 찾아볼 수가 없었다. 형준은 할머니를 보고 많이도 울었다. 사람들이 마실댁이 죽어서도 눈을 감지 못한 것은 형준을 못 보고 죽었기 때문이라고들 했다.

형준은 할머니 초상을 치르고 서울로 올라가려고 하다가 할머니가 꿈에 나타나 자꾸 부엌으로 데리고 간 것이 생각나 부엌을 들여다보았다. 부엌은 예전처럼 똑같았다. 할머니와 아궁이에다 고구마와 감자를 구워 먹었던 바로 그 부엌이었다. 형준은 자세히 살폈다. 나무가 많이 쌓여서 이것을 보고 '저 나무를 어떻게 다 치우지?' 생각하고 있는데 새어머니라고 하는 사람이 부엌으로 들어와 형준이에게 한마디 했다.

"이곳에 왜 들어왔어? 남자가 무엇을 하려고?"

형준을 본 새어머니는 이상한 눈초리로 형준을 바라보았다. 형준은 새어머니를 보고 말했다.

"할머니와 늘 들어와 함께 놀던 곳이라 한번 와 봤어요."

형준은 그렇게 말을 하고 밖으로 나와 버렸다. 형준은 '할머니가 돌아가신 고향 집에서 며칠 쉬어 간다.'고 아버지에게 말했다. 아버지는 그렇게 하라고 했다. 만석은 속으로 할머니하고 오래 살았으니 그렇게 쉽게 할머니를 잊기가 쉽지 않을 것이라 생각하고 그렇게 하라고 한 것이다. 이제 마음 놓고 형준이 새어머니는 자기 세상 같이 생각하고 자기가 데리고 들어온 아이들하고 신이 난 것 같았다. 형준은 기회를 보았다. '부엌에 있는 나무를 식구들 몰래 어떻게 치우지?' 생각하고 있는데 마침 식구들이 다들 시내로 나갔다 온다며 아버지가 형준이에게 혼자 집에 남아 있으라고 했다. 다들 외식하러 가는 눈치였다. 집에서 고기를 구워 먹으면 동네 사람들이 욕할까, 신경이 쓰였는지 아이들을 데리고 시내로 다들 나갔다. 형준이만 남겨두고.

형준은 이때가 기회다 싶어 나무를 치우기 시작했다. 한참 동안 나무를 다 치우고 부엌바닥을 잘 살펴보니 흙 속에 묻어둔 독이 있었다. 그곳을 들춰보니 독 속에 할머니 패물과 어머니 유품과 여러 가지 문서가 보였다. 형준은 식구들이 들어오기 전에 가방을 들고 와 그것들을 몽땅 챙겨서 기차를 타고 서울로 올라왔다. 외식을 다녀온 만석이네 식구들은 집안으로 들어서는데 형준이가 보이지 않자 동네 친구 집에 갔나보다 생각하고 별 관심이 없었다. 그날은 부엌에 들어갈 일이 없어 다들 일찍 잠을 잤다.

만석은 이불 속에서 일어나지도 않았는데 마누라가 미친 사람처럼 소리를 질러대 무슨 일인가 방문을 열고 밖을 내다보았다. 난리가 났다. 만석의 마누라를 보고 물었다.

"도대체 무슨 일로 이 야단이오?"

만석의 마누라는 만석을 쳐다보며 씩씩거리며 말을 한다. 눈에서는 불이 튀어나올 것처럼 눈을 부라리며 남편을 보고 말했다.

"이상한 생각이 들어 부엌을 들어가 보니 부엌이 난장판이라 이곳저곳을 살펴보았는데 그 할망구가 그곳에 모든 문서를 독 속에 넣고 파묻어 놓았는지 누가 알았겠어요? 꼬리가 아홉 개나 달린 불여우 같은 할망구. 지옥에나 떨어져라."

입에 거품을 물고 마누라는 소리를 치며 만석에게 울고불고 야단이다.

이 집에 들어온 이유가 이 집 재산 때문인데 형준이가 모든 것을 가져갔다고 생각하니 울화가 터져 버려 만석의 마누라는 만석을 쳐다보며 난리를 피웠다. 만석은 늘 그랬듯 집안일엔 별 관심이 없었다. 어떻게 되겠지. 돈이 하늘에서 떨어지는 것처럼 물질에 별로 관심이 없었다. 만석은 평생을 돈 걱정을 해보지 않아 마누라의 행동에 별로 동요하지 않았다. 지금까지 마실댁이 아들이 사고 치면 어떻게 해서든 다 처리해주었기 때문에 돈에 대한 애착이 없었다. 어렵게 살아보지 않았으므로 마누라가 왜 저런 행동을 하는지도 이해가 안 갔다. 지금까지 돈이 필요하면 마실댁이 다 해주었다. 만석이 그 많았던 재산을 다 써 버렸는데도 만석 자신은 그런 것을 잘 모른다. 자꾸 어디서 돈이 나오는 줄만 안다. 이제 얼마 남지 않은 재산을 형준이가 다 가져갔는데도 만석은 심각성을 잘 알지 못했다. 그러니 만석의 마누라는 속이 터졌다.

형준은 대학을 졸업하고 할머니가 주신 땅문서 몇을 팔아서 유학을 준비했다. 할머니가 살던 집은 차마 팔 수가 없어 그냥 두었다.

형준은 자신을 찾아다니는 새어머니와 배다른 형제가 꼴 보기 싫어 유학 가기로 마음먹고 아무도 모르게 미국으로 유학을 떠났다.

만석도 이제 늙어 집에만 있는데 마누라가 하도 극성을 부려 만석은 자주 마누라와 싸웠다. 만석의 집에는 많은 물건들이 있었다. 윗대부터 내려오는 책과 여러 가지 골동품도 있었다. 만석의 마누라는 사람들을 데리고 와 집에 있는 물건들을 내다 팔았다. 팔고 팔다 더 이상 팔 것이 없어 기왓장까지 팔았다. 대문 앞에 놓여 있는 큰 맷돌까지 팔고 집에서 팔 수 있는 것은 다 팔았다. 벽에 붙어있는 벽화도 팔았다. 이제 마실댁이 호령하던 집은 사라졌다. 만석은 마실댁이 죽고 난 후 아편쟁이가 되었다. 마누라는 아이들을 데리고 어디로 갔는지 알 수가 없었다. 만석은 가족들이 떠나고 난 후 아무도 없이 혼자서 살았다. 마실댁이 호령하던 집에서 거지가 되어 살다 그 집터에서 죽고 말았다.

세월이 흘러 마을은 많이 변해 있었다. 형준은 미국에서 박사학위를 받은 후 서울로 돌아와 교수가 되었다. 결혼해 아이도 하나 있었다. 형준은 서울에 자리를 잡았다. 어느 날 형준은 고향 집이 생각났다. 그동안 까맣게 잊고 살았던 아버지가 생각났다. 지금은 어떻게 살고 있는지 궁금했다. 형준은 또 할머니 산소에 한번 가봐야겠다는 생각이 들었다. 형준은 시간을 내 고향 집에 내려갔다. 형준은 고향 집이 너무나 많이 변해버린 것을 보고 '이 집이 예전에 내가 살던 집이 맞나?' 생각했다. 형준과 할머니가 살던 집은 어디로 가고 잡초가 무성한 폐가가 한 채 있었다. 오랫동안 아무도 살지 않았던 것 같았다. 이 집은 할머니 마실댁이 살았던 집이라 형준은 팔고 싶지 않았다. 그래도 이 집을 지킬 수 있었던 것은 형준이 앞으로 등기가 되어 있었기 때문이었다. 아무도 손을 댈 수가 없었다. 형준은 할머니 산소로 천천히 발걸음을 옮겼다. 할머니와의 추억을 생각해 보았다. 할머니와 어머니의 산소는 아무도 벌초하지 않아 풀이 무성하게 나 있었다. 형준은 들고 간 낫으로 할머니와 어머니 묘를 벌초하며 그곳에서 지나간 세월을 생각했다. '할머니가 끝까지 이 집을 지키기 위해서 얼마나 힘이 드셨을까?' 형준은 이 집을 자신의 아들에게 물려줄 생각이었다. 형준은 아버지의 소식을 듣기 위해 마을에서 오래 살고 계시는 노인의 집으로 찾아갔다. 형준은 노인을 보고 '어르신, 저 형준이에요.'라고 말했다.

"아이구, 형준이구나. 참으로 세월이 이렇게 빨리 흘러갈 줄이야. 네가 어릴 때 이곳에서 마실댁 손을 잡고 온 동네를 돌아다녔지. 그것이 바로 어제 일 같은데…."

노인이 형준을 보더니 깜짝 놀라 말했다.

마을 노인에게서 형준은 아버지 소식을 들었다. 어느 날 갑자기 식구들을 데리고 집을 떠나가 버렸는데 몇 해가 지나서 만석이 혼자 고향에 내려왔다고 했다.

"글쎄 아버지 꼴이 거지꼴이 되었지 뭐냐. 그리고 얼마 되지 않아 마실댁이 소중히 생각하는 저 집에서 죽었지. 그래서 군청에서 나와서 가족 대신 초상을 치르고 화장해 자네 선산에다 뿌려주었어."

 형준은 서울로 올라와 아내에게 할머니와 함께 살았던 고향 집에 갔다 왔다고 말했다. 그리고 그 집은 다시 복원해서 우리 아이들이 가끔 찾아가 뛰어놀 수 있게 해주자고 했다. 형준의 아내는 건축학을 공부했다. 형준이 말을 듣고 고향을 찾아가 형준이네 집을 고쳤다. 옛날 할머니와 함께 살던 생각이 나서 형준은 그 집을 볼 때마다 눈물을 흘리곤 했다. 형준은 지금도 가끔 아이들과 함께 그 집을 찾는다. 할머니의 혼이 배어있는 고향 집에 마실댁의 영혼이 늘 살아 숨 쉬길 빌었다. 형준은 할머니 마실댁을 늘 생각한다. '언제까지나 마실댁을 잊지 못할 것 같다.'는 생각하며 아들에게도 마실댁의 이야기를 들려주었다.
 푸른 잔디에 아이들 웃음소리가 가득한 곳. 가끔은 마실댁이 찾아와 미소를 짓다가 사라질 것이다. 저 하늘의 별이 되어 마실댁의 혼이 이 집을 지키고 있을 것이라 생각한다. 언제까지나 마실댁은 이 집에서 숨 쉬고 있을 것이라고 믿는다. 형준은….

너와 나의 필름이
돌아가고 있다

♦♦♦♦♦ 너와 나의 필름이 돌아가고 있다

　금자가 대문을 열고 집을 나선다. 이웃 사람들도 일찍 일을 하러 가는 모습들이 보인다. 서로 길에서 만나면 일 잘하고 오라는 인사를 한다. 금자는 이웃 사람들에게 인사를 하면서 길을 걸어간다. 금자는 도시락 가방을 들고 일하러 공장으로 간다. 언제나 똑같이 둑길을 걸어간다. 이 길을 참으로 오랫동안 걸었다. 오늘따라 금자는 생각이 많았다. 오늘은 금자가 다니던 공장을 그만두려고 작정한 날이기 때문이다. 주변 친구들은 다들 시집을 가고 금자만 남았다. 금자는 부모님이 사고로 일찍 돌아가시고 계시지 않는다. 금자만 홀로 남았다. 금자는 작은아버지 집에서 자랐다. 이제는 성인이 되어서 작은아버지 집을 나와 독립하기로 마음먹었다. 그동안 공장에 다녀서 받은 월급을 쓰지 않고 열심히 모아 독립할 준비를 해두었다. 금자는 이제 공장은 그만 다니고 다른 일자리 찾아보아야 한다. 금자 머리는 복잡했다. 앞으로 어떻게 살아가야 하나. 여러 가지를 생각하며 둑길을 걷고 있다.

금자는 둑길에서 만나 공장을 함께 가는 친구들에게 '작은아버지 집을 나와서 혼자 살게 되었다.'고 말을 던졌다. 이제 외롭지만 혼자 살아갈 것이다. 오늘따라 둑길이 길게만 느껴졌다. 비가 오나 눈이 오나 늘 걸었던 이 둑길. 겨울바람이 세차게 불면 바람에 휘날리던 스카프를 머리에 감고 이 길을 걸었다. 금자의 추억이 가득한 이 둑길이 한때는 정겨웠는데 지금은 쓸쓸하게만 느껴졌다. 슬픔이 깔려 있는 이 길도 오늘로서 마지막이라고 생각하니 눈물이 나왔다.

금자의 부모님이 일찍 돌아가시고 작은아버지 손에 이끌려 이 둑길을 걸어왔을 때 어린 금자는 앞날이 두려웠다. 부모를 잃은 슬픔에 암울했던 기억이 오늘따라 자꾸 떠올라 금자를 많이 아프게 했다. 금자의 한과 추억을 남겨 놓은 이 둑길을 뒤로하며 길을 걸었다. 안개가 자욱한 둑길, 언제나 안개가 피어오르던 둑길은 쓸쓸한 기운이 돌았다. 금자는 늘 그랬듯이 공장 문을 열고 들어선다. '무슨 거짓말을 하고 그만두겠다고 말을 꺼내야 할까?' '그만두지 못하게 하면 뭐라고 말해야 하나?' 그의 뇌 속에서는 별별 생각이 다 들었다. 어쨌든 공장에 다시는 오고 싶지 않았다. 걱정하던 것과는 달리 결국 금자의 생각대로 공장을 그만둘 수 있게 되었다. 그동안 쌓인 퇴직금도 받았다. 공장 문을 열고 돌아서는 금자는 지난 금요일에 있었던 일을 떠올리며 긴 둑길을 되짚어 걸어간다.

금자가 지금까지 다니던 곳은 여자 속옷을 만드는 공장이었다. 금자는 솜씨가 좋아서 공장에서는 샘플실에 근무했다. 금자는 예쁜 얼굴에 몸매도 좋아 윗분들이 오면 샘플을 만들어 입어보기도 했다. 요즘은 모델들이 속옷을 입지만 당시에는 몸매가 예쁜 여공들이 속옷을 입어 보이면 간부들이 들어와 잘못된 점을 지적했다. 금자는 예쁜 몸매 때문에 속옷 모델 역할도 했다. 여직원들이 돌아가면서 입어보기도 했었다. 금자는 이곳 공장을 어려서부터 다녔다. 부모가 없으니 일찍 돈을 벌어야 했기 때문이다. 금자는 공장에서 많은 고생을 했다. 요즘 세월하고는 다르게 간부들이 예쁜 여직원들을 가만두려고 하지 않았다.

금자가 이곳 공장을 그만두려고 하는 이유는 사장 여동생이라는 여자 직원의 새로운 등장과 관련이 있다. 그녀는 일본어를 잘해 통역을 잘한다고 공장에 소문이 났다. 우연히 금자와 그녀가 마주치게 되었다. 그 여자는 금자를 보는 순간 기묘한 생각이 떠올라 간교한 일을 꾸몄다. 하루는 금자를 보고 일이 끝났으면 자신의 방으로 오라고 말을 남겼다. 금자는 아무 생각 없이 사장님 여동생 방에 들어갔다. 그녀는 금자를 보고 반색을 하며 손을 잡고 방으로 이끌었다. 소파에 미끈한 다리를 꼬고 앉아 금자에게 다정한 목소리로 말을 걸었다.

"금자 씨, 참 예쁘다. 유니폼을 벗고 예쁜 옷으로 갈아입으면 더 예쁘겠는데?"

"…."

"금자 씨, 오늘 집에 일찍 안 가도 되지?"

금자는 아무 말을 못 하고 그냥 피식 웃기만 했다. 그녀는 이때가 기회라 싶었는지 금자의 손을 잡고 밖으로 나갔다. 그리고 금자와 자가용을 타고 어느 백화점으로 들어갔다. 금자는 아무 생각도 없이 그녀 손에 끌려가고 있었다. 백화점 안에 들어서는 순간 금자는 눈이 휘둥그레졌다. 금자는 백화점을 처음으로 왔기 때문이다. 금자는 정신이 없었다. 그동안 집과 공장 그리고 동네 친구들과 수다 떠는 일 말고는 다른 세상을 구경할 생각도 하지 않았다. 빨리 돈을 모아서 방 한 칸짜리 집이라도 얻어 작은아버지 집에서 하루라도 빨리 독립해야 한다는 생각에 돈을 허투루 쓴 적이 없었다. 당연히 이런 백화점에는 와본 적이 없었다. 금자는 처음 와본 백화점에서 난생처음 묘한 감정을 느끼게 되었다. 기분은 어떤 말로도 표현하기 어려웠다. 한참을 멍하니 서 있는 금자 손을 잡은 그녀는 여자 옷이 많은 매장으로 데리고 갔다. 금자는 그곳에서 그녀가 시키는 대로 이 옷 저 옷을 입어보았다. 금자는 이렇게 아름다운 옷을 처음 입어보았다. 금자는 자신의 아름다운 모습을 거울 속에서 보았다. 금자는 속으로 '내가 이렇게 예뻤나?' 금자는 이 옷을 사고 싶다고 말하고 싶었다. 그렇지만 차마 말을 할 수 없었다.

"이 옷 사줄까?"

그녀는 금자의 아름다운 모습을 보고 활짝 웃으며 물었다.

금자는 아무 말을 못 했다. 마땅히 거절해야 했지만, 입 밖으로 거절의 말이 나오지 않았다. 금자는 그 순간 유혹을 뿌리칠 힘이 없었다. 금자 자신도 모르게 '이 옷이 입고 싶다.'는 생각뿐이었다. 말없이 가만히 서 있는 금자를 보면서 그녀는 또 다른 옷을 가져와 입어보라고 했다. 금자는 혼이 나간 것처럼 그녀가 시키는 대로 했다. 그리고 아무런 거절을 하지 못했다. 옷을 산 후 그녀의 손에 이끌려 식당으로 갔다. 친구들을 만났을 때 레스토랑인지 도랑인지 갔다 왔다고 늘 자랑하면 속으로 부러워했던 기억. '레스토랑이란 곳이 이런 곳이구나? 아. 이런 곳이었어.' 금자는 넋을 놓고 있었다.

"금자 씨, 이런데 처음이야?"

금자는 창피한 생각이 들어서 고개만 떨구었다. 그녀는 매너 있게 음식을 시켰다. 친구들이 말하는 양식인 함박스테이크가 나왔다. 금자는 그녀가 어떻게 먹는가 보며 그녀가 하는 대로 따라 하며 음식을 먹었다. 그녀는 음식을 다 먹고 나서 커피를 주문했다. 웨이터는 커피를 금자 테이블 앞에 가져다주었다. 금자는 사장 여동생의 얼굴을 쳐다보았다. 그녀는 금자에게 의미심장한 이야기를 했다. 처음에 금자는 그녀가 무슨 말을 하는지를 잘 알아듣지 못했다. 금자는 그녀 입만 빤히 바라볼 뿐이었다.

"금자 씨. 금자 씨. 이번에 우리 회사에 바이어가 오는데 그 속에 사장님 한 분이 오시거든. 금자 씨가 공장 안내를 맡아주면 안 되겠어?"

이름만 불러 놓고 한참을 뜸을 들이다가 어렵게 금자에게 물었다.

"네."

금자는 안내하는 것이 뭐 어려운 일은 아닌 것 같아서 짧게 대답했다.

'맛있는 것도 얻어먹었겠다. 친구들이 늘 자랑하던 레스토랑에 와서 저녁까지 먹었는데 그까짓 사장님 공장 안내야 거저먹기지 뭐.'

 속으로 이런 일이 매일매일 있으면 좋겠다고 생각하며 그녀가 사준 옷을 가지고 집으로 돌아왔다. 그리고 며칠이 지났다. 공장에 함께 근무하는 친구를 만났다. 친구인 민정이에게 사장님 여동생하고 있었던 이야기를 했다. 민정이는 그 이야기를 듣더니 깜짝 놀란다.

 "얘, 금자야. 너 정말 옷도 사주었어?"

 "민정아, 왜 그래?"

 금자는 민정의 표정이 이상해 자꾸 물었다.

 "금자야. 너는 이상하다고 생각이 안 드니?"

 금자는 눈을 동그랗게 뜨고 민정이에게 다시 물었다. 민정이 행동이 이해되지 않았기에 금자는 민정이를 보고 어서 말을 해보라고 졸랐다. 한참을 망설이던 민정이가 입을 열었다.

 "글쎄 한번 생각을 해봐. 네가 뭐라고 사장님 여동생이 옷도 사주고 레스토랑도 데리고 가겠니? 이해가 안 돼서 그래."

 "너 질투하는구나?"

 그 말을 들은 민정이가 어이없다는 표정으로 금자를 보고 물었다.

 "얘 생각을 좀 해봐. 어딘가 이상하다는 생각이 들지 않아?"

 "얘, 민정아. 의심 좀 하지 마. 그냥 이번에 바이어들이 오면 나보고 바이어들과 함께 오시는 어떤 사장님 공장 안내만 해주면 된다고 했어."

"그래? 그것뿐이래?"

민정이는 금자에게 이상하다는 표정을 지으며 말했다.

"그럼 됐지 뭐."

말을 하고 민정이는 자신의 일터로 돌아갔다 금자도 자신의 샘플실로 돌아왔다. 금자는 일을 마치고 집으로 돌아오는 길에 민정이가 했던 말이 자꾸 마음에 걸렸다.

'바이어들이 오시면 왜 하필 내게 따로 사장님 한 분을 특별히 모시고 다니며 공장 견학시켜주라고 했을까? 다른 분들과 함께 구경해도 되는데. 좀 이상하기는 하다.'고 생각하면서 둑길을 걸어가고 있었다.

가을바람이 산들거리며 금자의 옷자락을 건드린다. 저녁노을이 지나가는 가을 둑길은 참으로 아름다웠다. 금자의 아름다운 젊음이 바람에 나부끼고 있었다. 노을 속으로 금자는 천천히 걸어갔다. 다음 날 아침 날마다 다니던 이 둑길이 유난히도 반짝거렸다. 햇살이 발밑에 깔려 있었다. 공장 문을 들어서는 여공들 사이를 지나 금자는 자신의 자리로 걸어갔다. 공장에서는 한참 일을 하는 중이었다. 사장님 여동생인 그녀가 금자에게 다가왔다. 금자는 일하다 말고 그녀를 쳐다보았다.

"무슨 일이세요?"

"금자 씨, 오늘 시간 있어?"

"왜요?"

"시간 있으면 나하고 갈 데가 있어서."

금자는 그녀의 말에 대답을 안 하고 우물쭈물하고 있었다.

"오늘 시간 없으면 내일은 어때?"

"무슨 일인데요?"

"내가 전번에 말한 것 생각나지? 일본에서 사장님 오시면 금자 씨가 잘 모시고 다니며 공장 견학시켜주라고 말한 것 잊지 않았지?"

금자는 아무 말을 하지 않고 그녀 얼굴만 쳐다보고 있었다. 그녀는 금자를 보고 다시 한번 말했다

"금자 씨, 오늘 나하고 그 사장님에게 가자고 왔는데. 일 마치고 지난번에 내가 사준 옷 입고 나와. 금자 씨, 둑 너머 산다고 그러지 않았나? 그럼 내가 둑 밑에서 기다리고 있을게."

그녀는 금자에게 다시 한번 다짐했다. 꼭 나오라는 말을 남기고 샘플실을 나가버렸다. 금자는 어쩔 수 없이 일을 마치고 둑길을 걸어 집으로 갔다. 둑길을 걷는 내내 묘한 기분이 들어 불안감이 엄습했다. 금자는 밀려드는 불안감을 애써 떨쳐내며 그녀가 시키는 대로 새 옷을 갈아입고 둑 밑에 서 있었다. 저 멀리서 스카프를 휘날리며 다가오는 사장님 여동생이 보였다. 그녀는 금자를 보고 빙그레 웃었다. 그리고 금자의 옷매무새를 한번 훑어보았다. 자가용 문을 열고 금자에게 타라고 지시했다. 자가용을 타고 기사에게 아까 말한 호텔로 가라고 했다. 차는 바람에 미끄러지듯 달렸다.

불빛이 호화로운 호텔 앞에 차가 멈췄다. 금자는 이런 곳이 처음

이라 낯설었다. 자연스럽지 못한 걸음걸이였다. 금자의 행동에 그녀는 '촌스럽게 행동하지 말라.'는 주의를 주었다. 금자는 그녀의 뒤를 따라 호텔 안으로 들어갔다. 그녀는 호텔 방문을 노크했다. 방문이 열렸다. 어느 노신사가 걸어 나왔다. 금자를 쳐다보며 일본어로 그녀와 서로 말을 주고받았다. 금자는 무슨 말을 하는지 알 수가 없었다. 그녀는 노신사와 한참을 서로 말을 주고받더니 금자를 호텔 방 안으로 데리고 들어갔다. 호텔 시설이 너무나 좋았다. 금자는 판자촌에서 자라고 지금까지 살고 있는데 이렇게 큰 객실은 처음 보았기에 어리둥절했다. 그녀는 일본에서 온 사장님과 소파에 앉아 위스키 한 잔을 마셨다. 금자는 꾸어다 놓은 보릿자루처럼 가만히 옆에 앉아 서로 이야기하는 말만 들었다. 두 사람의 대화를 전혀 알아들을 수가 없었다. 무슨 말을 하는 것인지 도통 알 수가 없었다. 그녀는 금자를 데리고 호텔 방을 나왔다. 금자와 다시 자가용을 타고 금자의 집에 데려다주었다. 금자에게는 걱정했던 아무 일도 일어나지 않았다. 금자는 속으로 '괜한 걱정을 했네.'생각하며 '그냥 사업차 온 사장님에게 공장을 구경시켜 주라고 했는데 자신이 괜한 신경을 썼다.'고 생각하니 웃음이 나왔다.

그로부터 또 며칠이 지났다. 금자에게는 아무 일도 일어나지 않았다. 공장에서 일을 열심히 하고 있던 어느 날 사무실 직원이 이상한 서류 봉투를 들고 왔다. 호텔에 묵고 있는 일본에서 온 사장님에게 금자 씨가 전해주라며 서류 봉투를 넘겨주었다. 오늘은 사장님 여동생이 사무실에 안 나왔다고 했다. 집에 연락하니 몸이 아프다고 했다. 그곳에 이 서류를 전할 사람은 금자 씨밖에 없다고 말했다. 금자는 할 수 없이 옷을 갈아입고 공장에서 내준 자가용을 타고 호텔로 갔다. 호텔 안으로 들어가 카운터에 가서 직원에게 일본에서 온 손님을 찾아왔다고 말했다. 직원은 금자가 올 것이라는 것을 미리 알고 있었는지 전화를 들고 사장님에게 연락했다. 조금 기다리니 방으로 올라오라는 연락이 왔다. 금자는 아무 생각 없이 서류봉투를 들고 호텔 방문을 노크했다. 문이 열렸다. 사장님이 친절하게 금자를 호텔 방으로 안내했다. 금자는 고개를 숙여 인사했다. 그는 손짓으로 들어오라는 행동을 했다. 금자는 아무 말도 안 하고 그가 시키는 대로 호텔 방 안에 들어가 소파에 앉았다. 그 사장님은 한국말을 조금은 하는 것 같았다. 금자 앞으로 다가와 참으로 아름답게 생겼다고 말했다. 금자는 남자를 피해 한걸음 뒤로 물러앉았다.

"저, 이제 공장으로 돌아가야 합니다. 하실 말씀 있으시면…."

금자가 말꼬리를 흐리고 그 남자를 바라보는 순간 그는 입에 미소를 머금고 있었다. 금자는 '이 위기를 어떻게 모면하지?' 그 생각이 머리에 스쳐 지나갔다.

"사장님 저 시원한 물 좀 먹으면 안 될까요?"

금자는 자기 곁에 바짝 다가드는 남자에게 말했다.

남자는 냉장고 속에 시원한 물을 들고 와 금자에게 내밀었다. 그리고 금자의 손을 잡고 와 소파에 다시 앉게 했다. 그리고 남자는 금자의 얼굴에다 자신의 입을 갖다 대었다. 금자는 얼굴을 피하며 말했다.

"아, 사장님 하실 말씀 없으시면."

금자가 말을 하려고 했지만, 그 남자는 금자의 행동에는 관심이 없는 것 같았다. 금자는 긴장했다. 등에서 식은땀이 흘러내렸다. 이곳에서 빨리 빠져나가야겠다고 생각했다. 남자가 다시 금자에게 다가온다.

"먼저 목욕을 하시면 안 될까요?"

금자는 남자의 몸을 밀어내면서 애교 있는 말로 물었다.

"음, 그렇게 하지. 그럼 이곳에서 기다리고 있어. 내가 먼저 샤워하고 나올게."

말을 남기며 샤워실로 들어갔다. 그 틈을 타 금자는 호텔 방을 빠져나왔다. 그리고 호텔 밖으로 나와 기사를 찾았다. 당연히 기다리고 있을 줄 알았는데 기사는 가고 없었다.

금자는 할 수 없이 걸었다. 애초에는 자가용으로 다시 공장에 들어갈 생각이었다. 금자는 평소에 둑길을 걸어서 출퇴근을 했다. 그날도 걸어서 공장을 갔기에 평소처럼 돈을 가지고 나오지 않았다. 또 호텔에 온 것도 자가용을 타고 왔기에 일이 끝나면 운전기사가 당연히 데리고 갈 것이라고 생각했다. 차비를 생각하지 못했다. 금자는 거리로 나와 한참을 생각했다. '이제 어떻게 하지? 어떻게 집으로 돌아가지?' 금자는 궁리 끝에 길 가는 사람들에게 '자신의 집으로 갈 수 있는 버스를 어디에서 탈 수 있나, 몇 번 버스를 타고 가야 하는지' 물었다. 친절하게 버스 번호를 알려주었다. 금자는 돈이 없으므로 버스가 오면 버스 번호를 보고 버스가 가는 방향으로 무작정 따라 걸어갔다. 가다가다 어디로 걸어가야 할지 방향을 잃으면 또 그 자리에 서서 다음 버스가 지나가길 기다렸다. 그리고 버스가 지나간 방향으로 걷고 걸어 깜깜한 밤에 한강 다리를 지났다. 금자는 무서웠다. 아무도 없는 한강 다리 위를 금자 혼자 걷고 있었다. 밤바람이 차가워 몸이 얼어붙는 것 같았다. 유난히도 몸이 떨렸다. 금자는 여러 가지 생각이 많았다. '이제 집으로 돌아가서 작은아버지 식구들에게는 뭐라고 말을 해야 하나.' '다음 날 공장에 가서 뭐라고 말을 해야 하나.' 여러 가지 생각에 금자는 무서움은 어디로 사라지고 내일 일어날 일만 걱정되었다. 머릿속이 복잡했다. 한강 다리를 막 건너 어느 집 모퉁이를 지나려고 할 때 동행금지 시간이 되었다. 딱딱이를 치며 돌아다니는 순찰 아저씨를 피해 집으로 돌아왔다. 작은어머니는 금자가 매우 늦은 시간에 집에 돌아오는 모습을 보고 ' 다 큰 여자가 함부로 돌아다닌다.'고 혼을 냈다.

다음날 금자는 공장으로 가 '이제 그만 두겠다.'고 말했다. 사무실 사람들이 왜 그만두려고 하는지를 꼬치꼬치 캐물었지만 차마 사장님 여동생의 이야기는 하지 못했다. 사무실을 나와 보니 친구들은 벌써 다 퇴근을 해버려 금자 혼자 집으로 돌아오게 되었다. 오늘은 어쩔 수 없이 금자 혼자 걸어서 집으로 가게 생겼다. 다른 날은 공장친구들과 함께 둑길을 걸어왔지만, 오늘은 금자 혼자 둑길을 걷는다. 늦은 시간에 혼자 걷는 둑길은 조금 무서웠다. 초겨울이 다가오는 날씨라 밤은 더욱 깜깜했다. 집으로 가는 길이 낮에는 그리 멀게 느껴지지 않았는데 밤이 되니 유난히도 멀게만 느껴졌다. 한참 여러 가지 생각으로 걷고 있는데 금자의 눈앞에 갑자기 키 큰 한 남자가 길을 막고 섰다. 금자의 머리가 그 남자 목에 와있어 그 남자 얼굴을 볼 수는 없었다. 금자는 몹시 당황했다. 금자는 무서워 어쩔 줄 몰라 하다가 뒤로 물러서려고 하는 순간 그 남자는 금자의 목을 휘감고 둑 밑으로 함께 쓰러졌다. 둑길은 초겨울이라 사람들이 잘 지나가지 않았다. 그리고 한참 늦은 시간이라 지나다니는 사람들이 보이지 않았다. 얼떨결에 목을 휘감은 그 남자 손을 입으로 힘껏 물어버렸다. 금자는 제정신이 아니었다. 얼마나 세게 물었는지는 알 수 없었다. 순간 남자는 소리를 지르면서 금자의 목을 놓았다. 금자는 일어나 달리기 시작했다. 정신없이 달리는데 또 한 남자가 금자 앞에 서 있었다. 뒤에서는 금자가 물어버린 남자가 뛰어오고 앞에는 누군지도 모르는 남자가 막고 있어 금자는 너무 당황해 정신이 반은 나간 것 같았다. 그런데 앞에 있던 남자가 금자를 자신의 등 뒤로 보내고 금자를 잡으려고 뛰어오는 남자를 발로 차고 주먹으로 내려쳤다. 그렇게 싸우는 모습을 금자는 쳐다보고 있었다. 금자는 몸이 굳어버려 한 발도 걸음을 뗄 수 없었다. 금자는 아무 생각도 나지 않았다. 뒤에서 따라오던 남자는 도망을 가고 앞에서 금자를 뒤로 밀어낸 남자가 금자 앞에 다가왔다. '이 늦은 밤에 여자가 혼자 다니면 어떻게 하냐?'며 혼을 내고는 남자는 천천히 둑길을 걸어 멀어져갔다.

금자는 정신을 차리고 집으로 향했다. 머리는 엉망이고 옷은 앞단추가 다 풀려 있었다. 이 모습을 작은어머니가 보시면 작은아버지에게 일러바칠 것이다. 당장 집에서 쫓겨날지도 모른다는 생각에 몰래 집으로 들어가 잠을 잤다. 아침에 깨어나니 온몸이 아파도 너무 아팠다. 말도 못 하고 '작은어머니가 알까?' 속으로만 끙끙 앓고 있는데 '아침 밥하는 것을 거들지 않는다.'고 금자에게 야단치는 소리가 들렸다. 금자는 작은어머니의 말소리가 귀에서는 들려도 몸이 말을 듣지 않아 일어나지 못하고 있었다.

그 일이 있고 나서 금자는 한동안 둑길을 걷지 않았다. 자신을 구해준 남자에게 고맙다는 인사를 못 한 것이 금자는 내내 마음에 걸렸다. 그날 이후에 작은아버지 집을 나오게 되었다. 금자가 틈틈이 모아놓은 돈으로 판자촌에 한 칸 자리 방을 얻어 작은집에서 독립했다. 금자는 '이제 어떻게 살아갈까' 궁리했다. 미용 기술을 배우는 것이 좋겠다는 생각이 들었다. 이 기술을 배우면 늙어서도 돈을 벌어서 살 수 있겠다 싶어 미용 기술을 배우기로 마음먹었다. 매일 미용 기술을 배우러 버스를 타고 시내로 나갔다. 그리고 미장원을 차려 생활하려고 계획을 세웠다.

그렇게 시간은 흘러갔다. 또 추운 겨울이 돌아왔다. 금자 옆집에 어느 날 이상한 남자가 이사를 왔다고 동네 사람들이 수군거렸다. 금자는 별 관심이 없었다. 금자는 기술을 하루 빨리 배워서 미장원을 차려 살아갈 생각에 다른 생각을 할 겨를이 없었다. 추운 겨울 날씨에는 연탄불이 꺼지면 큰일이 난다. 금자는 가끔 연탄불이 꺼지면 주인아줌마에게 달려가 불을 붙여오기도 한다. 주인아줌마는 사람이 좋은 사람이었다. 자기 집에 세 들어 사는 사람들에게 잘 대해주었다. 금자는 부모가 없기 때문에 주인아줌마를 부모처럼 믿고 잘 따랐다. 모르는 것이 있으면 언제나 찾아가 물어보기도 하며 잘 지냈다. 크리스마스가 지나가고 설날이 다가왔다. 금자는 설날인데 갈 곳이 없었다. 작은집 사람들은 다들 작은어머니 친정집으로 식구들이 다 내려가고 없기 때문에 작은집에 갈 수도 없었다. 금자는 명절날에 딱히 갈 곳이 없었다. 금자는 주인집에서 텔레비전이나 보아야겠다는 생각에 집안에서 세수도 하지 않고 누워있었다. 밖에서 주인아줌마의 목소리가 들려왔다.

"아가씨, 좀 나와 봐."

금자는 자리에서 벌떡 일어나 머리를 쓰다듬으며 방문을 열었다.

"아줌마 왜 그러세요?"

금자는 놀란 모습으로 아줌마를 바라보았다

"명절날인데 우리 집에서 떡국이나 함께 먹자고 왔어."

"아줌마, 미안해서요."

"미안하기는, 한집에 살면 한집 식구지."

아줌마는 금자에게 빨리 나와 자신의 방으로 건너오라고 말을 남기고 돌아갔다. 금자는 일어나 세수하고 옷을 갈아입고 빈손으로 가기가 민망해 봉투에 세뱃돈을 조금 담아 안채로 건너갔다. 방문을 여는 순간 금자는 너무 놀라 뒤로 넘어질 뻔했다. 방 한가운데 앉아있는 남자는 둑길에서 금자를 구해준 남자 같았다. 금자는 방 안에 들어서면서 엉거주춤한 상태로 서 있었다. 그 남자는 아무 말 없이 금자를 바라보고 있었다. 방안 공기가 너무 어색하게 흐르는 중에 주인아줌마가 들어왔다. 그리고 상을 들고 들어와 금자를 보고 말했다.

"아가씨가 우리 집에서 하숙하는 총각을 보고 많이 놀랐나 보네?"

금자를 보고 자리에 앉으라고 했다. 그리고 아줌마는 총각과 금자를 보고 인사를 하게 했다.

"다들 한식구라고 생각해. 명절인데도 갈 데 없는 사람들끼리 떡국이라도 함께 먹자고 불렀어. 우리는 한집에 살고 있으니 그냥 한식구라고 생각해요."

금자와 총각은 주인아줌마가 시키는 대로 서로 인사했다. 명절상을 차려준 아줌마가 너무나 고마웠다. 금자는 세뱃돈이라고 아줌마에게 봉투를 내밀었다. 아줌마는 '뭐 이런 걸 다 가지고 오냐?'고 민망해했다. 금자와 총각은 서로 어색한 모습으로 떡국을 먹었다. 아줌마는 상을 물리고 나서 많은 이야기를 했다. 주인아줌마는 '우리가 이렇게 만난 것도 인연인데 다른 데서 사람을 찾지 말고 서로 외로운 사람끼리 한번 사귀어 보는 것이 어떻겠냐?'며 그 자리에서 금자와 하숙하는 총각에게 중매를 섰다. 두 사람은 생각지도 못한

선을 보게 되었다. 금자와 총각은 아무 말도 못 하고 얼굴만 빨갛게 달아오른 채 앉아있었다. 그 모습을 즐기기라도 하듯 주인아줌마는 금자에게 말했다.

"서로 의지하고 좋지 뭐. 내가 그동안 우리 집에서 총각을 지켜보 았는데 좋은 사람 같아. 착실하고."

금자를 쳐다보며 아줌마는 하숙하는 총각을 입에 침이 마르게 칭찬했다. 금자는 아무 말을 못 하고 있었다. 주인아줌마는 총각에게 영화표를 내밀었다. 아줌마는 금자를 데리고 극장 구경을 가라고 총각 등을 떠밀었다. 둘은 못이기는 척 거리로 나왔다. 총각은 금자에게 이름을 물었다. 자신의 이름도 금자에게 알려 주었다. 자신의 이름은 준호라고 했다. 둘은 둑길을 걸어 시내로 나왔다. 준호는 금자를 보고 아무것도 묻지 않고 걷기만 했다. 금자는 고개를 숙이며 말을 건넸다.

"그때 정말 고마웠어요."

준호를 보고 기어들어가는 목소리로 금자가 말했다. 준호는 입을 열었다.

"인연은 인연인가 봐요. 어떻게 그 집에서 만나요? 저도 금자 씨를 보고 깜짝 놀랐어요."

둘은 그날부터 점점 가까워졌다. 금자는 준호 오빠와 시간만 있으면 돌아다니며 놀았다. 자전거를 타고 놀기도 하고 버드나무 밑에 앉아서 지난 이야기도 했다. 준호 오빠는 자신의 이야기는 거의 하지 않았다. 금자는 자신처럼 준호도 혼자라고만 생각하고 있었다.

금자는 혼자 살아가는 것이 얼마나 힘이 드는 일인지 잘 알기 때문에 준호 오빠에게 잘 대해주었다. 준호 오빠는 조용한 사람이었다. 둘이 만나면 금자만 말이 많았다. 금자는 준호 오빠가 쳐다보면 늘 조잘거렸다. 준호 오빠는 언제나 이야기를 듣고만 있었다. 어쩌다 금자의 이야기를 듣고 피식 웃고만 했다. 그렇게 둘은 시간이 나기만 하면 만났다.

그러던 어느 날이었다. 준호 오빠가 며칠 보이지 않았다. 몹시 궁금했던 금자는 주인아줌마에게 찾아가 준호 오빠의 소식을 물었다. 주인아줌마는 자신도 모른다고 말을 하면서 '왜 집에 오지 않는지 모르겠다.'며, '준호를 아는 사람이 없으니 통 알 수가 없다.'고 말했다. 금자는 둑길에서 왔다 갔다 초조해하며 준호 오빠가 오길 기다리다가 다리가 아파지면 버드나무 밑에 쪼그리고 앉아 준호 오빠를 기다렸다. 노을이 지나가고 어둠이 밀려오는 둑길에서 기다리다 지친 발걸음을 막 돌리려는 순간 저 멀리서 희미하게 준호 오빠 모습이 다가왔다. 금자는 너무 반가워 준호 오빠를 덥석 끌어안았다. 준호도 금자를 보고 마주 끌어안았다. 둘은 어두운 밤까지 끌어안고 있었다. 준호는 몸을 많이 다친 것 같았다. 금자는 준호 오빠를 데리고 자신이 살고 있는 집으로 데리고 갔다. 준호는 금자의 집에서 몸이 다 나을 때까지 지내게 되었다. 금자는 준호 오빠를 잘 돌봐주었다. 그들은 그 이후로 그냥 한집에서 살게 되었다. 금자는 준호 오빠와 하루하루 행복한 나날을 보냈다. 금자에게 태어나서 이렇게 행복했던 날은 없었다. 이 행복이 깨질까 불안하기도 하고 한편 한쪽 가슴이 이유 없이 허전하기도 했다. 누군가 이 행복을 깨뜨릴 것 같은 불안감이 밀려들 때마다 금자는 둑길을 걸었다. 준호 오빠는 가끔 집을 나가면 며칠씩 집에 들어오지 않았다. 금자는 준호 오빠에게 '왜 며칠씩 아무 말도 없이 사라지는 것이냐?'고 묻지 않았다. 사실 금자는 오빠가 왜 집을 나가면 연락도 없이 며칠씩 돌아오지 않는 것인지 알고 싶었다. 어디에서 무엇을 하고 있는지 알고는 싶었지만, 금자는 준호 오빠에게 내색하지 않았다. 금자는 '오빠에게 말 못할 사연이 있겠지. 언젠가 나에게 말해주겠지.' 그렇게 생각했다. 금자는 아무 말 없이 오빠가 돌아오기만 기다렸다. 금자는 준호 오빠를 너무나 사랑했다. 준호도 금자를 깊이 사랑했다. 처음 느껴 보는 준호 오빠의 따뜻한 손길이 금자는 너무나 좋았다. 금자는 늘 준호 오빠가 돌아오면 반가이 맞아주었다. 그렇게 봄이 가고 여름이 가고 추운 겨울이 왔다. 금자는 연탄을 갈고 연탄재를 들고 밖으로 나왔다. 그 모습을 본 준호 오빠는 달려와 금자가 들고 있는 연탄재를 들어다 청소차에 버려주었다. 동네 사람들은 준호 오빠의 자상한 모습에 감탄했다. 남자가 집안일을 도와준다고 동네 아줌마들이 부러운 눈으로 금자를 쳐다보았다.

추운 겨울밤이었다. 누군가 찾아와서 대문을 흔들었다. 금자는 자신의 대문 앞에 누군가 찾아온 줄 알고 슬리퍼를 신고 대문 앞에 나갔다. 그런데 어디서 왔는지 처음 보는 자가용이 집 앞에 서 있었다. 금자는 이상한 생각이 들었다. 이 동네에서 저렇게 좋은 차를 타고 다닐 사람은 없는데. 이상한 생각이 들어 무슨 일이지 생각하는 사이에 차 속에서 한 남자가 문을 열고 나왔다. 금자는 그 남자를 물끄러미 쳐다보았다. 깔끔하게 차려입은 젊은 신사였다. 금자는 우두커니 그 남자를 쳐다보고 있었다. 그 남자는 자신을 향해 발걸음을 옮겨 놓았다. 금자 앞 가까이 다가와 금자에게 말을 걸었다 준호 오빠의 이름을 대며 금자에게 말을 걸었다. 이 집에 사는 준호를 찾아왔다고 했다. 집 안으로 들어오려고 하는 신사에게 금자는 말했다.

"거기서 기다려주세요."

금자는 집 안으로 들어가 준호 오빠를 보고 '밖에 누군가 오빠를 찾아왔다.'고 말했다. 그 말을 들은 준호 오빠는 '귀찮게 되었네.' 혼잣말을 하면서 방을 나와 그를 따라 나갔다. 둘은 무슨 말을 주고받고 하더니 준호 오빠가 금자에게 다가와 잠깐 나갔다 온다는 말을 남기며 그가 타고 온 차를 타고 어디론가 떠나버렸다. 그 모습을 바라본 금자의 가슴이 뛰기 시작했다. 불길한 생각이 들었다. 무슨 일인지는 모르지만 다시는 돌아오질 않을 것 같은 느낌이 금자의 뇌를 스치고 지나갔다. 금자는 불안한 마음을 감추지 못하고 멀어져 가는 차를 하염없이 쳐다만 보고 있었다. 금자는 불길한 마음을 끌어안고 집 안으로 들어왔다. 금자는 오빠가 빨리 돌아오길 마음으로 기도했다. 그렇게 세월은 흘러가고 있었다. 아무리 기다려도 준호 오빠는 돌아오지 않았다. 금자는 시간이 지나면 돌아오겠지 생각했다. 불안한 마음이 들면 언제나처럼 어느 날 돌아오겠지. 자꾸 그렇게 생각하며 준호 오빠를 기다리고 또 기다렸다. 세월은 말없이 흘러가고 있었다. 금자는 자신의 몸에 이상이 생겼다는 것을 알고 세 들어 살았던 옛 주인아줌마를 찾아갔다. 아줌마는 금자를 반갑게 맞아주었다. 금자는 아줌마에게 자신이 임신한 것 같다고 말했다. 금자는 돌아오지 않는 준호 오빠를 하염없이 기다렸다.

금자는 준호 오빠가 없는 동안 미용실을 차렸다. 미장원에 여직원을 구해 미용실을 운영했다 금자는 배가 점점 불어나 아빠 없는 아이를 낳았다. 금자는 딸아이를 낳았다. 요즘 말로 미혼모였다. 딸아이 이름은 준호 오빠 이름 앞자리를 따서 준 나의 이름 금자를 따서 준금이라고 지었다. 미혼모가 혼자 아이를 키우는 일이 그리 쉬운 일은 아니었다. 금자는 아이에게 정말로 미안한 생각이 들었다. 자기의 잘못으로 자신의 딸이 호적이 없이 살아가야 한다고 생각하니 미칠 것 같았다. 아빠 없는 아이라고 엄마 성으로 살게 할 수는 없었다. 아이가 자라면서 얼마나 많은 상처를 받을까 생각하니 금자는 미칠 것만 같았다. 금자는 고민 끝에 딸을 데리고 시집을 가야겠다고 생각했다. 아무리 준호 오빠를 기다려도 오빠는 돌아올 것 같지 않았다.

아이가 학교에 입학하기 전에 호적을 올려야 한다는 생각에 늘 걱정이 많았다. 동네에 아이 둘 데리고 사는 홀아비가 있었다. 그는 늘 금자를 좋아했다. 사람을 금자에게 보내 둘을 연결해 달라고 부탁했다. 금자와 그 홀아비는 만나 함께 살기로 결정했다. 그 남자는 자신의 아이를 키워줄 엄마가 필요했고 금자는 제 아이의 호적을 만들어 줄 사람이 필요했다. 둘은 필요한 것이 있어 만난 사람들이었다. 깊은 사랑이 있어 만난 사람들은 아니었다. 금자는 미장원을 하면서 집안 살림을 했다. 남편의 아들은 별문제가 없이 금자를 잘 따라 주었다. 딸아이는 성격이 유난스러웠다. 금자가 낳은 딸아이는 사흘이 멀다 하고 싸웠다. 금자는 너무나 속이 상했다. 사이좋게 지내면 좋을 것을 둘은 만나기만 하면 싸웠다. 남편이 돌아오면 딸아이는 자신의 아빠에게 집에서 일어나는 일들을 다 꼬아 바친다. 정말로 하루가 멀게 집안이 시끄러웠다. 둘은 무슨 원수처럼 별것 아닌 일로 싸웠다. 신발 가지고 싸우고 밥을 먹다가도 싸우고 학교에 가면서도 싸운다. 하루는 미장원에서 집으로 들어오는데 두 딸이 머리채를 잡고 싸웠다. 금자는 속이 상했다

"도대체 무엇을 가지고 그렇게 싸우니?"

둘을 불러 놓고 물었다. 큰아이가 남편의 딸아이인데 이름이 영숙이다. 금자는 준금이와 영숙이 둘을 불러 놓고 야단을 쳤다. 직장에서 남편이 들어오는 것을 보고 영숙은 새엄마에게 야단맞은 이야기를 했다. 남편은 딸아이 말만 듣고 무작정 화를 냈다. 아이들 싸움에 어른들까지 싸우게 되어 참으로 속이 상했다. 금자는 고민 끝에 자신의 가게가 안정되면 헤어질 생각을 했다. 남편의 딸이 시기와 질투가 많아 동생인 준금이를 늘 못살게 굴었다. 둘은 서로 앙숙인 것 같았다. 딸아이가 아빠의 눈치를 보는 모습이 너무 불쌍해서

도저히 참을 수가 없었다. 더 이상 함께 살 수 없다는 생각에 금자는 헤어지기로 마음을 굳혔다. 처음에는 남편도 잘살아보려고 노력했지만 준금이를 못살게 굴고 자꾸 말을 옮기는 남편의 딸 영숙이 때문에 남편도 마음이 조금씩 변해버렸다. 아이들 싸움이 부부 싸움으로 번져가곤 했다. 도저히 이렇게 살다가는 서로에게 상처만 남길 것 같아 남편에게 말했다. 아이들이 커 갈수록 더욱 갈등이 심해져 이제는 더 이상 못 살 것 같다고 했다. 남편도 지쳤는지 그렇게 하자고 했다.

금자는 미장원의 가겟방으로 딸아이를 데리고 이사했다. 준금이는 학교에서 공부를 잘했다. 딸 꿈은 스튜어디스가 되는 것이었다. 비행기를 타고 여러 나라에 가는 것이 꿈이었다. 금자는 딸아이 꿈을 위해 열심히 일했다. 여자 혼자 벌어서 딸아이 대학을 보내는 것이 그리 쉬운 일은 아니었다. 금자는 사는 것이 너무 힘들어 준호 오빠를 까맣게 잊고 있었다. 딸아이는 학교를 잘 마치고 자신이 원하는 스튜어디스로 항공사에 취직해 외국을 들랑거렸다. 한번 나가면 며칠씩 집에 들어오지 않았다. 딸아이는 여러 나라를 돌아다녔다. 세월은 유수와 같다는 말이 실감 났다. 딸아이는 어느덧 결혼할 나이가 되었다. 금자는 '딸아이가 결혼하면 혼자가 되겠구나.' 생각했다. 딸아이까지 자신의 곁을 떠난다고 생각하니 마음이 허전해졌다. 금자는 여러 가지 생각이 많았다. '딸아이가 결혼하면 혼자서 어떻게 살아갈까?' 금자는 이제 여행도 다니고 남들처럼 노래 교실도 다니고 하고 싶은 것을 하면서 살아야겠다고 생각했다.

 옛날의 순수했던 금자는 어디로 사라졌는지 딸아이와 억세게 살아왔다. 그러나 준호 오빠가 남기고 간 젊은 시절의 아름다운 추억은 늘 간직했다. 금자 가슴 한구석에는 준호 오빠가 자리 잡고 있었다. 어느 곳 어디서 죽기 전에 단 한 번이라도 만나고 싶었다. 준호 오빠는 왜 금자에게 돌아오지 못한 것일까? 준호 오빠에게 무슨 일이 있었던 것일까? 금자는 요즘 따라 지난 일들이 자꾸 생각이 났다. 꿈속에서라도 한번 만나보고 싶었다. 어느 날 갑자기 준호 오빠가 피식 웃으며 나타날 것 같은 꿈을 꾸곤 했다. 참으로 긴 세월이었다. 자기 자식이 이렇게 커서 시집을 간다는 말을 듣게 된다면 준호 오빠는 어떤 기분일까? 금자는 혼자 소파에 걸터앉아 별별생각을 다 해본다. 이제라도 준호 오빠가 금자를 찾아오길 마음으로 간절히 빌어보지만, 세상이 많이 변해서 찾아올 수 있을까 가끔 생각해 보았다.

 금자의 속도 모르고 딸아이는 자신이 좋아하는 남자가 생겼다고 금자에게 말을 한다. 금자는 가슴이 철렁 내려앉았다. 이제 올 것이 왔구나. 금자는 속으로는 '벌써 무슨 결혼이야? 그렇게 빨리 가냐고?' 말을 하면서도 겉으로는 태연한 척 딸아이에게 무표정한 얼굴로 딸아이 눈치를 살폈다. 딸아이는 엄마의 마음은 모르는 채 행복한 목소리로 엄마를 보고 재잘거렸다. 남자친구 만난 이야기를 아무 거리낌 없이 말을 한다. 금자는 속으로 '엄마를 두고 그 남자 곁으로 가는 것이 그렇게 좋으냐? 아이구 속상해 나는 죽겠다. 너는 행복한 비명이지만 나는 미치겠다는 비명을 지르고 싶다.' 금자는 속으로 생각에 잠겨있었다.

"엄마 무슨 생각을 그리도 해? 내 이야기는 듣지 않고. 엄마 우리 아빠는 죽었어?"

딸아이가 갑자기 우리 아빠는 죽은 것 맞나 질문을 하는 바람에 금자는 당황했다. 어떻게 대답해야 할지 몰라 멍하니 딸아이를 쳐다보았다. 딸아이는 엄마의 모습에 이상한 생각이 들었는지 물었다.

"엄마, 왜 그래? 평소같이 않게. 엄마 좀 이상한데?"

딸아이는 금자의 얼굴을 쳐다보았다. 금자는 딸아이에게 아빠에 대해서 한 번도 자세하게 말 한 적이 없었다. 말을 할 기회도 없었다. 결혼식은 올리지 않았지만, 헤어진 남편하고 혼인신고를 한 것이 처음이라 딸아이의 아빠와 결혼도 혼인 신고도 하지 않고 그냥 동거만 했기에 아무런 기록이 없다. 딸의 입장에서는 '당연히 궁금하겠다.'고 금자는 생각했다. 미혼모가 아이를 낳았으니. 그리고 딸아이 호적을 만들어 주기 위해 헤어진 남편하고 혼인 신고만 하고 어린 딸을 데리고 살았기 때문에 딸아이는 호적상 헤어진 남편이 친부로 되어 있다. 딸아이가 결혼하면 헤어진 남편을 찾아가 예식장에 와서 부모 자리에 앉아 달라고 부탁해야 하나 금자는 갑자기 머릿속이 복잡해 왔다.

딸아이는 엄마의 속도 모르고 '준금이라는 자신의 이름이 마음에 들지 않는다.'며 자주 '이름을 바꾸고 싶다.'고 했다. 그럴 때마다 금자는 말했다.

"네 이름이 어때서. 준금이. 예쁘기만 하네."
"세상에 내 이름처럼 촌스러운 이름 없을 거야."

"엄마 그 사람이 이제 결혼하자고 하네."
어느 날 딸아이가 엄마에게 말했다.
"누가?"
"응 그 사람이."
'드디어 올 것이 왔구나.' 싶었다. 금자가 늘 가슴 졸이며 살았던 딸아이가 결혼해 금자 곁을 떠나야겠다는 생각을 금자에게 말하는 순간 금자는 몸에 힘이 쭉 빠졌다.
'이제부터 나는 어떻게 살아가지? 무엇을 위해 살지?' 금자는 자신도 모르게 눈물이 핑 돌았다. 금자는 힘없는 목소리로 물었다.
"알았어. 너는 그렇게 좋니?"
준금이는 엄마 마음은 아랑곳하지 않고 활짝 웃으며 말했다.
"엄마 나 빨리 그 사람과 결혼하고 싶어 매일 얼굴 볼 수 있잖아."
준금이는 그렇게 말하며 남자친구를 만나러 나가 버렸다. 금자는 소파에서 일어나려고 하니 다리가 후들거렸다. 금자는 딸아이를 생각하면 늘 준호 오빠가 생각이 났다. '어디서 무엇을 하고 살고 있는지 알 수 없지만 당신 딸이 결혼한다고 하네요.' 금자는 긴 한숨을 쉬었다.
"너 결혼하게 되면 너를 데리고 들어갈 사람이 필요할 것 같은데

네 생각은 어떠니? 그래도 네 호적이 있는 아버지에게 부탁하는 것이…."

금자는 늦게 돌아온 준금이에게 금자는 말꼬리를 흐렸다. 준금이는 금자의 말을 듣고 아무 말이 없다.

"남보다는 낫지 않겠니?"

금자는 딸아이에게 물었다. 딸아이는 금자의 얼굴을 빤히 쳐다보았다. 금자는 준금이를 데리고 헤어진 남편을 만나러 갔다.

금자는 남편을 카페로 불러냈다. 전남편이 금자를 향해 카페 문을 열고 들어왔다. 전남편이 들어설 때 금자는 조금 긴장했다. '자신의 부탁을 들어주지 않으면 어떻게 하지?' 속으로 많은 생각을 했다. 전남편은 금자를 보고 물었다.

"무슨 일이오? 나를 다 부르고."

옆에 앉아있던 준금이는 벌떡 일어나 아빠에게 인사했다. 헤어진 남편이지만 딸아이에게는 법적으로 아이 아빠가 맞다. 전남편은 딸아이에게 요즘 어떻게 지내고 있는지 안부를 물었다. 금자를 보고 전남편은 말했다.

"그때는 나도 많이 경솔했소. 아이들 말만 듣고."

헤어진 남편은 금자에게 지난 일들을 잊으라고…. 미안하다고 했다.

"이제 와 지나간 일들을 말하면 무슨 소용이 있겠어요."

금자는 헤어진 남편에게 준금이가 시집을 가게 되었다고 말했다. '결혼식에 참석해 준금이 아빠 자리에 앉아주길 바란다. 그래서 당신을 찾아왔다.'고 했다.

"호적에는 내 딸로 되어 있으니, 준금아 아무 걱정 하지 마라. 내가 네 아빠니 내가 데리고 들어가 줄게. 결혼식인데 당연히 가야지."

헤어진 남편은 딸아이에게 키운 정도 정인데 당연히 그 문제라면 아무 걱정 말라고 했다. 전남편은 그렇게 나쁜 사람은 아니었다. 아이들의 갈등에 못 견뎌 헤어졌지만, 전남편은 아직도 정이 남아 있는 것 같았다. 금자는 상견례 자리에 나갔다. 시어머니 될 사람이 보통이 아니었다. 딸아이가 그 집에 시집을 가면 시집살이를 할 것 같아 마음이 쓰였다. 사돈 될 사람이 금자를 무시하는 말투에 기분이 나빴지만, 딸아이를 보고 꾹 참고 앉아있었다. 금자는 속으로 '애 아빠만 있었다면…, 너 같은 사돈 나도 싫어. 이것들아, 사람을 어지간히 무시해라.' 금자는 기분이 좋지 않아도 딸아이가 좋아서 야단인데 어쩌랴 싶어 속은 상했지만 참고 견디었다. 딸아이는 별 탈 없이 결혼식을 마치고 신혼여행을 갔다.

그때부터 금자는 외로움과 고독과 싸워야 했다. 이제 혼자라는 것이 금자를 미치게 했다. 금자는 마음을 달래기 위해 준호 오빠와 행복했던 둑길을 찾아갔다. 그때 그 시절 예전의 그 둑길은 어디에도 없다. 그 판잣집들도 아무리 둘러보아도 없다. 둑 주위는 고급 아파트만 가득하고 옛날 금자가 살았던 동네는 어디로 갔는지 알 수가 없었다. 금자는 옛일들을 생각하며 변해버린 둑길을 걸어 보았다. '그때는 왜 준호 오빠를 찾아볼 생각을 못 했지?' '시간이 지나면 돌아올 것'이라 생각하고 경찰에 신고도 하지 않았다. '혹시 집에 돌아오다가 차 사고는 나지 않았나?' '아니면 나쁜 사람들에게 끌려갔나?' 금자는 그 당시에 왜 적극적으로 찾아다니지 못했는지 자꾸 후회가 밀려왔다. 버드나무가 있던 자리에 버드나무는 없어지고 벚나무가 심겨있다. 그 밑에는 벤치가 놓여 있다. 금자는 딸이 결혼한 뒤로 시간이 나면 준호 오빠와 행복했던 시간으로 돌아가고 싶어 둑길을 찾아와 거닐다 돌아오곤 했다.

그날은 벚꽃이 피어 바람에 휘날리는 날이었다. 평소처럼 금자는 준호 오빠와 거닐던 둑길을 따라 걸었다. 다리가 아파 잠시 벤치에 앉아 그 옛날을 생각하니 자신도 모르게 눈물이 두 뺨에 흘러내렸다. 한참 눈물을 흘리다가 꽃잎들이 바람에 휘날려 고개를 들고 둑길을 쳐다보았다. 저 멀리서 어느 노신사가 휠체어에 앉아 금자를 유심히 바라보고 있었다. 금자도 저 사람이 누군가하고 쳐다보았다. 뒤에서 젊은 청년이 휠체어를 밀고 금자가 있는 벤치로 서서히 다가왔다. 금자와 그 노신사는 눈이 마주쳤다. 그런데 어디서 많이 본 듯한 사람이었다. 머리는 희끗희끗하고 얼굴에 검은빛이 도는 것을 보니 꼭 준호 오빠 같다는 느낌이 들어 금자는 의자에서 일어나 휠체어 앞으로 가까이 다가갔다.

"혹시 한준호 씨가 아닌지요?"

노신사는 금자를 보고 눈가에 이슬이 핑 돌았다. 노신사는 금자를 쳐다보고 탄식하듯 말했다.

"당신도 이제 많이 늙었구려."

두 사람은 부둥켜안고 한참을 울었다. 뒤에 서 있던 청년은 민망해 멀리 떨어져 있었다.

금자가 그렇게 잊지 못하고 그리워하던 준금이 아빠를 다시 만났다. 금자는 준호 오빠에게 딸아이의 이야기를 했다. 준호는 너무나 놀랐다.

"나에게 딸이 있었다니? 정말 몰랐소. 미안하오. 이제라도 당신에게 용서를 빌겠소."

준호 오빠는 금자에게 돌아올 수 없었던 사연을 말해주었다.

준호는 부잣집 외동아들이었다. 사춘기 때 나쁜 친구들하고 어울려 다니다가 가출도 하고 부모님의 속을 썩였다. 나이 들어 금자를 만나고 나서 결혼해 조용히 살고 싶었다. 나쁜 친구들이 가만히 두질 않았다. 준호는 자신의 주위를 다 정리하고 금자에게 돌아가서 금자랑 행복하게 살고 싶었다. 그런데 그게 그리 쉽지 않았다. 나쁜 친구들과 손을 끊고 쉽게 정리하기가 만만치 않았다. 친구들 간에 싸움이 벌어져 사고로 두 다리를 잃었다고 말했다. 일 년을 넘게 병원 생활을 하고 자신이 다리가 없다는 것을 알았을 때는 죽고 싶었다고 말했다. 죽는 것도 그리 쉽지 않아 재활을 열심히 해서 지금은 휠체어 신세를 지게 되었다고 금자에게 말했다.

"그래서 당신을 빨리 찾아오지 못했소. 미안하오. 당신이 아이를 가지고 있는 줄 정말로 몰랐소. 지나간 세월을 어떻게라도 되돌릴 수만 있다면 얼마나 좋겠소. 내 꼴이 이렇게 되어서 당신 곁에 나타날 수가 더더욱 없었소. 몸이 회복된 후에 당신 보고 싶은 마음이 들 때마다 이곳에 왔지만, 세상은 너무 많이 변해버리고 당신은 어디로 갔는지 알 수 없었다오. 나 또한 당신이 생각날 때마다 이곳에 온다오. 나 역시 당신을 만나 이곳에서 살았던 시간들이 내 인생에서 가장 행복했던 순간이라오."

금자는 딸아이가 얼마 전에 결혼해 집을 떠났다고 말했다. 딸아이가 스튜어디스를 하고 있다고도 말했다.

"지금까지 혼자 살아왔소?"

준호는 금자를 보고 물었다 금자는 준호 오빠의 말에 눈물을 흘렸다. '딸아이 호적이 없어 학교에도 못 가게 될까, 아이 딸린 남자와 살았다.'며 '아이의 호적은 그 남자 앞으로 되어있다.'고 말해주었다.

"왜, 헤어졌소?"

준호가 금자에게 조심스럽게 물어 왔다. 금자는 그 남자의 아이와 준금이와의 갈등을 견디기 힘들어 몇 년 살지도 못하고 헤어졌다고 말했다.

"내가 죽일 놈이오. 당신과 딸아이에게 나는 죄인이구려. 정말로 미안하구려."

준호 오빠는 금자에게 눈물을 흘리며 미안해했다. 두 사람은 해가 지는 줄도 모를 만큼 이야기가 길었다.

"사장님, 이제 돌아가셔야 합니다."

멀리서 지켜보던 젊은 청년이 두 사람이 있는 곳으로 다가와 준호에게 말을 걸었다. 준호가 앉아있는 휠체어를 움직이려 손을 얹는다. 준호 오빠는 금자에게 함께 가길 청했다. 금자는 어떻게 해야 하나 우물쭈물하는 동안 준호 오빠는 손을 잡고 놓아주지 않았다.

금자는 준호 오빠를 따라 자가용을 타고 준호 오빠가 살고 있는 집으로 갔다. 넓은 정원이 있는 으리으리한 주택에 살고 있었다. 준호 오빠는 금자를 보고 당장 자기 집으로 들어오라고 했다.
"우리가 살날은 이제 얼마 안 남았으니 그동안이라도 함께 살았으면 좋겠는데…."
"…."
"내 몸이 이러니 당신에게 남자로서 잘해주지 못하지만 내가 가진 것은 무엇이라도 다 주겠소. 당신이 갖고 싶은 것 또한 무엇이든지 다 사 주겠소. 말만 해주시오. 그리고 우리들의 딸아이도 우리와 함께 우리 집에서 살면 안 되겠소? 빨리 만나보고 싶소."
금자를 바라보며 준호 오빠는 간절하게 말했다. 금자는 집으로 돌아가 짐을 꾸리고 정리해 준호 오빠가 사는 집으로 이사했다. '준금이에게 어떻게 이야기하지? 아빠가 살아 있다고 하면 얼마나 놀랄까?' 금자는 걱정이 되었다. '사위에게는 어떻게 설명하지?' 금자는 이런 생각을 하면서 준호의 집으로 들어갔다. 준호는 딸아이 준금이가 많이 보고 싶다고 금자에게 말했다. 금자는 딸아이가 살고 있는 집으로 찾아갔다. 그리고 딸아이에게 조심스럽게 입을 열었다. 준금이는 아빠가 살아 있다는 소리를 듣고 너무 놀라 눈이 동그랗게 커졌다.

"엄마 그게 정말이야?"

준금이는 묻고 또 묻는다. 금자는 딸에게 대충 아빠를 만난 일을 설명해주었다.

"엄마 이런 기적 같은 일이 어디 있어? 아빠를 둑에서 다시 만나다니. 엄마와 아빠는 인연은 인연이네."

딸은 사위를 보고 내일 당장 아빠를 만나러 가자고 말했다. 금자와 딸아이 사위까지 준호 오빠가 기다리고 있는 집으로 들어갔다. 준호 오빠는 희끗희끗한 머리를 하고 휠체어를 두 손으로 밀고 나와 금자와 딸아이를 맞아주었다. 처음 보는 딸아이 사위까지 반갑게 맞아주었다. 사람을 시켜 많은 음식을 식탁에 차려 놓았다. 금자는 휠체어를 타고 있는 준호 오빠 곁에 앉았다. 딸과 사위를 보고 너무 좋아했다.

"이제는 우리 다 같이 한집에서 오손도손 잘살아보자. 이제 얼마나 살지 모르지만, 지금부터라도 행복하게 잘살아보자"

준호는 금자의 손을 꼭 잡았다. 금자는 이제 남 부러울 것 없다. 사돈이 금자를 보고 혼수를 좋은 것으로 안 해 보냈다고 말을 할 때 속상했던 일이 생각났다. 사돈에게 무시당했던 일들이 생각났다. 이제는 준호 오빠가 돈이 많아 딸아이가 원하는 것은 무엇이든지 다 해 준다고 말해 금자는 너무 행복했다. 이 행복을 누군가 뺏어갈까 금자는 준호 오빠의 휠체어 손잡이를 꼭 잡았다. 금자는 준호 오빠의 휠체어를 밀며 천천히 노을 속으로 걸어갔다.

장미가 붉은 이유

♦♦♦♦♦ 장미가 붉은 이유

초록빛으로 우거진 한적한 마을에 아이들 웃음소리가 들려왔다. 영이는 재잘거리며 동네 친구들과 뛰어놀고 있었다. 평소와 다름없이 고무줄놀이하던 중이었다. 그날따라 평온하던 동네가 갑자기 소란스러웠다. 여기저기 어른들이 모여서 웅성거렸다. 저 멀리서 영이를 부르는 소리가 들려왔다. 영이는 함께 놀던 친구들을 뒤로하고 영이를 부르는 소리를 따라 정신없이 뛰어갔다. 어머니가 땅바닥에 주저앉아 울고 있었다. 아버지가 일하다 사고가 났단다. 병원에 실려 갔다고 연락이 왔다. 영이와 영이 어머니는 동네 어른들하고 병원으로 달려갔다. 병원에 도착하는 순간 영이의 아버지는 운명하고 말았다. 영이 어머니는 통곡하며 울었다. 영이도 따라 울었다. 영이 아버지를 동네 사람들이 함께 초상을 치러주었다.

영이 어머니는 남편이 죽고 나서 한참 동안 병이 드러누워 있었다. 영이는 중학교를 졸업하고 고등학교에 진학하려 했는데, 갑자기 아버지가 돌아가시는 바람에 고등학교엘 들어가지 못했다. 아버지가 돌아가신 후 그 충격으로 한동안 어머니는 누워서 생활했다. 한

참이 지나 자리를 털고 일어난 어머니는 여러 가지 일을 하러 다녔다.

그러던 어느 날이었다. 잘 알지도 못하는 아저씨를 집으로 데리고 왔다.

"저, 아이 말이요?"

어머니는 말없이 고개만 끄덕거렸다. 그 이후로 여러 번 아저씨가 영이네 집을 들랑거렸다. 영이는 집에서 살림을 했다. 어머니가 일하러 나가시면 영이는 다른 집 살림을 거들고 밥도 얻어먹고 어머니가 돌아오시면 영이가 밥을 차려 드렸다. 아버지가 돌아가시고 나서는 어머니는 영이를 거추장스러운 존재로 생각했다. 영이만 없다면 자신이 홀가분한 몸이라 마음대로 시집을 갈 수도 있다고 했다. 이 고생은 안 해도 된다는 말을 어머니 친구들에게 할 때면 영이는 잘못한 일도 없는데 괜히 눈치가 보였다.

시간은 흘러 어느새 영이는 열여덟 살이 되었다. 한창 피어나는 꽃봉오리처럼 예쁜 나이였다.

"이제 영이도 시집가도 되겠다."

사람들이 영이를 보고 농담했다. 따뜻한 여름도 다 지나가고 단풍이 물들어 갔다. 영이 집에 있는 감나무에도 감이 주렁주렁 달렸다. 영이가 친구들과 익은 감을 따서 한참 맛있게 먹고 있을 때 어머니가 오셨다. 어머니는 영이를 보고 방안으로 따라 들어오라고 했다. 영이는 어머니를 따라 방으로 들어갔다.

"우리 어디가?"

"빨리 옷 보따리를 싸."

어머니는 영이를 보고 갑자기 옷가지를 챙기라 말씀하시며 어머니는 별다른 말이 없었다. 영이는 옷 보따리 들고 어머니 뒤를 따랐다. 한참을 걸어가다 영이는 어머니에게 물었다. 어머니는 영이의 말에는 아무 대꾸 없이 앞만 보고 걷기만 했다. 한참 가다가 어느 집으로 들어갔다. 그런데 그곳에서 집에 가끔씩 들랑거렸던 아저씨를 만났다. 아저씨는 어머니와 미리 약속되어 있었는지 영이 모녀를 보고 자신을 따라오라 손짓했다. 어머니와 영이는 아무 말 없이 아저씨 뒤를 따라 조그마한 양옥집으로 들어갔다.

그곳에는 올망졸망한 어린아이들이 셋이 있었다. 딸들이었다. 영문을 모르는 영이는 아이들을 쳐다보며 생각 없이 앉아있었다. 제일 어린아이가 걸어와 영이 무릎에 앉아 피식 웃었다. 영이는 아이를 안아주었다. 다른 두 아이도 영이를 보며 웃었다. 한참 동안 아이들과 놀고 있는데 아이들의 아빠인 듯 보이는 한 남자가 문을 열고 들어왔다. 아저씨는 남자와 인사를 하고 영이를 쳐다보았다.

아저씨와 어머니는 다 이야기가 되어 있는 것 같았다. 어머니는 영이를 보고 말했다.

"이제 이곳에서 살아라. 나는 아저씨와 멀리 떠나간다."

영이는 갑자기 겁이 났다. 잘 알지도 못하는 집에서 산다는 것이 쉽지 않다는 것을 알고 있기에 아무 말 없이 눈물을 흘렸다. 어머니를 따라가겠다고 말해야 했지만 영이는 아무 말도 하지 못했다. 어머니와 아저씨는 남자와 제법 많은 이야기를 나누고 떠나갔다. 영이가 시간이 조금 지나간 후 알게 된 사실은 어머니와 아저씨가 재혼한다는 것과 영이를 이 집에 시집을 보낸 것이라는 사실이었다. 어머니는 아저씨를 따라 떠나 버렸다.

영이는 그때부터 갑자기 딸 셋의 엄마가 되었다. 영이는 착한 여자였다. 달리 갈 곳도 없고 도망을 갈 수도 없는 노릇이라 그날부터 그곳에서 살게 되었다. 아이들 아빠는 나쁜 사람은 아니었다. 또 공부도 많이 한 고급 공무원이었다. 아이들 어머니는 병으로 죽었다고 했다. 영이에게 불쌍한 아이들이니 잘 돌봐달라고 부탁했다. 영이를 이곳에 데리고 올 때 '아이들만 잘 돌보면 너는 편안하게 살 수 있다.'고 했던 아저씨 말이 생각났다. 아이 셋이 영이를 보고 달려들었다. 영이는 아이들을 돌보며 그 집에서 살게 되었다. 남편이라는 남자는 아저씨뻘이었다. 영이는 늘 남편을 아저씨라고 불렀다. 아이 한번 낳아 보지도 않고 졸지에 나이도 어린 여자가 아이 셋의 엄마가 되었다. 남편인 아저씨는 영이가 아이들을 잘 키워주길 바랐다.

아이들의 엄마가 되는 것이 쉬운 일이 아니었으나 아이들이 불쌍해 열심히 아이들을 돌보며 키웠다. 아저씨는 영이에게 살림을 다 맡겼다. 남편은 이북에서 내려온 집안의 사람이었다. 생활력은 강했다. 잔소리도 심하고 부지런한 사람이라 영이는 늘 힘이 들었다. 영는 아이 셋을 학교와 유치원에 보내고 매일 장을 보러 시장에 갔다. 어느 날 시장을 가는 길에 평소에는 보이지 않던 약방이 눈에 띄었다. 영이는 걸음을 멈추고 약방 안을 들여다보았다. 약방 안은 아줌마들로 북적였다. 약방이 새로 생겨서 약방에 오는 사람들에게 떡을 나누어 주고 있었다. 영이도 약방 안으로 발을 들여놓았다. 약방 안에 있는 긴 나무 의자에 아줌마들이 앉아 떡을 먹고 있었다. 하얀 가운을 입고 있는 젊은 약사에게 눈길이 갔다. 처음 느끼는 감정이 가슴 깊은 곳에서 용솟음쳤다.

'설렘이라고 해야 할까? 이 무슨 감정이지?' 영이 스스로 이해할 수 없는 미묘한 감정이 시작되었다.

그날 이후 영이는 장을 보러 갈 때면 어김없이 약방에 들렀다. 필요하지도 않는 약을 사기도 하고 아무 말 없이 약방 안에 놓인 긴 의자에 가만히 앉아있다가 오기도 했다. 약사 얼굴을 보고 집으로 오는 것이 유일한 낙이 되었다. 영이는 시간만 나면 장바구니를 들고 약방으로 갔다. 아무 말 없이 긴 의자에 앉아 약을 짓는 약사를 바라보며 하루하루 힘든 일들을 잊어버렸다.

영이는 사실 나이 많은 남편에게 아무런 정을 느끼지 못했다. 그냥 갈 곳이 없어 하루하루 살기 위해 사는 것이었을 뿐, 그동안 어떠한 감정도 생기지 않았다. 아이들을 키우며 사는 동안 영이는 늘 외로웠다. 아무에게도 자신의 속사정을 털어놓고 말할 수 없었다. 아이들은 커 갈수록 영이의 속을 썩였다. 너무나 외로웠다가도 영이는 약방에만 가면 숨통이 트였다. 약사를 바라보면서 여러 가지 꿈을 꾸기도 했다. 늘 말없이 앉아있다가 집으로 돌아왔다. 약방에 매일 오는 영이가 이상해 보일 만도 한데 약사는 한 번도 뭐라고 하지는 않았다. 약사가 영이의 마음을 알았는지는 모르겠지만 언제나 맑은 미소로 '어서 오세요.'라며 변함없이 맞아주었다. 약을 사지도 않고 가만히 앉아있다가 오면서도 꽤 오래도록 약방을 다녔다. 영이는 약사를 짝사랑하면서 힘든 날들을 견디어 냈다.

먼 훗날 '영이의 첫사랑은 약사였다'고 친구들에게 말하곤 했다. 그때 그 사람을 사랑하지 않았다면 아이들도 잘 키워내지 못했을 것이다. 젊은 약사와 마음속 사랑에 빠져 늘 집안일을 빨리 끝내놓고 장바구니를 들고 약사를 보러 시장에 가는 것이 너무 큰 행복이었다고…. 나이 들어서도 가끔 옛 생각을 이야기했다.

영이는 아이들을 키우기가 참으로 어려웠다. 큰아이와 둘째 아이는 말을 잘 듣지 않고 말대꾸를 잘했다. 막내딸은 어려서 엄마를 잃어선지 아니면 엄마의 얼굴을 몰라서 그런지 영이를 엄마로 알고 잘 따랐다. 성격도 온순한 편이었다. 영이는 세 딸 중에 막내딸을 제일 좋아했다. 큰 아이들은 자신의 엄마가 아닌 줄 알고 있기에 야단을 치면 달려들곤 했다.

한번은 큰아이가 교복치마 주름을 잘못 잡았다며 학교에 교복을 못 입고 간다고 야단이었다. 영이는 머리끝까지 화가 치밀었다. 아무리 달래도 울고불고 난리였다. 오늘만 입고 갔다 오라고 아무리 달래도 끝나지 않아 영이는 화가 머리 끝까지 치밀어 올랐다. 달랠 만큼 달래보다가 더 이상 참을 수가 없어 뺨을 한 대 때리고 말았다. 큰 아이는 더 흥분해 시댁에까지 전화했다. 시댁에서 달려오기도 했다. 그런 일이 있고 나서부터 큰 아이는 영이와 더욱 많이 갈등했고 서로의 마음에 점점 미움이 싹 텄다. 작은딸도 영이를 좋아하지 않았다. 아이들은 점점 커가고 어린 새엄마의 말을 잘 듣지 않게 되었다. 어느덧 큰아이는 대학을 가고 둘째 아이도 고등학교를 졸업했다.

영이도 이제 제법 나이를 먹었다. 영이는 남편의 친구들하고 주말이면 모여서 등산을 갔다. 다들 나이가 많아 영이는 늘 조심스러웠다. 남편의 친구 부인이기는 하지만 다른 부인들과는 나이 차이가 많이 나기 때문에 항상 조심해야만 했다. 어린 나이에 아이들을 키우며 아무 말썽 없이 잘산다고 남편의 친구분들은 영이를 몹시 궁금해했다. 영이의 남편이 말이 많다는 것도 친구들은 잘 아는 것 같았다. 죽은 부인한테 이야기를 들었는지 모르겠지만.

영이가 남편과 함께 등산을 온다는 말에 남편의 친구 부인들은 조금 신경이 쓰인 모양이었다. 젊은 사람이 온다고 다들 옷차림부터 신경을 썼다고 했다. 영이와 남편의 친구 부인들과는 일주일에 한 번씩 가까운 산에 등산을 함께 했다.

남편의 친구분들은 다들 많이 배워서 그런지 점잖았다. 영이를 만날 때마다 딸처럼 잘 대해주었다. 등산을 간다고 전철역에서 만나 도봉산엘 올라가면서도 친구 남편들은 가져온 사탕을 다른 부인들 몰래 영이에게만 주기도 했다. 친구분들 눈에 영이가 불쌍하기도 하고 측은하게 느껴졌는지도 모르겠다. '어린 사람이 나이 많은 남자에게, 그것도 딸이 셋이나 있는데 들어와 잘 살아주니 좋게 보였을까? 아니면 자신의 딸을 생각해서 그랬을까?' 조금 친해지고 나니 부인들도 모두 잘 대해주었다.

이후에도 일주일에 한 번씩 함께 등산을 다녔다. 이제는 남편의 친구들이 나이가 많기도 하고 한가한 시간들이 많아져 등산을 가자고 자주 연락해 왔다.

"어린 신부도 데리고 나와"

그렇게 남편에게 전화했다. 남편의 잔소리가 원래부터 너무 심했다는 말을 남편의 친구 부인들에게 들었다. 영이는 친구 부인들에게 은근히 남편의 나쁜 점을 말을 하며 남편 흉을 보는 데 동참했다. 부인들 중에 인정이 많은 부인도 있었고 조금 주책이 없는 부인도 있었다. 한 분은 이름만 대면 다 아는 종합병원의 병원장을 지내신 의사분이고 또 한 분은 전자계통의 박사라고 했다. 그중 누구는 기계과를 나와 그를 기계 박사라고 불렀다. 사업하는 분도 있었고 영이 남편은 공무원이었다. 직업적인 섬세함 때문인지 답답하고 고지식한 성격에 잔소리가 너무 심해 영이는 항상 남편을 힘들어했다. 죽은 부인도 잔소리 때문에 스트레스를 많이 받아 일찍 죽은 것이 아닌가 생각이 들 정도였다.

어디나 사람이 모이는 곳은 꼭 이상한 성격을 가진 사람이 하나

쯤 섞여 있는 것 같다. 남편의 친구 부인중 한 분이 원래부터 성격이 이상했는지는 잘 모르겠지만 행동마다 눈살을 찌푸리게 했다. 요즘은 산에서 밥을 해 먹지 않지만, 그때는 다 밥을 해 먹었다. 또 등산하는 사람들도 그리 많지도 않아서 고기도 구워 먹고 봄철엔 산에서 여러 가지 나물을 캐기도 했다. 제일 맛있게 먹었던 것은 취나물에 삼겹살 구워서 쌈을 싸 먹었던 일이다. 북한산에서 능이버섯이나 싸리버섯을 따오기도 하고 도토리를 주워서 묵을 쒀와서 무쳐 먹기도 했다. 그런데 꼭 한 부인은 책을 가져와서 자기는 식사 준비는 하지 않고 돗자리 깔고 누워서 책만 읽고 있었다. 그 부인은 우리는 잘 알지 못하는 일어책을 가져와 자기 혼자 잘난 척했다. 다들 얄미워했지만 아무도 말은 하지 않았다. 그 부인의 남편 되는 사람은 다른 부인들을 보고 미안해 어쩔 줄을 몰라 했다. 영이를 보고 이해하라는 눈짓을 보내기도 했다.

"괜찮아요. 제가 알아서 할게요. 걱정하지 마세요."

영이는 속으로는 얄미워 발로 한번 차버리고 싶었지만 웃으며 말을 하면, 그녀의 남편은 미안해하면서 옆으로 다가와 식사 준비를 거들었다.

다른 남편들은 아무 말 하지 않고 그 친구에게 눈치를 줬다.

"미친놈. 저런 것을 마누라라고 데리고 산다니."

핀잔을 주기도 했다.

"저 애미나인 언제 철이 드나. 젊은 나이에 남의 아이 셋이나 키우는 애미나이 보고 배우고 깨달은 것도 없나. 아이고. 저 애미나이

보기 싫어 등산 못 나오겠수다. 에이. 저 애미나이 보면 속이 뒤집힌다."

항상 그 친구가 없으면 북한말을 하시는 분은 이렇게 말하며 혀를 찼다. 항상 눈치를 받으면서도 아무렇지도 않다는 것이 영이는 이해가 되지 않았다. 눈치를 주어도 항상 남편을 따라와 등산은 한 번도 빠지지 않았다. 어느 날은 한술 더 뜨느라 식사 준비는 거들지도 않고 이것은 맛이 있다 없다 말이 많았다. 영이에게 자신의 개인적인 심부름까지 시켰다.

"왜, 거절하지 않았나? 그 못된 년 시중까지 들어 주었냐?"

그것을 본 영이의 남편은 화가 나서 집에 돌아와 야단하며 펄펄 뛰었다. 영이는 어이가 없었다. '자기 친구 부인이 그런 행동을 했는데 왜 본인이 흥분하고 난리야. 내가 그런 행동 한 것이 아닌데. 오히려 남편이 내게 미안하다고 말을 해야지. 꼭 남이 들으면 내가 이상한 행동 한 것 같네.' 이상한 성격이라고 생각하며 영이는 마음속으로 말했다. '야. 저것들은 바로 네 친구들이야. 배운 인간들이 더 이상해. 나한테 자기가 미안하다고 해야지. 미안한 생각이 있으면 가만히 있던지. 왜 이렇게 잘난 척이야?' 영이는 남편의 어이없는 행동에 아무 대꾸도 없이 속으로만 욕을 하며 남편을 쳐다보고 가만히 듣고만 있었다.

남편들의 부인을 주일마다 자주 만나게 되니 그럭저럭 다들 정이 들었다. 영이는 남편 부인들 보고 언니라고 불렀다.

"남편이 나들이를 못 나가게 해서 서울 생활이 오래되었지만, 전 집 주위밖에 몰라요."

영이가 남편 친구 부인에게 말했다.

"남산은 가보았어?"

"아니 한 번도 못 가보았어요."

산에 올라가 밥을 먹던 중 한 언니가 남편들에게 '우리 부인들도 따로 한 번씩 만나서 친목을 다지기로 했어요.'라고 선포했다. 다들 좋다고 했지만 영이는 남편 눈치를 보았다. 그 모습을 본 언니들은 다들 한결같게 영이의 남편을 보고 말했다.

"허락하는 거지요?"

다시 한번 다짐했다. 그리고 남편 친구들 모두 그렇게들 하라고 했다.

"가끔 우리도 끼워주지."

한 부인의 남편이 말했다.

"이제 아이들 결혼도 하게 될 것이고 서로들 정보교환도 해야 해."

영이를 쳐다보면서 모르는 것 있으면 우리들에게 전화하면 만나서 가르쳐 준다고 했다. 남편은 분위기상 거절할 수 없어 마지못해 허락했다.

"너무 자주 불러내지는 말아요."

"뭐 자주 만나서 친하게 지내면 좋지. 집안에 모셔 놓고만 살 거야?"

한 친구 부인이 쏘아붙였다. 이 부인은 대학교 다닐 때부터 영이의 남편을 잘 안다고 했다.

영이에게는 생각지 않았던 모임이 시작되었다. 남편 친구 부인들은 영이를 가끔 불러냈다. 그리고 맛있는 것도 사주었다. 아무도 영이에게 돈을 쓰게는 하지 않았다. 한번은 영이를 데리고 프라자 호텔 커피숍으로 데리고 가서 말했다.
"뭐 먹을 거야? 먹고 싶은 거 다 시켜봐."
"젊은 사람은 무엇을 좋아하는지 우리는 잘 모르잖아"
"언니. 저요 이런 곳에 처음 왔어요."
"정말?"
그 말에 다른 부인들의 눈이 동그래졌다. .
"미친놈."
한 부인이 욕을 했다.
"저만 이런데 다니고 자기 어린 아내는 안 데리고 다녔단 말이야?"
"나쁜 놈이네."
다들 입을 모아 영이의 남편에게 욕했다.
"이제부터 우리가 서울 구경 다 시켜줄게."
"덕수궁은 가보았어?"
"아니요."
"우리 빨리 커피 마시고 오늘은 덕수궁에 가자."

다들 좋다고 했다.

"우리도 오래간만에 영이 씨 덕으로 덕수궁에 가보게 되었네."

일행은 커피숍을 나와서 덕수궁으로 갔다. 영이와 남편의 친구 부인들과 함께 덕수궁에 들어가 이곳저곳을 돌아다니다 나왔다.

"이번에는 우리 남대문에 한번 가보자."

다들 그러자 하고 그곳에 가서 영이가 먹고 싶어 하는 것을 사주었다. 남편 친구 부인들은 영이에게 여기저기 구경시켜 주었다. 영이는 언니들이 너무나 고마웠다. 그리고 속으로 신났다. 영이가 모르는 세상을 구경하게 되어서 눈물 나도록 좋았다. 영이는 남대문에서 난생처음 여러 가지 구경했다. 길거리에서 파는 음식도 하나씩 사 먹어보기도 하고 언니들하고 이곳저곳을 돌아다니다 저녁때가 되어서 집으로 돌아왔다.

영이는 집으로 돌아와 식구들 식사를 준비했다. 준비 중에 남편에게 전화가 왔다. 영이는 무심결에 '저녁에 감잣국 끓여놓을게요.'라고 말했다. 남편이 퇴근해오자 영이는 저녁상을 차렸다. 밥상을 보고 남편은 화를 냈다. 화를 내는 이유를 모르는 영이는 남편을 쳐다보며 가만히 있었다. 남편은 영이를 보고 물었다.

"왜 거짓말을 하는 거야?"

영이는 무슨 말을 하는 건지 도저히 이해되지 않았다.

"거짓말은 무슨 거짓말…."

영이 말이 끝나기도 전에 남편은 영이를 쳐다보고 말했다.

"국그릇을 봐."

영이는 눈을 동그랗게 뜨고 국그릇을 들여다보았다. '뭐가 잘못 되었다는 거지?' 영이의 머리로는 도저히 이해되지 않았다. '무엇이 문제란 말이야? 나 원.'

"국그릇이 왜요?"

"내가 당신에게 전화할 때 분명히 감잣국을 끓인다고 말을 했지? 그런데 왜 아욱국을 끓여서 국그릇에 감자 대신 아욱이 들어있냐고?"

영이는 그 말을 듣고 기가 막혔다. 남편이 전화할 때 냉장고 야채실에 감자가 있는 줄 알고 말을 했는데 야채실에 감자는 떨어지고 아욱이 있어 아욱국을 끓였다. 아무 생각 없이 끓였는데 그것이 뭐 죽을죄를 지은 것이라고 이 난리인지 알 수가 없었다. 영이는 아무 말 없이 듣고만 있었다. 남편은 계속 말했다.

"사람이 거짓말을 하게 되면 바늘 도둑이 소 도둑 되는 거라고. 무엇 때문에 거짓말을 하게 되었나? 사고가 어떻게 생겨 먹어서 그런지. 많이 배우지 않은 티를 내야 하겠어?"

영이는 말없이 듣고만 있었다.

'야 이 새끼야 왜 그리 주접이야? 밥이나 먹어. 그까짓 국 가지고 야단이냐? 너만 잘났니? 나도 이제 너에게서 독립할 거야. 이제 그만해. 그 국 때문에 이 난리냐?'

영이는 속으로는 생각했다. 영이는 잔소리를 하든지 말든지 가만히 한참을 듣고 있다가 아이들이 들어오는 소리에 문을 열어 나갔다. 그제야 끝이 났다. 아이들도 함께 밥을 먹었다.

"엄마 아욱국 맛있네. 나 조금 더 먹을래."

막내딸이 말했다. '막내만도 못한 인간. 나는 언제 저 인간이 없는 세상에서 살아가나?' 생각하니 한숨이 절로 나왔다.

남편은 늙어갈수록 잔소리가 심해졌다. 영이는 나이 많은 남편에게 일일이 말대꾸할 수도 없는 노릇이라 그냥 참아 넘기며 삭였다. 그러자니 속에 불이나 미칠 것만 같았다. 영이는 나이가 한 살 한 살 더 먹어가면서 생각이 많이 달라지고 있었다. 자신이 몰랐던 것을 알기도 했다. 영이는 자꾸 이 생활을 벗어나 자신이 혼자 살았으면 하고 생각하곤 했다. 남들처럼 하고 싶은 것도 해보려고 돈을 조금씩 모으기로 마음을 먹었다. 그런데 남편은 경제권을 영이에게 넘겨줄 생각을 전혀 하지 않는다. 무엇이든 자기가 다 사다 준다. 나이가 먹을수록 점점 더 심해졌다. 아이들도 하나둘씩 결혼해서 나가게 되면 단둘이 남게 된다. 그렇게 살면 편안해질 줄 알았다. 큰아이가 결혼해서 영이는 너무 좋았다. 이제는 큰아이에게 신경 쓰는 일이 없을 것이라 생각했는데, 더 일거리가 많아졌다. 아이를 낳고 그 시중까지 들어야 하고 사위까지 데리고 사흘이 멀다 집으로 온다. 식구가 줄어든 것이 아니고 더 늘었다. 영이는 이제 더 이상 이 집에서 식모살이와 같은 생활을 하고 싶지 않았다. 이 집에서 나가고 싶었다. '여느 식당에서 일해도 이렇게 사는 것보다야 낫겠지. 어떻게 하면 이 집에서 벗어날 수 있을까?' 시간만 나면 온통 그 생각뿐이었다.

　어느 날 어머니에게서 연락이 왔다. 남편이 근무하는 회사로 연락이 왔다고. 남편이 집에 돌아와서 말했다. 영이의 어머니가 몸이 아파 병원에 입원했다고. 남편이 병원비를 내고 왔다고 말했다. 영이는 화가 났다. '왜. 나를 버리고 아저씨를 따라갔으면 잘 살기나 하지. 병원비도 없어서 이제 와서 나에게 부담을 주는지….' 영이는 속으로 울었.

　이곳을 벗어나려고 마음먹었던 생각을 접게 하는지 자신의 운명이 야속해 마음속으로 한없이 울었다. 남편이 병원비를 대기로 하고 요양원으로 모시게 되었다. 요양비는 남편이 꼬박꼬박 내주었다. 어머니 문제 때문에 영이는 남편에게 더 꼼짝을 못했다. 이제 이 집을 떠날 수도 없다. 영이는 이 집에서 죽을 때까지 이 집 식구들을 위해서 뼈가 부서지도록 일만 하다가 죽을 것만 같았다. 자신의 인생은 한 번도 제대로 살아 보지 못했다. 영이는 할 말을 못 하고 죽은 듯이 살고 있는 자신의 처지가 너무나 한심스러웠다. 혼자 집에 남아 있을 때는 소리 없는 눈물이 한없이 흘러내리곤 했다. '아버지가 갑자기 죽지만 않았다면 얼마나 좋았을까? 나도 남들처럼 학교도 다니고 좋은 사람 만나서 아이도 낳고 잘 살지 않았을까? 말이 이 집 안주인이지 월급 안 받는 식모지 뭐야?'

　영이는 나이를 먹어갈수록 불만이 속으로 쌓여만 갔다. 나이 어려서 아무것도 모르고 시집이라고 와서 뭐가 뭔지 모르고 살아왔기에 자신의 삶이 너무나 허무하게 느껴졌다. 영이는 가슴이 터질 것 같은 생활을 하며 날마다 견뎌냈다.
 그것을 남편이란 사람이 잘 아는지 모르겠지만 영이에게 잘해줄 생각은 하지 않고 자신만 생각하는 것 같았다.

 결혼한 아이들을 더 자주 불러들였다. 사위까지 주말이면 인사를 온다는 핑계를 대면서 집으로 몰려오니 식구들의 입에 맞는 음식을 준비하느라 점점 힘이 들었다. 사위까지 합세해서 장모님 음식 솜씨가 좋다고 말을 하면서 술안줏거리까지 준비해주길 원했다. 식구가 줄어드는 것이 아니고 딸들이 결혼하면서 오히려 식구가 더 늘어 영이는 힘든 생활을 계속해야만 했다.
 아무도 영이의 힘든 것을 알지 못했다. 알려고도 하지 않는 식구들을 보면서 영이는 자꾸 가슴이 폭발할 것 같아 가슴을 꾹꾹 누르곤 했다. 언제 터질지 자신도 알 수 없었다. 둘째 딸도 결혼했다. 똑같은 절차를 밟고 있다. 둘째 딸도 큰딸과 똑같이 아이를 낳아서 데리고 와 영이에게 맡겨 놓았다. 그러고도 미안한 기색은 조금도 없다. 이제는 식구가 더 많이 늘어서 외출도 잘하지 못했다. 남편 친구 부인에게 속사정을 말했다.
 "못 오게 해."
 남편 친구의 부인들은 다들 입을 모아 말했다. '남의 말이라고 그리 쉽게 할 수 있지. 딸들을 못 오게 하면 얼마나 많은 파장이 일어날까?' 영이는 한숨을 내쉬었다.

세월은 흘러가고 남편도 퇴직했다. 집에 있는 날이면 사위들을 불러 술잔치를 했다. 딸들과 손주들이 거의 매일 영이네 집에 와서 살다시피 했다. 하루는 남편이 동창들과 여행을 간다고 짐을 쌌다. 영이는 함께 가고 싶지 않았다. 집에서 동네 친구들하고 노는 것이 더 좋았다. 남편이 가자고 하니 안 갈 수도 없고 해서 억지로 따라 나섰다. 영이가 같이 온다는 얘기에 안 나오던 친구들까지 다들 나왔다고 했다. 동창들은 부인들도 영이처럼 남편들을 따라온 것 같았다.

"아이구, 젊음이 좋네."

서로 인사했다. 점심시간이 되어서야 다들 들고 온 반찬을 내어 놓고 식사했다.

"다음에는 이박삼일로 여행하자."

"그러자."

영이 남편도 마지못해 대답했다.

"다음에도 꼭 참석하세요. 젊은 사람이 끼어 있으니 우리까지 젊어지는 것 같아요."

그날은 잘 놀고 돌아왔다. 무더운 여름에 피서를 가자는 말이 나왔다. 남편은 영이를 데리고 또 친구들과 여름 피서를 갔다. 영이는 노인들 노는 데는 가고 싶지 않았다. 이야깃거리도 없고 남편부인들이 이상한 질문을 하는 것이 싫었다. 어디에나 하나씩 짓궂은 사람이 끼기 마련이다. 세대 차이가 나서 말이 통하지 않았다. 영이는 남편과 많은 세대 차이를 느끼기 때문에 같이 여행하는 것은 정말 싫었다. 영이는 늘 남편 말에 거절하지 못했다. 언제나 싫어도 싫다는 말을 한 번도 입 밖으로 내본 적이 없었다. 언제나 속으로만 싫다고 생각할 뿐이었다.

무더운 날이라 다들 음식 준비는 재료 그대로 차에다 싣고 왔다. 교외에 있는 강가에 자리를 잡고 다들 물속으로 들어갔다. 얼마나 더운 날씨인지 물이 시원하지 않고 미지근했다. 점심시간이 가까워져 오는 데 누구 하나 점심을 준비할 생각을 하지 않는다. 할 수 없이 영이는 가져간 식재료로 점심을 준비했다. 다들 아무 말 없이 잘 먹고 고맙다고들 했다.

"젊은 사람이 있으니 좋네."

그런 말만 하고 별 탈 없이 지나갔다. 한참을 놀다 보니 저녁때가 되었는데도 아무도 저녁을 할 생각을 하지 않았다. 또 할 수 없이 영이가 저녁 식사를 준비해주었다. 다음 날 아침까지 영이는 무더운 날씨에 제대로 놀지도 못하고 남편의 친구들을 챙겼다. 밥을 해주라고 데리고 간 것 같아 은근히 화가 났다. 남편이 자신을 데리고 다니는 이유가 궁금했다. 친구들이 마누라 하나는 잘 얻었다는 그 말이 듣고 싶어선지. 이렇게 어려운 자리에 자신을 데리고 나온다는 것이 이해되지 않았다. 말할 때는 이 세상에서 자기만 제일 똑똑한 것처럼 말하지만 자기 부인을 얼마나 어려운 자리에 데리고 나왔는지 생각도 못 했다. 마음속으로 '너같이 생각이 없는 인간은 없을 거야. 어린 마누라를 이렇게 힘들게 해야겠냐? 야 이….' 영이는 욕이 절로 나오는 것을 속으로 참고 참았다.

　영이는 피서를 간 것이 아니고 남편 친구들의 밥순이로 간 것 같았다. 이박삼일 내내 여러 명의 밥을 하느라 지쳤다. 그늘이 조금 있긴 했지만 소용없는 무더운 계절 아닌가. 햇볕 아래서, 더군다나 뜨거운 불 앞에서 음식을 혼자 하느라 힘이 들어 열이 났다.

　"우리가 너무했나? 미안해."

　"얼굴색이 안 좋아 보이네."

　"그늘에서 좀 쉬어."

　일부는 모르는 척 자신들의 재미에 빠져 정신들이 없었다. 영이는 집으로 돌아와 다시는 남편 친구들을 만나지 않았다. 남편은 조금 미안했는지 '교양이 없는 마누라들 같으니라고.' 욕을 하면서 영이의 눈치를 보았다.

　그런 일이 있고 나서는 남편이 부부 동반으로 어디를 가자고 해도 잘 나가지 않았다. 하루는 남편이 영이를 보고 친구가 자신들을 집으로 초대했다고 말했다. 방문하는 집이 부자라 사 갈 것도 없고 빈손으로 가기도 민망했는데 남편의 친구가 만두를 좋아한다고 해서 만두를 조금 만들어가기로 했다. 남편의 친구는 역시 좋은 집에 살고 있었다. 영이는 들고 간 만두를 내어놓았다.

　"이 만두 부인이 직접 만들었어요?"

　영이는 말없이 웃기만 했다

　"어떻게 이렇게 예쁘게 만들었어요? 솜씨도 좋아요. 우리는 마트에서 사먹어요."

"늘 우리는 만들어 먹어요. 이것은 물에 끓여 드세요. 다들 맛있다고는 해요."

은근히 영이는 자신의 솜씨를 자랑했다. 부인은 남편들을 거실에 남겨두고 영이를 데리고 나와 자신이 키우고 있는 화초를 구경시켜 주었다. 그리고 영이에게 난 하나를 집에 갈 때 가져가라고 했다. 또 부인은 영이를 보고 강아지도 주겠다고 말했다.

영이는 부인을 보고 정중하게 둘 다 거절했다. 강아지는 영이가 알레르기 때문에 싫다고 했고 난은 집에도 많다고 거짓말했다. 부인은 영이가 싫다고 말을 해서였는지 아무 말을 하지 않았다.

집으로 돌아와 이웃 친구들에게 강아지와 난초 이야기를 했다. 동네 아줌마들은 어떤 개냐고 영이에게 물었다. 영이의 말을 듣더니 탄식하며 말했다.

"아이고 아까워라. 그런 강아지는 비싼데."

"강아지야 준다고 하면 얼른 받아와."

"나에게 팔면 되지."

"난이라고 했지?"

"난도 내가 알기론 많이 비싼 것인 줄 알고 있는데."

"준다고 할 때 다 가지고 오지. 이 순진한 여자야."

"왜 싫다고 했어?"

"아니. 나는 강아지를 데리고 오면 안 그래도 일이 많은데 강아지한테까지 시중을 들을까 봐. 준다는 것을 싫다고 했지요."

"그럼 난은 왜 안 가지고 왔는데?"

"아이참. 난도 그래요. 신경 써야 하는 것이 싫어서요. 이제 나를 힘들게 하는 것은 다 싫어요."

영이는 동네 아줌마들에게 자신이 힘들다고 말을 하면서 영이의 속마음을 털어놓았다.

세월이 많이 흘러 이곳에 온 지도 오래되었고, 이젠 친하게 지내는 동네 아줌마들이 생겼다. 영이는 이제 집에만 갇혀 살지는 않았다. 동네 사람들하고 어울리기도 했다. 어울려 놀던 사람들이 한 사람 두 사람 이사를 갔다. 다 살기 편한 아파트로 가버렸다. 영이는 동네 친구들을 만나러 외출했다. 아파트로 이사 간 아줌마들은 아파트 생활을 자랑했다.

"주택보다 일거리도 없고 좋아."

"겨울에는 춥지도 않고 집 걱정 없이 마음대로 외출을 할 수 있고 도둑 걱정도 없어."

여러 가지로 주택에서 사는 것보다 살기 편하다고 했다. 영이는 집으로 돌아와 남편 눈치를 보면서 말을 걸었다.

"우리도 이 집 팔고 아파트로 이사하면 어때요?"

"쓸데없는 말 하지 마. 이 집이 어때서 답답한 아파트 타령이야."

영이는 속으로 '야. 이 미친놈아. 나 힘이 들어서 그런다. 왜? 아파트로 이사 가면 안 되니? 네 놈 죽기 전에 그렇게 나에게 인정 좀 베풀면 안 되겠니? 이제는 네 놈 죽기만 기다리며 살아야겠네. 두고 보자. 나를 사랑하는 마음이 눈곱만큼도 없니? 이 나쁜 놈아' 영이는 속으로 욕을 있는 대로 했다.

영이는 남편이 자기를 사랑하는 마음이 조금도 없다고 생각하고 남편이 빨리 죽기를 기다렸다. 그렇게 살고 있던 중에 셋째 딸도 결혼했다. 역시 셋째 딸도 아이를 낳아서 영이에게 데리고 왔다. 영이는 늘 궂은일에서 놓여나지를 못했다. 영이는 일을 하도 많이 해 손에 관절염이 생겼다. 손을 많이 쓰면 자꾸 아팠다. 그런데도 남편은 주일이 되면 사위들을 불렀다. 딸들은 아예 토요일이 되면 친정집으로 와서 월요일이 되어서야 집으로 돌아갔다. 영이는 너무나 화가 났지만 어떻게 할 수가 없었다. 남편에게 말하면 '자식들이 집에 오는 게 얼마나 좋은 일이야?' 그렇게 말하는 사람에게 뭐라고 말을 할 것이며 자신만 나쁜 사람이 되니 남편이 죽기를 바라는 수밖에 없었다. 남편이 죽기만 하면 영이는 제일 먼저 이 집부터 팔아야지 그 생각했다.

영이는 동네 친구들을 만나서 남편이 죽은 후 상속 문제에 대해서 알아봐 달라고 이야기했다. 영이는 또 부동산에 들어가 여러 가지 법에 대해 알아보았다. 남편은 영이가 똑똑하다는 사실을 전혀 몰랐다. 언제나 자신이 시키는 일만 했고 말을 잘하지 않아서 영이의 속을 몰랐다. 남편 앞에서 잘 표현하지 않았으니 남편은 영이를 아무것도 모르는 바보로 취급했다. 영이는 늘 남편이 죽고 나면 어떻게 살 것인가 여러 가지 생각이 많았다. 세 딸들이 남편이 죽고 난 후에 자신을 돌봐줄까 생각해 보았으나 어림없는 일이다. 남편이 자기에게 상속을 얼마나 해줄까도 생각해 보았다. 영이는 이제 어린 부인이 아니다. 그런데도 남편은 늘 어린아이로 취급했다. 영이는 남들처럼 문화센터에 가서 여러 가지 배우고 싶은 것을 마음껏 배우며 친구들을 사귀며 놀고 싶었다. 그런데 남편은 허락하지 않았다. 언제나 식구들을 위해서 희생만 하길 원했다. 그런 남편이 너무 미웠다. '남편이 언제 죽나.' 마음으로 고사를 지냈다. 남편이 죽어야 이곳에서의 족쇄가 풀릴 것 같다.

요양원에 계시던 어머니가 돌아가셨다며 연락이 왔다. 영이는 어머니가 요양원에 들어가고 난 후 한 번도 찾아가지 않았다. 어머니에 대한 원망이 너무나 컸기 때문이었다. 어머니가 영이를 이 집으로 시집을 보내는 순간 영이는 어머니하고 속으로 인연을 끊어 버렸다. 어머니 병원비를 남편이 해결한 일 때문에 더할 말도 못 하고 도망도 나갈 수 없었던 것들이 생각나서 어머니를 보고 싶지 않았다. 어머니는 남편이 알아서 화장해 다 뿌리고 왔다고 했다. 영이가 어머니 장례식에 가지 않아도 남편은 아무 말도 하지 않았다. 그 문제는 남편도 이해가 되는지 그 문제로 시비를 걸지 않았다. 영이는 이제 마음의 숙제를 풀어낸 것처럼 마음이 가벼웠다. 이제는 남편만 영이 곁을 떠나면 된다고 생각하며 살아가고 있었다.

남편이 마당에 있는 나무를 손질하다 쓰러졌다. 119를 불러 병원으로 달려갔다. 영이도 딸들도 다 달려왔다. 의사 선생님이 보호자를 찾았다. 당연히 영이가 달려갔다. 그런데 큰딸이 영이를 밀어내고 자신이 먼저 아버지 곁에 다가서면서 의사 선생님을 보고 자신이 보호자라고 하니 너무나 황당했다. 영이는 당연히 자신이 보호자라고 생각했는데 의사 선생님은 이상하게 여기는 눈치였다. 영이가 너무 젊은 여자라 의사 선생님도 환자의 부인이라고 생각하지 않는 것 같았다. 남편의 병은 폐암이라고 했다. 의사 선생님은 최선을 다해보겠다고 하며 항암치료를 시작한다고 했다. 그날부터 영이는 마음이 바빴다. 여러 가지를 생각해 보았다. '남편이 죽고 나면 어떻게 살아야 하나.' 매일 연구했다. 남편은 매일 영이를 괴롭게 했다. 화도 잘 내고 잔소리도 더 심해졌고 영이를 괴롭히기 시작했다. 신경질을 내고 영이를 가만두지 않았다. 음식도 이것 먹고 싶다 저것 먹고 싶다 난리가 아니다. 남편에게 시달리다가 병든 남편보다 영이가 먼저 죽게 생겼다. 세 딸들은 자신들이 아버지를 돌보지 않으면서도 영이에게 주문이 많았다. '이렇게 해라' '이런 약을 구해와 치료를 해라' 모두 전화통만 붙잡고 영이를 괴롭혔다. 영이는 속으로 남편이 빨리 죽길 바랐다. 영이는 하루하루 사는 것이 너무 힘들었다. 남편이 영이를 방에서 부르면 영이는 속으로 '야. 이 새끼야. 나도 힘들어. 그만 불러. 죽으려면 빨리 죽어. 이제 그만 내 곁에서 떠나가. 나도 힘들어 미치겠어. 너에게 하던 종살이도 빨리 끝내고 싶어.' 막 소리치고 싶은 마음을 억제하면서 남편 곁으로 달려가면 남편은 영이를 보고 어린아이의 행동을 했다. 영이는 속으로

'왜 나만 불러? 네 딸들 좀 불러. 왜 나만 부르고 지랄이세요.' 속으로 욕을 하며 영이는 남편 앞에서는 아무 말 없이 가만히 서 있었다. '등이 가렵다 등을 긁어라' '다리를 주물러라' '저것을 가지고 와라' '음악을 틀어라' 자기 손으로 할 수 있는 것도 다 영이를 불러서 시켰다. 영이는 남편 병시중 드는 것이 너무나 힘들었다.

'언제까지 이렇게 살아야 하지?' 영이는 믿지 않는 하느님까지 불러가며 제발 이 고통에서 벗어나게 해주세요. 마음으로 기도했다. 하느님이 영이의 기도를 들어 주셨는지 병원에서 의사 선생님이 말했다. 이제는 몇 달 못살 것 같으니 집에서 하고 싶은 것 하게 해주라고 했다. 그 말을 들은 영이는 남편과 집에 돌아와서 그날 저녁 가만히 생각에 잠겼다. 여러 가지를 생각해 보았다. 영이는 남편 몰래 남편의 예금통장을 가져가서 영이 통장으로 돈을 다 옮겨 버렸다. 남편의 기분이 좋을 때 다른 통장에 있는 돈도 옮기려고 남편을 설득했다.

"이제 내가 은행에 다녀야지 당신이 다닐 수 없지 않아요? 몸도 아픈데 생활비도 제가 관리할게요."

남편은 한참을 생각해 보더니 말했다.

"그래 그렇게 해. 잘할 수 있겠어?"

"걱정 마세요."

남편은 기운 없는 목소리로 그러면 그렇게 하라고 자신이 가지고 있는 통장들을 다 내놓았다. 영이는 남편에게 잘해주었다. 남편이 약을 먹고 잠이 들면 은행으로 달려가 통장에 있는 돈을 몽땅 영이의 통장으로 옮겼다. 연금에 대해서도 알아보았다. 남편이 죽고 나면 영이에게도 연금이 나온다는 말에 안도의 숨을 쉬었다. 영이에게는 남편이 죽는 것보다 자신이 어떻게 살 것인가가 더 중요했다. 하나하나 정리하며 노후에 어떻게 살 것인가 생각했다. 영이는 남편이 죽고 나면 이 큰집에서 살 생각이 없었다. 청소하기도 힘들고 해서 영이 친구들이 말하는 아파트에 가서 살아야지 생각했다. 그런데 이 집을 남편이 살아 있을 때 팔아야 하는데 영이는 상속문제를 생각하고 고민했다. 영이는 병원에 가는 날 의사 선생님에게 남편이 몇 달을 더 살 수 있는 거냐고 또 물었다.

"이제 잘하면 한 5개월 갈까요?"

의사 선생님의 말을 듣고 영이는 집으로 돌아와 많은 것을 생각했다. '남편이 죽고 난 후 이 집을 딸들하고 나누어 상속받게 된다면 얼마나 받을 수 있을까?'를 생각해 보았다. 그 돈으로 조그만 아파트를 살 수 없을 것 같았다. 영이가 죽을 때까지 잘 살 수 있는 돈은 안 되는 것 같아 영이는 남편에게 말했다.

"당신 인감을 떼러 가야 해요."

"인감은 왜?"

"병원에서 인감이 필요하다네요. 당신에게 실험하는 약인데 아무나 주는 약은 아니래. 당신에게 주는 것인데 약값 때문인지 인감을 떼어 오라네."

똑똑한 남편이지만 병에 시달리고 자신이 죽을지도 모른다는 생각에 판단도 흐렸다. 영이가 자신에게 거짓말을 한다는 것은 꿈에도 생각하지 않았기 때문에 영이 말을 잘 들었다. 그날은 몸이 더욱 안 좋아 휠체어를 타고 밖에 운동 삼아 나들이를 나가자고 영이는 남편에게 말했다. 영이는 남편에게 밖에 꽃들이 많이 피었다고 살살 꼬드겼다. 영이는 남편의 인감을 가지고 동회로 갔다. 남편은 밖에 나오니 기분이 상당히 좋은 것 같았다.

영이는 나들이를 핑계 삼아 남편을 데리고 가서 인감을 떼고 집으로 돌아왔다. 영이는 남편이 잠든 사이에 부동산을 갔다. 아무도 모르게 집을 내놓았다. 영이는 부동산 사장에게 집을 판다고 말했다. 남편이 아파서 집을 팔아 조그만 아파트로 가야 한다고…. 나머지는 병원비로 써야 한다고 말했다. 그리고 영이는 조건을 달았다.
"집을 살 사람에게 9월에 비워준다고 하세요. 그동안은 집 보러 오지 말라고 해주세요."
"마침 그 집을 팔겠다고 내놓으면 사달라는 사람이 있는데…."
부동산 사장이 말했다.
"그 사람은 왜 우리 집을 사려고 해요?"
"아. 그 집이 옛날집이라 평수가 넓어서 그곳에 빌라를 짓는다고. 집 지어 파는 사장들이 내게 부탁을 했지. 내가 전화하면 나와요. 집짓는 사장에게 연락하고 전화할 테니."
'알았어요.'라고 말을 하고 영이는 집으로 돌아왔다. 남편은 약을 먹고 곤히 잠 들어 있었다. 영이는 그날부터 남편이 죽으면 이사 갈 준비를 미리미리 했다. '집을 어디에 살 것인가?'를 생각하고 또 생각했다. 영이는 '혼자 살 수 있는 아파트를 구하려면 어디가 좋을까?' 부동산에 가서 알아보기도 했다. 영이는 시간만 있으면 외출했다. 딸들이 영이를 보고 '왜 아버지 혼자 두고 어디 갔다 왔냐?'고 추궁을 해오면 '네 아버지 약을 구하러 다녀오는 길이야.'라고 둘러댔다. 누가 그러는데 그 약을 먹고 조금 나아졌다고 해서 한번 구하러 갔다 왔다고 거짓말했다. 남편에게도 이런 것이 좋다고 해요. 영이는 거짓말을 하면서 이런 핑계 저런 핑계를 대면서 자신이 살 집을 구하러 다녔다. 영이는 집 장사에게 집을 팔았다. 계약금을 받은 영이는 조그마한 아파트를 샀다. 산 밑에 있는 아파트라 공기도 좋았다. 심심하면 산으로 올라가 운동도 할 수 있고 또 주위 풍광도 좋았다. 새로 지은 집이고 딸들이 살고 있는 집하고 멀리 떨어져 있고 여러 가지를 생각하고 결정했다.

영이의 남편과 딸들과 사위들이 집에서 술자리를 하면서 놀 때 저희들끼리 서로 이야기하면서 영어로 말을 하면 영이는 알아들을 수 없었다. 전문 언어로 말을 해 무슨 말들을 하는지 몰라서 답답했다. 그럴 때마다 소외감을 느꼈다. 영이는 남편이 죽고 나면 공부를 하고 싶었다. 자신이 배우지 못해 받은 서러움이 너무 컸기 때문이었다. 남편에게 무시당할 때마다 내가 많이 배운 사람이었다면 따뜻한 마음으로 나를 품어 주지 않았을까 생각도 했다. 영이는 늘 그런 생각을 해왔기 때문에 공부하지 못했던 어린 시절이 한으로 남았다.

　한번은 이런 일이 있었다. 영이가 이 집에 들어온 지 몇 년이 안 되었을 그때는 아이들 키우는 일이 너무 힘들어 편안하게 잠도 실컷 자지 못했다. 어린 나이에 아이 셋의 엄마 역할이 그리 녹록하지는 않았다. 그런데 남편은 영이를 보고 집에서 책을 보지 않는다고 말했다. 영이는 남편이 이해되지 않았다. 영이가 얼마나 하루하루를 힘들게 살고 있는지 이해하지 못하는 남편이 미웠다. 어린 마누라가 무식한 것이 싫었던 모양이었다. 영이는 못 배워 무시당한 한을 풀 생각이었다. 영이는 남편이 죽고 나면 어떻게 할 것인가에 대해 준비를 철저히 해놓았다. 영이는 매일매일 바삐 움직였다.

　세월은 잘 갔다. 추석이 지나자 남편은 저세상으로 떠나갔다. 영이는 초상을 치르자마자 이사를 준비했다. 딸들에게는 말을 하지 않고 살림살이도 다 처리해버렸다. 남편 물건은 다 태워버리기로 했다. 대체로 오래된 살림살이라 사실 남길만한 것도 없었다. 영이는 아파트에 맞는 살림살이를 다 사 버렸다. 그리고 딸들에게 말하지 않고 어느 날 이사했다. 영이는 이사한 지 며칠이 지나서 딸들에게 말했다. 마음이 허전하니 몇 달 여행을 하겠다고 했다. 딸들은 엄마를 이해한다는 마음이었다. 딸들도 아버지 초상을 치르고 나서 몇 달 동안은 집에 오지 않았다. 영이는 딸들이 오지 않는 틈을 타 이사도 하고 모든 일을 다 처리했다. 겨울이 지나고 봄이 왔다.

영이는 큰딸네 집을 찾아갔다. 영이를 보고 큰딸은 반갑게 맞아주었다. 영이는 큰딸에게 이사했다고 말했다.
　"엄마 집 팔았다고?"
　"그것은 너희 아버지가 팔았어. 자기 죽고 나면 큰 집에서 혼자 살 수 없다고 조그만 아파트로 이사하라고 부동산에 말해 내 앞으로 사주었어."
　"아버지 통장에 있던 돈은요?"
　"남은 것 병원비 쓰고 생활비로 쓴 것 빼고 다 내 통장에 있어. 나도 이것으로 살아가야 하지 않겠니? 너희들이 나 생활비 대주지 않을 거잖아."
　큰딸은 아버지 빈 통장을 보고 아무 말 하지 않았다. 다 아버지가 살아 있을 때 옮긴 것이다. 아버지는 똑똑한 사람이었다. 새엄마는 그렇게 똑똑하다고 생각한 적이 없기에 딸은 아무런 할 말이 없었다. 집 문제도 다 아버지가 살아 있을 때 팔아서 새엄마 아파트를 사주었기 때문에 문제 될 것이 없다. 영이는 큰딸에게만 말을 하고 다른 딸에게는 아무 말도 하지 않았다. 영이가 말하지 않아도 큰딸이 동생들에게 말을 할 것이라고 생각했기 때문이었다. 동생들에게 연락해 이사한 아파트로 함께 오라는 말을 남기고 영이는 집으로 돌아왔다.

　영이는 평소처럼 사위의 술안주와 딸들이 좋아하는 음식을 많이 만들었다. 주말이 되자 딸들과 손주들 그리고 사위까지 영이가 살고 있는 조그만 아파트에 찾아왔다. 아이들은 넓은 집에 살던 이전 생각에 13평짜리 방 두 개 거실도 없는 작은 집이라고 실망했다. 아이들은 '엄마 어디서 놀아야 해'라며 답답하다고 했다. 비좁은 방 안에 여럿이 둘러앉아서 저녁 먹고 싱크대에서 많은 그릇 설거지하기도 힘들었다. 영이는 좁은 집을 보고 나면 이제는 친정에 다시는 오지 않겠지 그런 생각으로 조그마한 집을 선택했다. 영이는 이제 노후를 조용히 살고 싶었다. 영이가 늘 부러워했던 생활이 시작되었다. 남편이 남긴 연금과 남편이 남기고 간 돈을 가지고 여행도 가고 친구들과 놀기도 하고 학원에 가서 공부도 해보고 바쁘게 살았다. 이제 아무도 영이의 한가한 생활을 빼앗을 수 없다. 영이는 지난날들이 꿈같다는 생각이 들었다.

남편이 영이를 변하게 한 데는 이유가 있었다. 어느 날 친척인 시고모님이 조카 집을 찾아오셨다. 고모님과 남편의 대화를 영이는 우연히 듣게 되었다. 고모님의 말씀을 듣고 영이는 큰 충격을 받았다. 남편을 보고 '이렇게 될 줄 알았으면 그때 네가 수술을 하지 말 것을 그랬어.'라고 하시는 말씀을 들었다.

"저 어린 여자를 데리고 와서 어떻게 하려고 그래?"
남편에게 말했다.
"아무 걱정하지 마세요. 다 저도 생각이 있어 결정한 것이에요."
남편은 고모님을 보고 말했다.
"저 어린 여자에게…. 희생만 하라고?"

그렇게 말을 하자 고모님이 말했다.

영이는 그 말이 무슨 말인지 그때는 알지 못했다. 세월이 많이 흐른 뒤에야 알게 되었다. 사정은 이랬다. 딸 셋 낳은 후 부인은 몸이 약해져서 자주 몸이 아팠고 드러누워 살게 되었다. 남편은 정관수술을 했다. 이웃 사람들과 주위 사람들은 영이를 보고 왜 아이 하나 낳지 않고 사는지…. 다들 영이에게 문제가 있다고 생각했다. 남편은 수술한 것을 말해주지 않았고 영이에게 부부의 정도 없이 오로지 아이들 셋을 키우게 했다. 영이를 이 집에 데리고 온 것은 부인으로 선택을 한 것이 아니라 보모를 데리고 온 것이라는 것을 영이가 뒤늦게 알게 된 것이었다. 영이는 자신이 한 지금의 행동에 대해서 당연하다고 생각했다. 이제부터라도 영이 자신이 원하는 대로 살아가면 되는 것이다. 영이는 오롯이 자신이 원하는 삶을 살아가기로 굳게 마음먹었다. 영이는 밤하늘을 쳐다보며 지난 세월을 조용히 생각해 보았다. 별들이 잠자는 밤하늘을 올려다보며….

하정자 소설집

햄거거와 백구두

초판발행일 2024년 6월 7일

지은이 : 하정자

발행인 : 김순진

편집인 : 하 은

편집장 : 전하라

디자인 : 김초롱

펴낸곳 : 도서출판 문학공원

등 록 : 2004년 3월 9일 제6-706호

주 소 : 우편번호 03382 서울 은평구 통일로 633
　　　　녹번오피스텔 501호 스토리문학사

전 화 : 02-2234-1666

팩 스 : 02-2236-1666

홈페이지 : https://blog.naver.com/ksj5562

이메일 : 4615562@hanmail.net

● 이 책은 한국예술인복지재단 창작지원금의 수혜로 제작되었습니다.
　　2024@ 하정자